COLLECTION FOLIO

René Fallet

Comment fais-tu l'amour Cerise?

Denoël

Londres à l'heure de la pop music. *Une certaine jeunesse y dialogue avec Dieu par le truchement du L.S.D., se saoule de bruit dans des boîtes, sous les portraits de Lénine et de Mao. Au milieu de ces jeunes contestataires, un « attardé » de quarante ans, Michael Huggins, agent immobilier et célibataire désinvolte, qui n'attend plus rien de la vie, ni des femmes, sinon ceci : des femmes, beaucoup de femmes.*

C'est une petite Française de vingt-quatre ans, mariée et mère de deux enfants, qui va faire brusquement découvrir à ce « dragueur » anglais le plus étrange des sentiments, celui qui, aujourd'hui, n'ose plus guère dire son véritable nom : l'amour. L'amour angoissant, violent, jaloux, insatisfait, voilà ce que Huggins va connaître par celle qu'il a nommée Cerise, *celle qui lui dit : Non. Un non d'épouse qui ne veut ni aventures ni problèmes.*

Mais cette petite Française est-elle réellement inaccessible ? Junkie, un jeune drogué ami de Michael, se le demande également. Comment fais-tu l'amour, Cerise ? Qui le saura ? Qui pourra donner une réponse à une question qui tourne au drame, à l'obsession ? L'auteur de Paris au mois d'août *fournit une dimension et une conclusion inattendues à ce roman brûlant, poétique, écrit d'une main sûre et souvent hardie.*

A Cricri et Michel Audiard

Le Duc : Tiens, voici pour ta peine.
Le Fou : Aucune peine, Monseigneur, je prends plaisir à chanter.
Le Duc : Eh bien, je paie ton plaisir.
Le Fou : A vrai dire, Monseigneur, il faut que plaisir se paie un jour ou l'autre.

(Shakespeare)

I want you so bad.

(Dylan)

I just want to make love to you.

(Rolling Stones)

Why don't we do it in the road?

(Beatles)

Come and taste forbidden fruit.

(295a Portobello Road. W. 10)

CHAPITRE I

Michael Huggins se rasait. Le sang coulait moins que lors de la guerre des Boers, mais il coulait.

Cela n'était pas de nature à dissiper les humeurs de Michael Huggins. Commencer sa journée par un enterrement n'a rien de réjouissant. Mais quand cette journée est celle de votre quarantième anniversaire, c'est vraiment la marquer d'une pierre tombale. D'un transparent de *pale ale*, le soleil de Londres au printemps s'insinuait, modeste, dans la salle de bains. Il sembla à Huggins que, durant la nuit, quelques-uns de ses cheveux avaient blanchi, et que s'était fripée sa peau aux environs de sa pomme d'Adam.

Il posa son rasoir et se contempla avec commisération. Puis avec dégoût. Puis avec horreur. Le miroir de sa maturité n'était pas un cadeau de *Happy Birthday*. Trente-neuf ans et trois cent soixante-quatre jours, cela pouvait encore passer pour une situation possible. Quarante ans, non.

— Des gens se sont coupé la gorge pour moins que cela.

Il se regarda de plus en plus près, à toucher du nez le froid de mort du miroir grossissant. Ainsi vu à la loupe, son visage lui apparut bon pour la retraite des vieux. La moindre ride y prenait des allures de catastrophe ferroviaire. Ce petit bouton, là, flamboyait comme le furoncle en chef sur les planches en couleurs des livres de médecine.

— Je n'irai pas ce soir au Revolution, soupira Michael.

Cette démission lui fit sourdre une larme incongrue à un œil, « le gauche », précisa-t-il dans son effroi. La larme se gonfla, opaline. Cette fausse perle, après une hésitation, se détacha brutalement de la paupière, dévala sur la joue, traçant un sillon dans la mousse du savon à barbe. Michael considéra, pitoyable, cette cicatrice rectiligne qui le marquait au fer. Il était un homme fini. Oui, fini. Bien fini. Il ne s'en vanterait pas, mais le savait, lui. Une goutte de sang ricocha sur le lavabo. Pendu jusqu'à ce que mort s'ensuive. Michael Huggins, quarante ans, un mètre quatre-vingts, Estate Agent (agent immobilier mais aussi conseiller d'affaires), Estate Agent, donc, à Chelsea, Londres S.W. 3, condamné à mort. Par le ciel. Un ciel bleu, comme par hasard, en ce matin de mai. En dormant, Michael était entré dans une autre pièce — exposée au nord — de sa vie. Ainsi tournent en cliquetant, à minuit, tous les chiffres d'une pendule électrique à volets pour indiquer qu'il est zéro heure, zéro minute, zéro Michael Huggins.

Il reprit son rasoir et, sombre, acheva sa toilette. Il étancha dans une serviette son sang et cette larme unique. Il lui faudrait donc sortir avec cette tête-là et ce corps-là. Il n'en avait pas d'autres.

— Elle a raison, songea-t-il. Comment vous en vouloir, Jenny Murphy? A votre place, Jenny, je reconnais que j'agirais de même.

Il n'irait pas ce soir au Revolution, et voilà tout. Il le dirait à Junkie. Il se coucherait tôt après avoir avalé quelque somnifère. Tout irait mieux demain.

— On doit s'y habituer, fit-il amer, en s'habillant. S'habituer à disparaître peu à peu, pied à pied, goutte à goutte. Comme venait de disparaître dans la trappe son confrère de Fulham Road, Walter Sedlescombe, soixante-six ans, celui qu'on allait enterrer par cet assez joli jour du printemps anglais. Soixante-six ans. Cela le consola légèrement. Si tout se passait bien, s'il évitait jusque-là les cancers et les accidents de voiture, s'il imitait jusqu'à sa crise cardiaque Sedlescombe, vingt-six ans le séparaient encore du tombeau. Encore que la qualité de ces vingt-six ans-là parût, à ce quadragénaire tout frais, suspecte et discutable sous bien des chapitres de la douceur de vivre, son désarroi du moment en fut atténué.

De tête, en laçant ses chaussures, il fit la multiplication et arriva au total rassurant d'encore neuf mille quatre cent quatre-vingt-dix jours à vivre.

— Sans compter les années bissextiles, ajouta-t-il en se coiffant de son chapeau.

Il habitait Smith Terrace, au 27 ½. C'était un de ses plus grands motifs de satisfaction, aux temps heureux d'hier, que de vivre dans un endroit portant ce numéro extraordinaire de 27 ½. Aux sceptiques, aux amusés, il rétorquait d'aller constater de visu l'existence de cet exceptionnel 27 ½, à deux pas de Radnor Walk. Il désignait la plus charmante des charmantes *doll's houses* — maisons de poupée — qui bordent cette charmante Smith Terrace de taches de couleur, et en font une des rues les plus caractéristiques de Chelsea, une rue à loger tout entière dans un musée, plus tard, demain, quand le monde aura perdu toute grâce et tout attrait.

Ces petites maisons d'un étage, au coude à coude ainsi que des notes de musique, combinaient comme pour un décor de théâtre leurs bleus pâles, leurs jaunes serin, leurs blancs de mariée, leurs bleus roi d'Angleterre et leurs roses bonbon anglais. Leurs occupants semblaient toujours sortir d'un côté cour ou d'un côté jardin, réciter des rôles, attendre les bravos de la grande ville.

Quand Michael Huggins poussa la porte qui donnait sur son côté jardin personnel de trois mètres sur trois, ses merles s'envolèrent. Un couple avait élu domicile là, depuis un an, lui noir, elle châtaigne. Ils disparurent dans le vert du lierre qui ornait le mur blanc. Huggins se dirigea vers sa Jaguar tout confort, d'un modèle boudé par les jeunes sportsmen, se retourna vers sa maison, la grille miniature et le muret à balustres qui prétendaient en interdire l'accès aux énormes menaces de l'extérieur. Il puisa une seconde, dans sa conscience de propriétaire, des raisons d'espérer. Cette voiture cossue, ce coquet 27 ½, il ne les possédait pas, voilà vingt ans, quand il avait vingt ans...

Un peu partout dans la rue, les femmes de ménage astiquaient le cuivre des heurtoirs de portes, celui des lanternes murales, dressaient la toile bigarrée du spectacle du jour dans l'attente de trois coups que ne frappaient jamais de trop discrets riverains. On eût pu croire qu'elles venaient, emportées par leur zèle, de repeindre de frais les bouteilles de lait alignées sur les marches comme pour un changement de garde à Buckingham Palace.

C'était du moins de la vie, que toute cette petite vie dans cette petite rue de carton à l'usage de marionnettes, et ces cuivres nets et luisants communiquèrent leur éclat au vieux cœur de Michael Huggins. Il avait beaucoup d'amitié pour les maisons de Smith Terrace et pour le quartier de Chelsea. Jeune, il avait toujours souhaité pouvoir y vivre. Aujourd'hui qu'il y vivait, en compagnie de ses premiers cheveux blancs, il s'efforçait de retirer ce pied qu'il avait prématurément enfoncé dans la tombe en un instant de panique. Il se reprocha cette larme incompatible avec sa dignité d'Estate Agent respecté et connu tout au long des six cents et davantage numéros de King's Road.

Son voisin du 25 — la maison contiguë au 27 ½ — Mr Kendon, son cocker en laisse, le salua courtoisement. Mr Huggins lui rendit son salut avec une tendresse qui eût éberlué Mr Kendon s'il avait pu la soupçonner. Mr Kendon incarnait tout à coup le monde immuable, le monde des certitudes, qui ne change pas d'un iota, que vous ayez quarante ou cent vingt ans. Puisque le monde s'en fichait, c'est que rien ne bougeait, surtout pas Michael Huggins.

Il monta dans sa voiture. Le cuir de la banquette sous son séant, l'acajou du tableau de bord, la fumée grise et parfumée de la Benson and Hedges qu'il venait d'allumer, tout cela doucement lui disait à l'oreille que le monde des certitudes est parfait, et que ces gens qu'on s'en va mettre au cimetière ont du moins le tact de ne pas être vous.

Assis sur un banc de l'église Saint Luke's entre un vieillard enrhumé et un garçonnet indifférent aux pompes de l'office religieux, il sentit que pourtant revenaient son malaise et sa peur de vieillir. Après tout, pourquoi cette crainte, puisque tout était réglé, que rien — dix centimètres — ne le séparait, ni au physique ni au moral, de ce vieillard enrhumé qui fleurait bon l'odeur de la terre remuée pour les ensevelissements printaniers ? Dix kilomètres, par contre, l'éloignaient de ce sympathique et bovin garçonnet qui mâchonnait son chewing-gum sans redouter, apparemment, le feu de Dieu. Il haït si fort cet enfant que l'idiote de larme réapparut, subreptice, au coin de son œil, quoi qu'il en eût.

Cette larme étonna Stanley Cupmann, autre Estate Agent présent aux obsèques, qui laissa entendre par la suite que Michael Huggins avait beaucoup d'affection pour le défunt, aussi bizarre que cela fût.

Le prêtre, pour arranger le tout, s'efforçait de dégoûter les vivants de la vie, les invitait à se pencher sur les délices des ténèbres, les jardins de plaisir ouverts la nuit au royaume divin. Sadique, il rappelait à l'auditoire ennuyé que la pourriture n'attendait qu'un signal du ciel pour liquéfier leur enveloppe terrestre, ce qui n'était jamais très agréable à écouter et, somme toute, n'était pas tellement le fait d'un gentleman. Voilà un genre d'endroits que Michael Huggins n'aimait guère fréquenter. Charles Dickens s'y était malgré tout marié en 1836. Ce qui ne lui avait pas porté chance.

Le vieillard enrhumé éternua trois fois, comme le coq des Écritures.

Le garçonnet colla sournoisement son chewing-gum sous sa chaise, mais le reprit avec embarras sous l'œil sévère de Michael. Un coup de sonnette en tout point semblable au son de la cloche qui, sur les vélodromes et les stades d'athlétisme, annonce le dernier tour, fit se dresser pieusement l'assistance en un long raclement de pieds et de meubles.

Grâce à sa haute taille, la vue enfin libérée du vieil enrhumé, Huggins put couler un regard sur les travées où le cérémonial exigeait que l'on parquât les femmes. Ce tas de lingeries funèbres, c'était la veuve. On n'en voyait que la pointe d'un nez cramoisi.

— Vieille putain, songea gratuitement Huggins, sans d'autre raison que l'expression de son propre chagrin. Ce débordement, inhabituel chez lui, le calma, et ce fut avec bonne humeur qu'il poursuivit son inspection. Son regard piqua soudain sur un visage, ainsi l'œil de la buse se rive, là-haut, tout là-haut, sur un rongeur aperçu en bas, tout en bas, entre deux touffes d'herbe et deux mottes.

— Qu'est-ce que cela? se dit Michael Huggins,

oubliant tout à trac ses tourments physiologiques ou métaphysiques.

Cela, c'était une jeune femme, en deuil comme la veuve, mais le peu qu'il voyait de ses traits était plus encourageant qu'une pointe de nez rouge. Il se pencha imperceptiblement pour en deviner davantage. La joliesse transparaissait sous la gravité. Les yeux de la jeune femme se levèrent, croisèrent ceux de Michael, s'attardèrent en eux quelques secondes avant de se replonger dans les affres de la méditation. Le vieux souffla :

— La nièce de Walter Sedlescombe.

Outré, Michael remercia sèchement d'un coup de menton. La cloche du vélodrome fit se rasseoir tout le monde, et Michael n'aperçut plus de la nièce qu'un noir morceau d'étoffe anonyme agité, soit par la douleur, soit par le courant d'air qui sévit dans chaque construction — cathédrale, métro ou niche à chien — du Royaume-Uni.

Le pâle soleil qui léchait les vitraux se permit d'aller battre de l'aile entre les cierges et la bière de tonton Sedlescombe. Les superstitieux virent là une manifestation de la lumière céleste. Les autres se dirent qu'on allait peut-être avoir un clément mois de mai, et l'amateur de roses qui sommeille en chaque Anglais savoura une émotion de bon aloi. Huggins se représenta la joie des canards de Hyde Park, sur le lac Serpentine, les allées et venues de son couple de merles, du toit au lierre, du lierre aux trois ifs rabougris de son jardinet.

Tordant le cou, il vit la bouche de la nièce, et songea qu'il s'agissait là d'un sacré beau fruit. Il vit aussi passer sur cette bouche comme un fantôme de sourire, et se demanda s'il n'avait pas eu une hallucination.

Deux nègres creusaient une fosse dans le vieux cimetière de Brompton. Interrompant leur travail, ils regardèrent trottiner dans l'allée le cortège des parents et amis de Mr Sedlescombe qui leur créait, sinon une attraction, du moins une diversion. Ces deux Othello en salopette égarés dans *Hamlet* parurent fort étranges aux conservateurs présents, ainsi découpés, voire taillés à la serpe dans les clartés blêmes du printemps britannique. De mauvais esprits jugèrent de fâcheux augure qu'on employât des gens de couleur pour creuser la sépulture d'authentiques Anglais blancs.

Ce pénible symbole de la chute de l'Empire assombrit Cupmann, qui marchait aux côtés de Michael. Celui-ci détaillait les jambes de la demoiselle qui soutenait sa tante. Jambes nerveuses, longues, jambes de course, jambes de lit, auxquelles les bas noirs ajoutaient toute une majesté érotique.

— Je n'aime pas cela, grogna Cupmann.

— Moi, j'aime beaucoup, répondit Huggins, distrait.

— Comment cela, protesta Cupmann, cela vous amuse, vous, de perdre ainsi une matinée?

Huggins se reprit :

— Voyons, mon cher, où serions-nous sans ce pauvre ami, auquel de toute façon il importait de rendre un ultime hommage? Où serions-nous? Enfermés dans nos bureaux, alors que le soleil est si doux dans cet agréable cimetière de Brompton qu'on se croirait à la campagne?

Cupmann, qui n'avait pas oublié la larme, admira la maîtrise de Huggins, son caractère, sa force de dissimulation de ses plus intimes sentiments.

— Elle a des chevilles ravissantes, rêvait Michael en jouant avec ses gants. Il ne suivait plus un enterrement, mais une paire de chevilles. Michael Huggins était enfin touché par la grâce.

— Je préfère ses jambes à celles de Jenny Murphy. Au diable, Jenny.

Il ignorait la couleur des yeux de la propriétaire de chevilles aussi élégantes, et la méconnaissance de ce détail l'emplissait d'impatience.

Le convoi dépassa un insolite tas de boulets de canon. Tous découvrirent avec intérêt que ce monceau de boulets n'était autre que le tombeau du brave général Alexander Anderson mort en 1877.

— Une chance, souffla à Cupmann l'impertinent Michael, une chance que cet Anderson n'ait pas été conducteur d'autobus. Il aurait tenu beaucoup de place.

Cupmann apprécia derechef Huggins et son sens de l'humour adapté à toutes les circonstances. On s'arrêta enfin. Walter Sedlescombe était parvenu au terme de son voyage. Les employés des pompes funèbres se chargèrent de lui faire occuper le seul type d'appartement qu'il n'avait jamais vendu.

— Non, Mike, non, lui avait dit Jenny la veille, alors qu'il était allé la voir au Gaiety où elle était *bunny girl*, à savoir « petit lapin ». Non, Mike, je vous aime beaucoup, mais pas assez pour ce que vous désirez de moi.

Elle était somptueuse dans son maillot rouge, les cheveux blond pâle coupés courts sous le bonnet aux oreilles coquines, ses jambes de marbre rose ou de chair prises dans le treillis de soie des bas à filets. Il la voulait en vain depuis un mois, un siècle.

— Comme vous voudrez, Jenny, avait-il soupiré.

— Restons amis, mon petit Mike.

— Nous le resterons, ma grande Jenny.

Il en avait beaucoup souffert en se levant ce matin. Un coup pareil pour ses quarante ans! Jenny Murphy, le jour, était secrétaire à la Columbia. Le soir, au Gaiety, elle servait des pintes de bitter, se procurant ainsi quelques livres supplémentaires pour boucler le mois. Au diable, Jenny! Il renaissait à la vie. Le moment était venu de présenter les condoléances à la famille Sedlescombe et d'apprendre la teinte des yeux de la nièce.

Ils étaient gris comme la mer à Douvres, à Douvres ou ailleurs. Michael Huggins se jeta avec un sombre héroïsme au fond de ces yeux-là. Il s'inclina devant la jeune femme, tout imprégné d'une tristesse de commande, et chuchota, sinistre :

— Sept heures, ce soir, au Café Royal.

Les yeux gris s'emplirent de pluie et la jeune personne, bouleversée, répondit en un sanglot :

— Merci. Merci pour mon cher oncle.

Au coin de King's Road et de Limerston Street, un vaste bureau vitré : Mr Huggins and Co. Estate Agents. Auctioneers Surveyors Valuers. Les baies offraient à la vue de la rue un bouquet de trois secrétaires, une brune, une rousse, une argentée. Un Latin à l'affût derrière les panneaux d'annonces eût attrapé à la longue des miettes, des éclats de cuisses quand ces demoiselles bougeaient, vêtues des plus succinctes mini-jupes de chez Biba. Aucun Anglais n'avait le mauvais goût de se coller aux vitres et ces éclats de cuisses retombaient dans le vide.

Michael Huggins entra dans le bureau, très satisfait, en sifflotant *Yellow Submarine*. Il salua gaiement son personnel, compulsa sans les voir, encore moins les lire, quelques fiches qui traînaient sur une table, et se retira, cette fois en sifflant à tue-tête, dans son cabinet directorial dont il referma la porte sur lui.

— Ça lui réussit, les enterrements, gloussa Janet la brune. May la rousse fit une réflexion sur le printemps. La porte se rouvrit, toujours sur l'air des Beatles.

— Jill, s'il vous plaît ?

L'argentée se leva, rejoignit Huggins.

— Fermez cette porte, Jill.

Elle était la plus âgée — trente ans — la plus

distinguée, la plus ironique aussi des employées de l'agence.

— Comment allez-vous, *old lady*, s'enquit Michael en jetant du plus loin qu'il le put son chapeau dans un fauteuil.

— De toute façon, comme je ne chante pas, pas aussi bien que vous, Mr Huggins.

— Vous ne croyez pas si bien dire, chère vieille petite chose. Hier nous étions serpillière, aujourd'hui nous volons comme tous les pigeons de Trafalgar Square. Asseyez-vous.

Il appréciait beaucoup Jill Craig, sa principale collaboratrice depuis cinq ou six ans. Étant tous deux seuls sur la terre, ils couchaient parfois ensemble sans ostentation, par amitié souvent et par désœuvrement parfois. Jill était une femme exquise, intelligente, qui parlait allemand, français, lisait des romans étrangers dans le texte et connaissait mieux que les guides tous les musées de Londres. Michael l'appelait par vive sympathie la « vieille dame », et n'avait jamais eu à regretter la confiance qu'il lui portait.

— Je vous écoute, Mr Huggins, fit-elle, imperturbable.

Il rit. Il était très jeune, quand il riait. Même à son âge.

— J'ai eu quarante ans tout à l'heure, Jill.

— C'est donc un tel motif de satisfaction?

— De désolation, oui. J'ai failli me trancher le cou au rasoir mécanique, mais j'y serais encore. En outre, hier soir, le petit lapin dont je vous ai parlé, la belle fille du Gaiety...

— Gaiety Bar, 268 Fulham Road, récita Jill, téléphone FLAxman 0379...

— Cela même. Le petit lapin m'a encore repoussé de ses quatre petites pattes.

— Obstination déplorable de sa part. Manque de discernement.

— Merci, *old lady*. Nous en sommes au troisième échec de ce côté-là.

Il battit de son coupe-papier la mesure de *Yellow Submarine*. Jill eut un sourire amusé, à deux doigts de la tendresse :

— Excusez-moi, Mr Huggins. Mais que s'est-il donc passé à l'enterrement du regretté Walter Sedlescombe ? Car je ne vois plus, dans votre emploi du temps, que cette cérémonie pour vous avoir mis en tête *Yellow Submarine*.

— Perspicace et dévouée ! Il faut qu'on vous embrasse !

Pour rire, il l'embrassa sauvagement à pleine bouche.

— Mike ! souffla-t-elle avec réprobation quand il eut libéré ses lèvres.

— Je vous aime, *old lady*. Presque autant que j'aime la nièce de défunt Sedlescombe.

Il lui narra la scène éclair du cimetière.

— Joli, reconnut Jill. Très joli. Et elle ?

— Encore plus. De ma part, ce n'était que de l'inspiration. De la sienne, c'est de l'entêtement.

— Félicitations, Mr Huggins. Vous avez la quarantaine glorieuse.

— Dites-moi que vous le pensez.

— Vous aimeriez qu'on vous rassure ? La vie commence à quarante ans, axiome fameux.

— Pourtant... le petit lapin...

— Vous aurez AUSSI le petit lapin. Vous connaissez tant de femmes que vous ne connaissez pas les femmes. Je vous parie cinq livres sur le petit lapin.

— Faites-moi un papier.

Elle s'installa à la machine à écrire et tapa une parodie de contrat.

— Voilà, Mr Huggins. Veuillez relire et signer. Mais chaque chose en son temps. La nièce d'abord.

Elle esquiva les mains de Michael. Elle savait ce que signifiaient ses yeux.

— La nièce, Mr Huggins! Êtes-vous fou? Je suis là toute l'année, moi. Pas elle.

Michael rit :

— Charmante vieille chose. Vous êtes toute ma vie.

L'interphone crépita. La voix sucrée de May ronronna :

— Mr Sherwood est là.

— Faites entrer.

Jill ouvrit la porte, laissa le passage à Junkie Sherwood, le meilleur, autant qu'insolite, ami de son patron. Ce jeune homme à barbiche de Napoléon III arborait des cheveux de jeune fille qui lui coulaient en flots ondulés sur les épaules. Il portait un blue-jean longuement mûri dans une poubelle sans couvercle, des bottillons de cuir à fermeture à glissière, une veste à boutons dorés d'officier de l'Armée du Salut. Il tenait à la main une brassée de fleurs multicolores en papier.

— Ces fleurs ne sont pas pour vous, *Mademoiselle*, lança-t-il à Jill, mais pour mon ami entré depuis l'aube dans les souterrains de la décrépitude et de la sénilité.

— Merci, Junkie, fit Michael en s'inclinant.

— Merci, *Monsieur*, dit Jill.

— Vous n'aurez pas ces fleurs, non, poursuivit Sherwood, elles sont destinées au tombeau de mon ami. A vous, gracieuse, j'offre ce vers de Sheridan : « Venez au jardin, je voudrais que mes roses vous voient. » Il est très beau et ne m'a rien coûté que de l'aimer.

— Je l'accepte. Je suis ravie.

— Ne le montrez pas aux deux autres filles. Je viens également de le leur donner.

— Vous êtes un garçon dispendieux, Mr Sherwood. Vous n'avez plus besoin de moi, Mr Huggins?

Elle sortit et Junkie se laissa tomber dans un fauteuil.

— Prenez ces fleurs, Mike. Elles me fatiguent.

Michael les fourra dans un tiroir.

— Alors, Junkie, la vie?

— Répugnante et dégueulasse. Plus dégueulasse même que moi, car moi je me lave de temps en temps, elle jamais. Que je vous cite Rimbaud écrivant ceci à sa mère : « Heureusement que cette vie est la seule, et que cela est évident, puisqu'on ne peut s'imaginer une autre vie avec un ennui plus grand que celle-ci. » Comment supportez-vous ces quarante ans, *old man?*

— Très bien, Junkie. C'est connu, la vie commence à quarante ans.

Junkie leva un doigt solennel :

— Un humoriste a dit : « A quarante ans, la vie commence... à être bien difficile. »

Agacé, Michael coupa :

— Cessez donc vos citations. Dites-moi quelque chose de personnel.

Junkie Sherwood s'assombrit :

— Voici, Mike, voici de la personnalité : je m'emmerde. A l'infini.

— Vos efforts sur le plan vestimentaire ne vous distraient donc plus, alors que vous approchez de la réussite totale?

— Nous pouvons même parler de perfection. Vous m'arrachez un sourire comme une dent, cher Mike. J'apprécie, quant à moi, votre uniforme de gentleman. Nous formons une paire d'amis quelque peu dépareillée, mais cela n'empêche pas les sentiments.

— Ne soyez pas obscène, Junkie. Seuls sont obscènes, et même choquants, les sentiments.

— Exact, vieil homme. N'aimez personne, et le bon Dieu vous le rendra.

D'un coup de tête mutin, il rejeta ses cheveux en arrière.

— Quel âge avez-vous, Junkie, si vous me passez cette curiosité ?

— J'ai vingt-sept ans de trop pour un fœtus, cher Mike. Vingt-sept ou vingt-huit. Je consulterai mon passeport, si vous tenez à la précision. Vous voit-on ce soir au Revolution ?

— Sans doute.

Junkie Sherwood se leva, accablé, épuisé. Il murmura :

— J'ai trop rêvé cette nuit, Mike.

Huggins se fit sévère :

— Sérieusement, Junkie, vous ne devriez pas. L'alcool est bien suffisant.

— Pas pour moi. Ce n'est pas dans le whisky que je trouverai *Lucy in the sky with diamonds* [1]. Je suis très amoureux de Lucy. Elle fait merveilleusement l'amour.

— Je ne plaisante pas. Je vous désapprouve. Où étiez-vous ?

— Chez Kenneth. Un ami.

— Ne le faites jamais seul. Vous savez pourquoi.

— Je le sais, Mike. Je ne suis pas fou.

— Cela peut venir.

— Oh, tout peut venir, y compris l'amour, y compris la mort. Même horripilante, la vie ne manque pas d'intérêt dramatique.

Il fit deux pas nonchalants vers la porte :

— A ce soir, Mike. Je vais chez Mr Powell. Merci de m'avoir trouvé ce petit travail.

— Je vous raccompagne.

Junkie, d'une main onctueuse, bénit les trois secrétaires qui lui répondirent en chœur, ce qui l'égaya :

— Venez au jardin, je voudrais que mes roses vous voient.

1. *Lucy dans le ciel avec des diamants*. Chanson des Beatles dont les premières lettres forment le sigle : L.S.D.

Il avait garé sa vieille moto Triumph devant le Stanley Arms, pub où souvent Michael Huggins allait boire une bière ou manger un sandwich. Junkie exerçait le très vague métier de décorateur d'appartements. C'était ainsi que Michael l'avait connu. L'entendant citer des auteurs au Chelsea Potter, autre pub célèbre de King's Road, il l'avait invité à décorer le 27 ½ Smith Terrace, ce que Junkie avait réalisé avec talent. Depuis, Michael le recommandait aux acheteurs désireux de rénover leur nouveau local. Depuis, aussi, malgré leurs différences d'âge, de mode de vie et de fonctions, ils s'étaient liés d'amitié.

Les mille et une outrances de Junkie, et ses refuges dans les bras multicolores de « Lucy » n'existaient qu'en fonction de la timidité inavouée du jeune homme. Junkie n'avait pas de succès auprès des filles. Pas assez beau, ou pas assez laid. Comme ces mêmes filles étaient la préoccupation majeure de Michael Huggins, qu'il leur consacrait le meilleur de son temps, de son charme, de son imagination, et quelque argent, elles lui manifestaient de l'intérêt. Tant et si bien que son carnet d'adresses tournait depuis longtemps au palmarès et, les bonnes années, au défilé. Aussi le crispaient fort les Jenny qui se dérobaient, affronts qu'il n'admettait que rageusement. Les trop faciles, il n'en usait qu'une fois, du bout des lèvres, puis les jetait à Junkie qui n'attendait que cela, comme le chien aux pieds du maître qui déjeune espère un reste de viande. Outre son amitié, Junkie éprouvait pour Michael de la reconnaissance et une secrète admiration pour une force de séduction qu'il n'avait pas.

Junkie enfourcha sa machine et but au soleil :

— Beau temps, Mike. Cela me donne envie de me baigner et de boire du rosé de Provence. Dès que j'ai assez d'argent, je pars à Saint-Tropez.

Il cligna de l'œil, soudain très fier :

— J'ai une fille, là-bas. Une serveuse de bistrot.
Il eut une moue cocasse :

— Pas très jolie, mais française.

Michael haussa les épaules. Il n'avait jamais été tenté par les folies continentales de tous ces jeunes gens. Saint-Tropez, le rosé, les Françaises, les chaleurs du Midi, les mers bleues, l'Espagne, les taureaux, tout cela était trop véhément pour sa nature, lui semblait manquer de tenue et de retenue. Il ne supportait le débraillé de Junkie que parce qu'il le savait factice. Au fond de lui, Junkie était un type très réservé dont Michael n'avait appris la faille que par hasard, au Chelsea Potter toujours, par le biais de connaissances communes. A vingt-deux ans, Junkie Sherwood était fiancé. Très amoureux de la jeune fille, tellement amoureux qu'on ne parle jamais, ni en privé ni en public, de ces faiblesses-là. Il avait offert une voiture à la petite. Elle s'était tuée dans cette voiture sur la route de Glasgow alors qu'elle allait le rejoindre là-bas. Elle avait flambé. On n'avait ressorti des débris que des bouts de charbon. Il avait depuis renoncé aux cravates et le mot « bonheur » ne tirait de lui que des fous rires. Michael était censé ignorer ce détail.

— A ce soir, vieil homme! fit Junkie en se dressant sur son engin pour le faire démarrer. La Triumph s'éloigna en zigzaguant, lourde d'éclairs et de tonnerre.

— C'est un garçon curieux, dit Janet. Huggins la lorgna de travers. Il ne la payait pas pour émettre des réflexions intimes. Il grommela : « A cause de ses cheveux? » et rentra dans son cabinet.

Il fut à sept heures deux au Café Royal, Regent's Street, près de Piccadilly.

Elle était là. Il en fut content. Il aimait les femmes

exactes. Il avait quitté son costume gris d'homme d'affaires. Il portait un pull à col roulé blanc en cachemire, un blouson de cuir fauve. Il faillit ne pas la reconnaître. Il n'avait su d'elle, ce matin, que ses jambes, ses chevilles, ses yeux gris, et ses voiles de deuil.

Elle était absorbée dans la lecture de *IT*, feuille de contestation du monde capitaliste et couronne de lauriers posée sur le chef de Castro, Mao, Che Guevara, etc. Une perruque bouclée encadrait son visage de frisettes blondes. D'immenses faux cils ombrageaient son regard et ses paupières marbrées d'un violet vif. Sa bouche menue avait été agrandie jusqu'à la démesure par un crayon blafard. Enroulée trois fois autour de son cou, une chaînette d'acier pendait sur sa poitrine. La sobre nièce du matin s'était métamorphosée en une poupée gracile, sophistiquée, fardée, vernie et plus jolie encore qu'au cimetière. La fantaisie la plus tarabiscotée convenait à ce genre de fille. La santé insolente l'eût enlaidie, le délétère, par antithèse, rafraîchissait sa peau.

Conquis, Michael s'assit en face d'elle. Elle posa son *IT* et lui sourit. Il reconnut le pâle sourire de l'église, cette fois transposé à l'échelle du Café Royal.

— Je m'appelle Michael Huggins. Estate Agent comme l'était votre cher oncle.

— Marjorie Sampson.

Il s'inclina :

— Enchanté. Votre oncle était un homme délicieux.

— Certes.

— Excusez-moi... Marjorie, pour ce rendez-vous. C'était un peu cavalier.

Elle rit. Elle avait des dents délicates, des dents pour mordiller :

— Pas du tout. C'était charmant. Osé. Barbare. Charmant deux fois. Mâle. Très mâle. Charmant trois fois.

Il aimait attaquer très vite pour contraindre l'adversaire à se découvrir. « Dès qu'il est découvert, professait-il, il est presque nu. Dès qu'il est presque nu, il est presque vôtre. »

Il attaque donc :

— C'était angoissant, cette fosse ouverte. Vous auriez pu tomber dedans. Ils auraient pu vous recouvrir de terre. Je vous aurais perdue sans vous avoir trouvée. Je me serais élancé : « Arrêtez! Je veux cette femme! Elle respire encore! Elle ne respire que pour moi! » Je vous aurais prise sur mon dos, j'aurais couru comme un fou entre les tombes, entre les nègres. Marjorie, vous avez éclaté dans cette église comme une bombe anarchiste. Vous me plaisez. L'amour n'est rien. L'amour est la chanson des niais. C'est le plaisir qui est tout. Ses poignards, ses diamants, ses flambeaux. Vous me plaisez.

Pour reprendre haleine, il saisit sa main aux ongles peints d'un blanc laiteux. Les faux cils battirent comme des ailes d'oiseau de nuit. C'était une personne vague et trouble.

— Vous me plaisez BEAUCOUP, Michael, lâcha-t-elle sur un ton de détachement qui, chez elle, ne pouvait être que celui de l'extrême gravité. Elle ajouta, neutre :

— Il est inutile de s'étendre davantage sur ce sujet.

Elle posa sur le poignet de Michael sa petite main surchargée de pierreries montées sur bagues.

— Ce n'est plus une main, plaisanta Michael, c'est un lustre.

Elle y joignit son autre main, également ornée de bimbeloterie, pour faire bon poids. Ses dix ongles s'enfoncèrent avec douceur dans la chair de Michael :

— Je suis née sous le signe du Tigre.

— Cela n'existe pas.

— Si. Il faut croire tout ce que je vous dis.

— Je vous crois.

Elle avait la pupille étroite, étincelante. Il hésita, ennuyé :

— Vos pupilles, Marjorie ?

— Oui, Mike ? Mes pupilles ? Oh, non, Mike, non, qu'allez-vous chercher là? Ce n'est pas la drogue. C'est commun. C'est vulgaire. Même les paysans en prennent pour rentrer leur foin. Moi, c'est l'alcool. J'aime boire. J'aime aussi le plaisir, mais seulement comme vous en avez parlé tout à l'heure. Les poignards, les flambeaux. C'est exact. Ce que j'aime boire ? Là aussi, j'ai mes goûts. Je préfère les whiskies blancs. Toute la série des Glen, toute la lyre vénéneuse du malt. Glen Fiddich, Glen Morangie, Glen Grant. Des amours, ces trois-là.

Effectivement, elle employait pour les nommer une voix chaude d'amoureuse.

— Si nous en buvions un ? fit Michael gaiement, car il n'avait eu que des désillusions avec les droguées. Les pochardes, elles, avaient du moins de la femme autour des os.

— Avec plaisir, murmura Marjorie.

Elle avait si nettement détaché le mot « plaisir » que Michael en fut ému physiquement. Il remarqua avec satisfaction que les autres clientes la remarquaient. Sous son triple collier de fer frémissait une agréable poitrine. De cela aussi il fut satisfait. Elle but la moitié de son verre dès qu'on l'eut servie. Elle soupira, mélancolique :

— Oui... Mon oncle est mort...

— Vous l'aimiez beaucoup ?

— Je m'en foutais. Ces gens qui vendent des appartements !

— Hé, protesta Michael en riant, moi aussi, j'en vends !

— Ce ne doit pas être ce que vous faites de mieux. Je vous aurais préféré autre. Coureur automobile. Guérillero.

— Pas très commode, à Londres.

— Matador. Cosmonaute. Footballeur. Sauteur en hauteur. J'aime beaucoup les sauteurs en hauteur. Oui, je vous aurais préféré tout autre...

Elle le fixa brusquement dans les yeux avant de lancer :

— ... Mais je n'ai pas choisi. Je ne choisis jamais.

Elle acheva son verre d'un trait :

— J'ai déjà vingt-huit ans. Je suis une vieille. A demi pourrie. La tache verte va me tomber sur le ventre. Alors, je brûle. J'habite Earl's Court. Comment je vis ? Des photos de mode, par-ci par-là. Mais surtout mon père m'envoie de l'argent. Il est en Australie. Je ne sais pas ce qu'il fait, là-bas, avec les moutons. Je suppose qu'il doit les tondre. Combien j'ai eu d'hommes ? Quelques-uns. Pas beaucoup. Je suis difficile sur la qualité.

— Je croyais que vous ne choisissiez pas ?

— Effectivement. Ceux qui me choisissent ont de la qualité. Il paraît que c'est de l'orgueil.

— C'en est.

— Tant mieux. J'aime.

Elle le considérait avec sang-froid mais insistance, comme disposée à présent à l'entendre parler de lui. Il mentit pour la première fois quant à son âge, tant il redoutait que celui-là se voie :

— J'ai trente-huit ans. Quel âge me donniez-vous ?

— Trente-sept et demi.

Elle se mit à rire. De fines veines bleues, imperceptibles, émouvantes couraient sur son cou blanc.

— Trente-sept et demi. C'est amusant, car j'habite au 27 ½.

Elle rit plus fort.

— Mais c'est vrai, Marjorie. 27 ½ Smith Terrace, à Chelsea.

Elle lui tendit, toute droite, ses deux mains à baiser :

— J'adore Chelsea.

Il les baisa avec embarras. Il n'était pas guérillero, lui, et trouvait ces effusions regrettables en plein Café Royal.

Elle baisa ses propres mains à l'endroit où il avait posé ses lèvres, et il jugea ce geste grave d'érotisme.

— Allons dîner, Marjorie.

Elle secoua son étage de bouclettes :

— Je n'ai pas faim. Buvons encore quelques Glen. C'est plus distingué.

— Comme vous voudrez. Après, nous irons au Revolution.

— Parfait. Et après ?

— Après... Venez au jardin, je voudrais que mes roses vous voient.

— Comment ?

— C'est de Sheridan.

— Ah, bon.

— Après... je voulais dire... Après... nous irons au 27 ½ Smith Terrace pour y faire l'amour.

— Parfait, Mike. Après quoi la saloperie de jour pourra bien se lever.

Cette fille n'était pas aussi « pourrie » qu'elle s'en targuait. Il y avait dans son sourire hardi tout un versant d'enfance et de clarté qu'elle n'avait pu piétiner.

Le Revolution, Bruton Place, près de Berkeley Square, était la boîte en vogue de Londres. Elle serait démodée après-demain, mais ce soir-là elle brillait de tous ses feux comme pour une croisière immobile. De fait, ses feux étaient rouges, et l'on n'y voyait rien. Ainsi que toutes les boîtes élégantes de Londres, c'était un club, et Michael Huggins, flairant le succès, en était membre depuis la fondation. Dans l'entrée, pour justifier son titre, le Revolution arborait des portraits géants de Hô Chi

Minh, de Castro, de Lénine, ainsi que des affiches de la révolution bolchevique représentant des ouvriers, des paysans s'élançant au combat. Leur élan furieux ne gênait pas du tout les bourgeois et autres fils de famille britanniques qui s'entassaient là en attendant de s'introduire dans un sanctuaire qui n'avait rien de la cellule communiste de banlieue. Face aux effigies des héros, celles de Napoléon et de De Gaulle apportaient une discrète note humoristique.

Marjorie n'était pas grise. Elle avait bu six Glen.

— Il me faut cela pour me réchauffer les doigts, avait-elle expliqué tristement. J'ai toujours l'extrémité des doigts glacée. Ce doit être l'alcoolisme, déjà. Mais sans alcool, j'ai les doigts froids, c'est un cercle infernal dans un cercle vicieux.

Après quoi, elle avait ri :

— Il faut bien mourir, n'est-ce pas ? Mon oncle n'a jamais bu que du thé au lait, il est quand même à Brompton.

Elle donna son manteau de chèvre à longs poils au vestiaire. Elle portait un pantalon de soie noire largement évasé aux chevilles, une brassière argentée qui laissait nus son ventre et ses reins. Des bracelets d'acier enserraient ses deux bras.

— Vous êtes belle, Marjorie Sampson, fit Michael en connaisseur.

— Il le faut bien, soupira-t-elle, comique. Une fille laide, ce n'est pas une fille.

Elle l'était, elle, fille ou femme, et terriblement, insolemment, de la perruque folle aux souliers à paillettes également argentés. Michael n'aimait vraiment que ce genre de créatures féminines, languides, capricieuses, un peu névrosées, fragiles, incompréhensibles. Jill était une parfaite complice d'appartement, mais n'était pas l'oiseau baroque des îles, l'ara peinturluré qui vous enfonce ses griffes dans la peau. Michael, fier de Marjorie, bénit l'oncle d'avoir quitté cette vallée de larmes. Sans lui, pas d'enterrement, pas de quarante ans de victoire.

Agressive, d'une violence de combat de rues, la musique leur éclata en pleine tête comme une grenade. Un groupe Pop, sur fond pourpre, sous éclairage pourpre et sous le mot Revolution en lettres blanches, jouait une musique énorme, volumineuse, toute une immensité animale de bruit.

Une demi-douzaine d'amplificateurs d'une taille de réfrigérateur braquaient leurs gueules de fracas sur la salle, décuplant à l'extrême point de rupture de l'oreille humaine les stridences des deux guitares et du piano électrique, les déferlements sourds de la batterie. Parfois, l'un des musiciens chevelus échevelés, soucieux de tirer la quintessence sonore de son instrument, manipulait les boutons d'un appareil qui tenait le milieu entre l'ordinateur géant et le tableau de bord d'un Boeing, et le bruit monstrueux augmentait d'un degré.

L'étrange était bien que ce bruit unique restât de la musique, et c'en était une, pure, prenante, exigeante dans sa sauvagerie. Ainsi vient éclater la mer contre une falaise, ainsi se déchirent les nuits de bombardement, ainsi ruisselle le sang, ainsi coule l'alcool, ainsi se répandaient sans pudeur cette musique désespérée, ces harmonies terroristes.

La piste grouillait d'ombres qui dansaient à fond de cale de cet enfer. Il n'était plus question, pour Marjorie et Michael, d'échanger une parole. Ils s'installèrent sur un coin de banquette, près d'autres spectateurs muets et comme pétrifiés là depuis des heures, cloués par les aigus insoutenables qu'arrachaient à leurs cordes, à pleins doigts, les guitaristes. L'un d'eux, tout à coup, s'approcha d'un micro et se mit à chanter, faisant trembler la salle et ses fondations. Il était long et filiforme tel un ange chu des déliquescences d'une toile préraphaélite, moulé dans un pantalon de toile rouge, et son torse d'adolescent vibrait sous une chemise blanche à jabot frissonnante de dentelles. Ses longs cheveux blonds virevoltaient sur sa poitrine, encadrant une chaînette au bout de laquelle se trémoussait un crucifix. De son chant tragique ne se comprenaient guère que deux mots hurlés à pleins poumons : « *My love... My love...* » On pouvait en déduire, en supposant que l'on pût être encore capable de réflexion, que cet effrayant cri de rage n'était autre qu'une romance sentimentale.

Extasiée, Marjorie se releva d'un bond, se jeta sur la piste et dansa. Beaucoup de filles dansaient seules comme elle le fit, les yeux clos ou perdus sur des choses très vagues. Une sombre frénésie les secouait, les magnifiait toutes. La plupart étaient belles, le visage douloureux de rêve et de bruit. En mini-robes si courtes qu'elles ne laissaient aucun recours aux imaginations, en robes du soir, en blue-jean du dimanche, en pantalons de satin, quelques-unes à demi nues telle Marjorie, toutes se balançaient, semblaient noyer leur souffle et leur âme au sein de ce fantastique vaudou occidental. Des gouttes de sueur illuminaient leurs traits. Quelques hommes frétillaient autour d'elles à la façon de lourdes araignées. Michael constata, cette fois encore, qu'ils ne gagnaient rien à entrer dans cette ronde de nuit féminine faite pour le corps des fées et les nerfs des femelles. Ballottées à marée haute du bruit, les femmes n'étaient plus qu'animales, superbement animales. Les hommes glissaient, l'air idiot, à la bestialité ahurie.

Un ventre nu, qui n'était pas celui de Marjorie, vint se tordre et se pâmer tout près de Michael. Soûle de tumulte, comme endormie, paupières baissées, la jeune femme jetait alternativement ses pouces par-dessus ses épaules, offrant la chair vive de son ventre, l'œil mort de son nombril à des mâles de songe qui ne pouvaient s'en emparer qu'à l'intérieur de brumes très personnelles. Michael, cruel, songea que ce ventre-là ne serait pas toujours objet de nuit, qu'il se distendrait bientôt, finirait en baudruche au Mothercare, magasin pour futures mères. Oxford Street. Il chercha des yeux Marjorie. Elle était en tout semblable à ce personnage irréel que la terre attendait patiemment. Elle aussi n'était plus qu'un corps de pantin en caoutchouc broyé par la musique, accouplé intimement à ce vacarme de délices, elle aussi, la bouche grande ouverte comme un poisson sur le sable, jetait ses pouces derrière ses épaules en une absurde et mécanique incantation.

Le Jésus blême, à présent, sanglotait ses douleurs de néphrétique, le micro dans la bouche et les guitares filaient des accords déchirants tandis qu'à bras raccourcis le pianiste tombait et retombait, en transes, sur son clavier.

Comme une épée, le silence s'abattit sur l'assistance assommée. L'ange foudroyé reprit instantanément sa placidité, fit poliment « *Thank you very much* », but une gorgée inoffensive de Coca-Cola. Mais le silence était interdit au Revolution. L'envoûtement ne pouvait cesser plus de cinq secondes sous peine de destruction. Le batteur, de quelques coups de canon, rameuta ses camarades et le groupe attaqua au couteau un autre morceau, non sans avoir une nouvelle fois titillé les boutons de l'ubuesque machine à créer les orages.

Marjorie vint à Mike, exaspérée, lui hurla à l'oreille :

— Votre bouche! Vite! Vite!

Elle l'embrassa avec fureur, comme pour reprendre haleine, alors qu'elle la perdait. Elle arracha sa perruque, la posa sur la table. Elle avait les cheveux très noirs et très courts. Elle cria encore :

— Commandez du whisky. Une bouteille! lui

décocha un sourire d'une tendresse inattendue et, d'un saut, réintégra le cœur de la tempête.

Quelqu'un la remplaça aussitôt aux côtés de Michael. Junkie avait changé de costume, avait sacrifié à la tunique rouge, à la chemise rose, au pantalon de flanelle bleu ciel.

— Qui est-ce? fit-il en désignant Marjorie.

Michael devina le sens de la question. Il répondit avec simplicité :

— Une fille.

L'explication parut combler Sherwood. Au bout d'un long instant de contemplation morose consacré à l'étude de Marjorie, il eut une moue admirative qui plut à Michael.

— Belle! mugit-il.

Huggins approuva de la tête. Junkie s'enfonça lentement dans les sables mouvants d'une vieille tristesse. Pourquoi le croisaient-elles sans le voir, lui, sur cette rive solitaire où pourtant il allumait de grands feux, agitait son mouchoir? Pourquoi l'avoir réduit à une goutte de folie sur un sucre pour que s'élèvent au ciel de couleur, au ciel des galaxies, Lucy et ses diamants? Il regarda, amer, cette perruque de bouclettes blondes jetée sur la table ainsi qu'un scalp chu d'un autre monde. Du bout des doigts, furtif, honteux, il la caressa.

Elle avait remis sa perruque. Cette fois, elle était ivre de bruit et d'alcool. Il était deux heures du matin. La fête était finie. Le Revolution, arrivé à quai, flottait dans des chenaux de feutre. Marjorie laissa Michael la recouvrir de sa fourrure comme on aide un mort à enfiler son linceul. Ce silence soudain était insupportable. Marjorie murmura, comme ils gagnaient la sortie, comme ils pénétraient dans la nuit ainsi que dans une eau noire :

— Ah, Mike, je vous en prie, faites sur moi le signe de la croix, je ne puis plus le faire, et je suis très croyante.

Il obéit, interloqué. Cette parodie parut bizarrement la rasséréner.

— Je ne suis pas folle, Mike. Ivre, oui, mais c'est ivre que je suis moi-même. Je ne vis que pour les moments privilégiés où je suis ivre. C'est là que je vois avec clarté ce que nous sommes sur la terre : du vent.

Ils montèrent dans la Jaguar.

— S'il vous plaît, Mike, allez à la Tamise, roulez très lentement le long de la Tamise. Je ne pourrai pas vous aimer si je ne vois pas couler une rivière avant.

Elle cala, sans se soucier de déranger l'ordonnance de sa perruque, sa tête contre l'épaule de l'homme.

— Mike, soyez gentil, je veux voir aussi le pont de Waterloo. C'était une grande victoire, Waterloo. J'ai besoin, cette nuit, de grandes victoires. Je suis atrocement vieille, pas vous ?

— Non, pas moi. J'ai des tas d'années à vivre.

— Avec moi ?

— Peut-être. Cela dépend de tant de choses.

Elle se pelotonnait, craintive, frêle, destructible, éphémère, du moins Michael la jugeait telle, et reprenait, en changeant ses vitesses, un à un, ces adjectifs qui la définissaient, l'extirpaient des ténèbres : oui, craintive, oui, frêle, oui, destructible...

Sinueuse, elle se mit à le caresser, comme imperceptiblement. Elle était ivre et naturelle, ainsi qu'elle l'avait dit. Très douce. D'une douceur de demi-sommeil.

— A Paris, fit-elle, aujourd'hui, c'est la révolution. Les barricades. Mao débarque. Cette saleté de monde va changer. Nous allons être heureux. Tous les hommes vont être heureux. Mourir heureux, ce n'est pas tout à fait mourir. Je vous ferai mourir heureux. Qu'en pensez-vous, Mike ?

Il ne pensait pas. Elle était très douce.

Ils passèrent près du Waterloo Bridge, elle ne se souciait plus des victoires de l'Empire, ne parlait plus. Pourtant, quand ils arrivèrent à la hauteur de l'obélisque de Cléopâtre — la Cleopatra's Needle —, elle releva la tête et lança une réflexion incongrue :

— Voilà un symbole sexuel qui n'échappe à personne.

Amer, Mike la repoussa. Il se retint de dire : « Même les folles peuvent être bêtes. » Il ne tenait pas à l'attrister. Il n'aimait pas coucher avec des filles sinistres. Elle pleurnichait :

— Je vous demande pardon, Mike.

— Ne pleurez plus. J'ai horreur de coucher avec des filles sinistres.

Elle renifla un peu, puis, d'une voix angélique :

— Battez-moi, Mike. Je suis une conne. Battez-moi.

— Non.

— Battez-moi, ou je saute.

Elle avait ouvert la portière. Il n'aimait pas non plus battre les filles. C'était un garçon compliqué.

— Refermez cette portière. Tout de suite.

Elle obéit.

— Vous me battrez ?

— Tout à l'heure.

— Vous me le jurez ?

Il soupira, à bout de forces :

— Oui.

— Avec une ceinture ?

— Si vous y tenez.

Elle lui lécha la main. Il n'était plus heureux. Cette langue qui voulait imiter celle, soumise, des chiens le glaçait.

Pourtant, quand il arrêta la voiture devant chez

lui, Marjorie, silencieuse, avait retrouvé toute sa dignité. Elle souffla même, pendant qu'il ouvrait la porte du 27 ½ :

— Oubliez tout cela, cher Michael Huggins. J'étais soûle.

— C'est oublié.

— Je vous interdis de me frapper.

— Je ne vous frapperai pas.

Très grande dame, mais toujours trahie par ses yeux las d'enfant mal venue, mal aimée, elle déclara beaucoup priser cette maison. Elle tapa du poing dans un mur :

— Elle est solide, elle vous ressemble. Elle ressemble à un homme. Michael, vous ressemblez à un homme.

Il se fichait de ses divagations. Il allumait rituellement les quatorze chandelles de ses flambeaux de cuivre et dressait le décor du sacrifice. La bouteille de Dom Pérignon rosé était au frais, ainsi que d'habitude. Comme à l'accoutumée, il plaça sur le plateau de sa chaîne stéréophonique un disque de Mozart qui avait fait depuis longtemps ses preuves : « *Piano concerto n° 20 en ré mineur*, soliste Ingrid Haebler. »

Ainsi vivent les séducteurs.

CHAPITRE II

Ainsi s'ennuient les séducteurs. Le lendemain, Jill, au bureau, lui avait simplement demandé :

— Eh bien?

Il avait répondu :

— Eh bien?... Bien.

Il n'aimait pas parler de cela. Le premier moment de fièvre passé, comme par l'effet d'antibiotiques, il n'y avait plus jamais de fièvre. C'était pourquoi il s'affairait à créer le plus possible de ces « moments-là ». Et il retombait toujours, et ce vide toujours renouvelé donnait le vertige à sa vie. Qu'elles fissent l'amour bien ou mal, n'était-ce pas, finalement, secondaire? Elles l'avaient fait, avec lui, et cela suffisait à le dégriser, les démonétiser. Encore heureux quand elles ne le dégoûtaient pas un peu, sans qu'il osât se l'avouer. Prises, elles n'étaient plus à prendre

Si *Lucy in the sky with diamonds* pouvait servir d'accompagnement musical aux heures de Junkie, il pouvait, lui, adopter en guise d'hymne national *I can't get no satisfaction* [1]. Il savait, tout au fond de lui, qu'il était stupide d'ainsi courir aux trousses des filles comme à seize ans, mais, appartenant à

1. *Je ne peux pas obtenir satisfaction.* Chanson des Rolling Stones.

cette race de voyageurs immobiles, il vivait d'espoir avec eux. Peut-être mettrait-il la main, un jour, sur celle qui l'arrêterait six mois, qui tiendrait son bras toute une année, qui lui offrirait deux ans de repos...

Il n'avait jamais cru au « toute la vie » des bouches en cœur, au « toujours » des débiles sentimentaux. A vingt-cinq ans, il s'était marié, pour divorcer à trente. Il y avait même une petite Carole Huggins qui, aujourd'hui, avait treize ans et vivait à Manchester avec sa maman Linda et un beau-père. Il s'était juré, depuis, de sauvegarder sa liberté. Il n'en tirait pas d'ineffables bonheurs, soit, mais du moins, aucun regard ne l'attendait quand il rentrait chez lui en retard. En retard? Il ne pouvait plus rentrer en retard. Il pouvait se frotter à toutes les peaux, à tous les parfums, récolter tous les cheveux sur sa veste, il n'y avait plus rien à craindre, pas même de Dieu qui ne pouvait prétendre s'y connaître en femmes.

Certes — il y songeait ce matin-là après avoir reçu un client dans son bureau — certes, Marjorie Sampson était une fille assez singulière à regarder vivre, à laisser vivre auprès de soi, élégante, experte, inventive, certes, oui, bien sûr. Mais cette gerbe d'étincelles avait le tort irréparable d'exister. « C'est dans ma tête, pensait-il avec mélancolie, et pas ailleurs, que sont les seules filles singulières. Marjorie, je peux lui dire de venir, elle vient. Elle a un téléphone, un corps que je sais depuis quinze jours. Non, pas quinze jours. Trois semaines, déjà. »

Il n'avait pas revu Jenny Murphy, le petit lapin du Gaiety. Elle seule l'intéressait, décidément, qui s'était refusée d'une pirouette. Ce corps unique pouvait encore lui tirer un soupir. Il avait faim de ce soupir. Il revit avec précision le grain de beauté qu'elle portait sur la cuisse gauche. Seul ce grain de beauté l'émouvait, qu'il avait aperçu entre deux mailles du bas à filet. Il faillit téléphoner sur-le-champ à ce grain de beauté qui lui coupait la respiration. Sa main se posait déjà sur le combiné quand il se dit, courroucé, que Jenny s'opposerait encore à ses désirs. Il lui en voulut à mort. N'avait-il pas présentement une « maîtresse » qui valait dix Jenny. N'en aurait-il pas une, demain, après-demain, qui en vaudrait vingt ? Ce n'était pas son rôle d'aller prier à deux genoux une *bunny girl*, de tendre une sébile pour y recueillir un grain de beauté. Il repoussa le téléphone. Tant pis pour elle. Le téléphone sonna.

— Oui ?

— Miss Sampson sur la deuxième, Mr Huggins.

Il marqua un long temps d'hésitation.

— Je vous la passe ?

— Si cela vous amuse...

Marjorie, dans son studio d'Earl's Court, Marjorie avait peur.

Elle vivait dans une rue aussi extravagante qu'elle ou le 27 ½ de Michael, une rue à deux noms qui, sur un trottoir, s'appelait Bolton Gardens, et sur l'autre Bramham Gardens. En peignoir sale, Marjorie, démaquillée, le visage luisant et nu, traînassait dans la pièce. Marjorie, femme d'extérieur, l'était fort peu d'intérieur. Des miettes de biscottes et de cakes craquaient sur la moquette étoilée de brûlures de cigarettes. Des fonds de théière ou de bouteilles avaient laissé des ronds humides sur tous les meubles. Les cendriers — voire même des assiettes — débordaient de mégots. Vingt perruques de toutes teintes étalaient leurs crinières dans tous les coins. Quelques paires de bas séchaient sur le bras d'une lampe. Marjorie n'avait jamais reçu un homme dans ce qui était son domaine et celui de la poussière. Une colonne de verres douteux emboîtés les uns dans les autres s'érigeait sur la table de nuit entre des flacons de médicaments, un chargeur de pilules anticonceptionnelles, des ouvrages marxistes, une croix gammée et une Military Cross achetées au marché de Portobello, des shillings et des six pence destinés au compteur à gaz. Marjorie, inquiète, allait d'un siège à l'autre, troublée comme un chat malade, remuant, tels des cubes de glace dans un whisky, ce qui était son problème ce jour-là : « Je l'appelle, ou je ne l'appelle pas ? »

Elle s'éloignait du téléphone, y revenait, s'en détournait. La révolution, à Paris, avortait sous les matraques. Marjorie, déçue, voyait reculer son rêve de bonheur universel. Le sien propre ne se portait pas mieux. Elle avait couché avec plus d'hommes qu'elle ne l'avait confié à Mike. Quelle importance, d'ailleurs, puisqu'ils n'étaient pas là. Mike... Il ne faisait pas mieux l'amour qu'un autre. Imbu de son dérisoire savoir, comme tous les autres. Alors ? Pourquoi y penser, ce jour-là, avec cette acuité ? L'amour, ils n'y entendaient rien, tous. Ce que ces fats de Latins prétendaient être seuls à connaître, les Anglo-Saxons l'avaient appris depuis longtemps. Même un Australien, même un Néo-Zélandais était dans ce secret des dieux et de Polichinelle. Tous égaux devant la loi, tous égaux quant au rond de jambes, tous paons éblouis par leur roue. Alors, pourquoi Mike, pourquoi celui-là ?

Elle ne se comprenait plus et son beau miroir à cadre d'argent lui renvoyait comme une balle de ping-pong la tête d'une étrangère.

Elle glissa, sur le ventre, jusqu'au téléphone.

— Mike ? C'est moi. Je ne vous dérange pas ? Je vais très bien, merci. Vous avez des soucis ? Difficultés économiques de l'Angleterre ? Ah, nous avons des difficultés économiques ?... Je ne suis bien que dans vos bras. Je n'ai été bien, vraiment bien, que dans vos bras, je vous le jure. Si, si, Mike, vous êtes un type formidable. Je ne vous ai pas vu, hier. Il faut que je vous voie ce soir. Je serai très belle. Je serai très douce. Sept heures au Chelsea Potter? C'est un pub. Au coin de King's Road et de Radnor Walk, entendu. A ce soir, Mike. Je... je... Comment? Je vous embrasse.

Elle avait la bouche emplie de sciure. Elle alluma une cigarette. Elle qui avait toujours menti en coulant de source, voilà qu'elle sentait que se désaccordait sa voix. Elle se versa un demi-verre de whisky, rien qu'un demi-verre. Quelle horreur, elle avait un bouton de fièvre au coin de la lèvre. Comment s'habillerait-elle? En corollaire, comment se déshabillerait-elle, comment pourrait-elle faire l'amour pour lui plaire? Marjorie avait peur.

— Elles n'ont pas même le bon goût d'être rares, se dit Michael. Elles sont impossibles quand on ne les a pas, impossibles quand on les a. Elles s'ennuient à périr sans nous. Elles s'ennuient moins quand elles nous ennuient. Ah, je donnerais dix Marjorie pour une Jenny. Elle doit avoir des fesses sublimes, des fesses en forme de cœur, cette Jenny.

Il tenta de fixer son attention sur ce séant de terre promise, mais n'y parvint pas. Il fuyait, ce derrière fabuleux, s'évanouissait. Cela n'était pas des songeries pour cabinet d'Estate Agent. Sans le savoir, Michael Huggins fit le même geste que Marjorie Sampson, à la même seconde. Il alluma une cigarette. Il en avait assez des femmes. C'était un sujet ridicule en ce début de juin où, sur les rivières d'Écosse, les mouches voletaient au crépuscule, gobées avec bruit par les truites. La veille, Gordon l'avait appelé de Craigellachie :

— Vieux Mike, les eaux sont parfaites. Le Spey, ses poissons et moi vous attendons. Quand venez-vous?

Un garçon charmant, Gordon, un ami de collège, locataire d'un parcours idéal pour la pêche à la mouche. Il lui avait répondu :

— Si je n'ai pas trop de travail, j'arrive.

Il se décida. Il partirait ce vendredi, rentrerait mardi. Il avait déjà enfilé ses cuissardes. Il posait déjà sa mouche — une « Olive Dun » — dans un courant, là, sous un pont de bois, juste où se tenait une truite d'une livre. Il serait quelques jours loin, très loin de ces damnées, de ces maudites, de ces sacrées bonnes femmes. Cette idée l'excita. Plus qu'elles. Ce soir, il préparerait son matériel. Hélas! non, pas ce soir, puisqu'il voyait la sempiternelle Marjorie, l'inévitable Marjorie.

Contrarié, il passa dans le bureau vitré :

— Jill, ne me prenez pas de rendez-vous vendredi après-midi, ni lundi. Je vais me reposer trois jours dans les Highlands.

— Très bien, Mr Huggins.

Il la regarda avec sympathie. En fin de compte, Jill Craig était la plus belle conquête de l'homme. Toujours souriante, toujours égale, jamais importune. Il aurait préféré avoir chez lui ce soir l'ancienne plutôt que la nouvelle. Ils auraient cuisiné, écouté des disques ou feuilleté des livres d'art, côte à côte, en camarades, sans questions ni problèmes. Si l'envie lui était venue d'avoir envie d'elle, tout aurait été d'une telle simplicité... S'il n'y avait pas songé, elle ne se serait jamais permis d'en parler ou de risquer un geste désagréable. C'était une femme, Jill, comme les « Church's » sont des chaussures, les « Briggs » des parapluies : parfaite. Hélas! trois fois hélas, Jill, pas ce soir. Ce soir, l'éternelle Marjorie gâcherait le coucher du soleil.

Excédé, comme il était presque midi, il décrocha son chapeau de la patère, et sortit. Il rentra aussitôt pour prendre ce parapluie de la même qualité que Jill. Il pleuvait un peu sur Chelsea. Deux « hippies » en habits à fleurs couraient en riant entre les gouttes. Michael se dirigea vers sa voiture. Il déjeunait chez lui. Mrs Berdean, sa femme de ménage, lui avait préparé du haddock sur sa demande. Il aurait du moins le temps d'extraire ses cannes à pêche de leur étui pour les caresser de l'œil. La perspective de ces trois jours de loisir le calmait, le déridait. Il se surprit à chantonner à son volant. Trois jours de paix, trois jours à n'être que lui-même sans se donner en spectacle à une fille qui se donnait en spectacle, mais c'était les prémices du paradis.

Allons, les temps n'étaient pas éloignés où il offrirait Marjorie à Junkie, lequel guettait dans l'ombre que cette pomme tombât de la branche entre ses mains. Il était passé maître dans l'art d'accourir à point nommé pour jouer les consolateurs, et réussissait neuf fois sur dix dans ce rôle difficile. S'il ne savait ni aborder ni enlever les positions, Junkie, dès qu'il avait un pied dans la place, était capable de le mettre dans l'étrier. Au diable, Marjorie! C'est-à-dire à Junkie!

Alors qu'il attendait de pouvoir tourner dans Radnor Walk, quelque chose d'inattendu se passa sur le trottoir, de son côté.

Pieds nus dans ses sandales malgré la pluie, une blonde mangeait des cerises tout en marchant.

D'une main, elle poussait devant elle un de ces amusants paniers à deux roues qu'utilisent pour faire leur marché les ménagères anglaises, paniers munis d'une canne qui sert de poignée.

De l'autre main, la jeune femme puisait des cerises dans le panier, en avalait une, crachait le noyau n'importe où, avec force.

Parfois, elle s'ôtait le noyau de la bouche, le brandissait au bout d'un bras, entre deux doigts et, clac, le projetait au ciel où il allait décrire une plaisante parabole avant de retomber sur la tête d'un passant ou le toit d'une voiture.

Elle allait, la blonde aux cheveux très longs

déployés sur le dos, droit devant elle, sans voir personne, sans crainte de la pluie qui, déjà, lui collait au corps sa stricte jupe blanche et son chemisier bleu marine. Ce corps chaleureux, ces jambes solides, cette démarche joliment terrestre éblouirent Michael. Elle avait, cette jeune femme, la peau saine et dorée, la peau d'été des Renoir.

Les conducteurs qui suivaient Michael, impatientés, se mirent à klaxonner discrètement. Il ne les entendit pas. Sa blonde de luxe s'éloignait, et cela lui était insupportable tout à coup. Il ouvrit la portière, prêt à descendre. Les klaxons se firent rageurs. Désemparé, il haussa les épaules et, sans même refermer la portière, accomplit sa manœuvre pour gagner Radnor Walk.

Ayant ainsi libéré la voie, il gara la Jaguar n'importe où et revint en pressant le pas vers l'endroit où devait être, à présent, la blonde aux cerises.

Mais que foutaient donc tous ces gens, King's Road, sur ce trottoir! S'étaient-ils tous donné rendez-vous pour l'empêcher d'avancer et de la retrouver, vite! Il avait encore à l'oreille le grincement des roues mal huilées du panier.

Il ne revit pas la blonde. Il eut beau couler un œil dans tous les magasins, dans toutes les rues adjacentes, elle avait disparu. Il ne la reverrait jamais.

Il rebroussa chemin, dépité, interdit. Il avait laissé chapeau et parapluie dans la voiture, et s'aperçut seulement qu'il était trempé. La pluie avait redoublé.

— Elle a dû s'abriter quelque part, dit-il à haute voix, ce qui lui valut d'être toisé par un vieux gentleman étonné.

Soudain, un noyau de cerise craqua sous sa chaussure.

La blonde l'appelait.

Il en avisa un autre, un mètre plus loin et, sans

penser à ce qu'il faisait, se baissa pour le ramasser. Il le considéra avec une attention digne de Sherlock Holmes, mais ce noyau idiot gardait inexorablement l'immensité océane de son mystère. Il le jeta. Pris de remords, il le ramassa une seconde fois et le mit dans sa poche.

Une idée saugrenue lui vint. En suivant ces noyaux dont la blonde avait jalonné sa route, il arriverait jusqu'à elle, qui se blottirait dans ses bras. Ce plan lui sembla sans faille, et même génial. Sous l'averse, il déambula en zigzags à la recherche de tous ces noyaux magiques. Il en repéra de la sorte une vingtaine, sans souci de l'étrangeté de son comportement. Il suivit la piste jusqu'à Markham's Square, où elle s'interrompit tout net. Petit Poucet désolé, Michael Huggins renonça à la quête burlesque de son Graal d'un quart d'heure.

Une de ces salopes du Traffic Warden avait glissé sous son essuie-glace une contravention élégamment recouverte de plastique, ce qui porta au zénith la mauvaise humeur de Michael.

Chez lui, il se changea, puis grignota du bout des dents un morceau de haddock. Pour un morceau pareil — il ne s'agissait pas du haddock, mais de la blonde perdue — il aurait donné vingt Marjorie et, en prime, vingt Jenny. Il réfléchit, car jamais un Huggins ne s'avouait vaincu. Il était dès l'abord certain que cette jeune femme habitait Chelsea. Les ménagères ne devaient pas venir souvent de Pimlico ou de Wesminster en poussant leur panier à roulettes — *shopping basket on wheels* — pour acheter des cerises King's Road. Peut-être était-ce une bonne, nouvelle dans le quartier. Oui, nouvelle, car Michael se flattait d'assez bien connaître Chelsea pour qu'il fût impossible qu'un visage semblable lui échappât plus de quinze jours. Cela le rasséréna. Il remettrait la main dessus, saurait où elle vivait, qui elle était.

Après quoi, on suivrait la routine, on tendrait la toile.

Il n'avait plus envie de sortir de leur étui ses cannes à pêche. Celle-là ne devait pas lire *IT* ni fomenter des révolutions au Revolution. Sa jupe sobre s'arrêtait juste au-dessus du genou, il avait eu le temps de le remarquer, de remarquer aussi que, hormis ses cerises, l'apparition n'était pas du genre à vouloir se faire remarquer à tout prix, ce qui, à Chelsea, vous faisait immanquablement remarquer, quand vous étiez jolie.

Elle devait porter un nom d'enchanteresse. Elle devait s'appeler Exquise.

« Moi, songea Michael ému, moi, je l'appellerai Cerise. Oui, Cerise. Toujours. Même quand je saurai son vrai nom. Elle ne peut s'appeler que Cerise. Cerise, rouge comme sa bouche. Cerise, lisse comme sa peau. »

À deux heures, au lieu de regagner son bureau par les voies les plus directes, il fit en voiture, lentement, quelques détours dans les rues avoisinantes. Puis il passa sans un regard devant son bureau. Junkie était peut-être chez lui. Il logeait dans le secteur pouilleux de King's Road, au 482, tout en haut d'une maison de trois étages délabrée, qui s'écaillait à la façon d'un vieux boa à l'époque de la mue. Ce coin-là portait le nom plutôt mélancolique de World's End (Fin du Monde).

La moto était devant le 482. Michael sonna. Il n'y avait pas d'interphone dans ces bicoques-là et Junkie, plutôt que de descendre identifier son visiteur — « Ce n'est toujours pas un cambrioleur », plaisantait-il — pressait le bouton qui commandait l'ouverture de la porte.

Michael grimpa les trois étages en soufflant. Le spectre de ses quarante ans sautillait et ricanait devant lui :

— Si tu m'as oublié, Huggins, je ne t'oublie pas, moi. Souviens-toi comme il y a seulement dix ans, seulement cinq, tu escaladais ce genre d'escaliers avec le sourire.

— C'est le tabac, gémissait Michael.

— Le tabac! grinçait le spectre. Tu ferais mieux de t'intéresser à la seule sorte de filles que je vais te recommander. Je veux dire les infirmières. Prie Dieu, Huggins, pour qu'une infirmière tombe amoureuse de toi.

Junkie était sur le palier.

— Hello, Mike! Content de vous voir.

Hors d'haleine, Huggins ne put répondre Sherwood s'en aperçut :

— Diablement raides, hein, ces putains de marches. Pires que le Golgotha, sans blague.

Michael lui sut gré de ces paroles réconfortantes.

Les murs de l'appartement de Junkie disparaissaient en totalité sous les *posters*, ces affiches à la mode reproduisant jusqu'à la satiété les traits de Castro, Guevara, Mao, Lénine, etc. Aussi ceux du Christ, que les mauvais esprits se complaisaient à annexer. Un macaron bleu à lettres blanches collé sur une armoire invitait les foules à emprunter de curieuses lignes aériennes : FLY L.S.D. AIRLINES. Une collection de branches d'arbres sélectionnées pour leur similitude avec des gestes humains, une autre de bilboquets, une autre encore de siphons d'eau de Seltz pâlissaient quant au nombre et à la variété auprès d'une quatrième, amassée involontairement celle-là : les mégots. Ils s'étalaient en plusieurs couches sur le plancher, emplissaient deux seaux à charbon et l'on devinait leurs masses sous le lit et les fauteuils crevés par la poussée de bas en haut des ressorts. Ce qui n'empêcha pas Junkie d'avancer à son ami un cendrier tout à fait vide.

Michael Huggins, par goût du contraste, se plaisait dans ce pharamineux fouillis.

— Vous allez bien ? s'enquit Junkie.

— Très bien. J'ai pensé vous rendre visite avant d'aller m'enfermer au bureau. Je n'ai pas envie de travailler, aujourd'hui. Il fait si beau.

— Ah ? fit Sherwood étonné, car il s'était quand même aperçu qu'il avait plu.

— Oui, il fait si beau, répéta Michael machinalement. Trop beau pour le travail.

— Pour ça, approuva Junkie, il fait toujours trop beau, quand bien même il tomberait...

— Junkie ! coupa Michael. Quand serez-vous un gentleman ?

— Jamais. Trop ennuyeux.

Il s'empara d'un bilboquet et, tout en jouant, questionna, le rouge au front :

— Voyez-vous toujours cette... cette Marjorie ?

— Un gentleman, par exemple, ne répond jamais sur des sujets qui peuvent nuire à la réputation d'une dame. Où avez-vous appris son prénom ?

— Vous me l'avez dit.

Michael rit. Ces deux-là avaient tout pour se comprendre. Il devait y avoir des mégots partout, chez Marjorie.

— Vous l'aurez bientôt, Junkie. J'en ai assez.

— Déjà ! Pourquoi ?

— J'en ai toujours assez, vous le savez bien. Dès le lendemain.

— Pas drôle, fit Junkie en le fixant avec sérieux.

Michael fut à la fois ravi et contristé qu'on pût ainsi trouver son sort pitoyable.

— Non, ce n'est pas drôle. Nous avons chacun nos problèmes.

— En effet. Vous avez tout. Je n'ai rien.

— Je crois pouvoir vous assurer qu'en cette matière cela revient exactement au même.

La corde du bilboquet se rompit et la boule de buis s'en alla casser une vitre, dans la cuisine. Junkie n'y prit pas garde, les menus incidents de ce genre devant être monnaie courante dans cet appartement. Rassemblant toutes ses énergies, il murmura :

— Je voudrais l'épouser.

— Qui ? Marjorie ? s'écria Michael stupéfait. Mais pourquoi ?

— Elle me plaît.

— Vous ne l'avez vue qu'une fois !

Junkie sourit :

— Ne vous crispez pas, Michael, je vais cette fois vous citer du Marlowe : « Quiconque doit aimer aime à première vue. »

— De mieux en mieux ! Vous aimez Marjorie ?

— Elle me plaît, s'entêta le jeune homme.

Agacé, Michael trancha durement :

— Baisez-la, mon vieux. Mais pourquoi l'épouser ? Ça ne vous suffirait donc pas, de la baiser ?

— Vous n'êtes pas un gentleman, Mike. Non, cela ne me suffirait pas. J'aimerais surtout pouvoir lui caresser les cheveux.

— Je vous apporterai une de ses perruques.

Junkie eut un petit geste douloureux qui toucha Michael par surprise :

— Ne vous moquez pas, *old man.* Elle me rappelle quelqu'un... une fille... dans le temps...

Huggins reprit, plus doucement :

— Bon. Admettons. Je ne pense pas trahir un secret en vous disant qu'elle n'aime pas vos saletés de drogues. C'est une femme normale. Elle boit.

Bouffon, Junkie esquissa un pas d'ivrogne et lança :

— Eh bien, tant pis ! Je boirai !

Mike consulta sa montre :

— Tout cela n'est pas très correct. Ni de votre

part ni de la mienne, d'ainsi nous vendre de la peau de chamois. Je dois aller au bureau. Quant à vous, faites-vous du thé [1], vous y verrez plus clair après.

— Vous êtes fâché, Mike. Si vous êtes fâché, c'est que vous y tenez encore. En ce cas, vous n'auriez pas dû me dire que vous en aviez assez.

— Passez à sept heures au Chelsea Potter. Vous la verrez mieux que l'autre soir. Peut-être changerez-vous d'avis.

Junkie s'inclina à la chinoise :

— Merci, Mike. C'est un beau cadeau. Vous êtes un ami.

Michael descendit de mauvaise humeur l'escalier. Un ami! Ils sont parfaits, les amis! On va chez eux pour leur parler de vous, ils ne vous parlent que d'eux.

Au bureau, il fut exécrable, sur les nerfs. Il réussit, à coups de réflexions injustes, à tirer de grosses larmes d'une Janet dont la coiffure lui déplaisait soudain. Content de lui, il s'en alla ruminer dans son cabinet, où bientôt Jill le rejoignit :

— Quelque chose ne va pas, Michael?

Il la regarda avec froideur :

— De quoi vous mêlez-vous, Craig? La familiarité, si j'ai pu, si je puis encore la tolérer à l'extérieur, n'est pas de mise dans ce bureau.

Jill n'était pas femme à s'émouvoir aussi aisément qu'une simple Janet. Elle répondit sur le même ton :

— Entendu, Mr Huggins. Si jamais d'autres familiarités m'échappaient, aussi bien à l'extérieur qu'ici, je vous recommanderais vivement de ne plus me conserver parmi les membres du personnel.

Elle rejoignit dignement sa machine à écrire. Michael Huggins s'apaisa en se rongeant un ongle avec minutie. Allons, il n'était pas si vieux, puisqu'il était encore à même de se conduire comme un gar-

1. Thé, ou herbe : marijuana.

nement. Il eut le courage d'aller s'excuser en deux mots auprès de Janet. Il coula un œil noir à Jill. Celle-là, il ne la tiendrait quitte que lorsqu'il lui aurait envoyé des fleurs.

Il ne parvint pas à fixer son esprit sur quoi que ce fût d'utile, et attendit six heures avec la résignation animale d'une vendeuse de Woolworth [1].

Il ne salua personne et rentra vivement chez lui pour se dépouiller de ce harnais de patron, équipement qui ne le rajeunissait pas.

— Bientôt, persifla-t-il, il faudra que je sorte avec un seau, une pelle et un béret de marin.

Il choisit dans sa garde-robe un épais chandail de laine rouille à col ouvert, un pantalon de velours faussement grossier. Un embonpoint suspect parut lui arrondir brusquement le ventre et les hanches. Cela lui arracha une grimace.

— Encore un peu, et je suis bon pour la culture physique des classes dirigeantes. Je ne verrai plus que moi en train de courir à quatre pattes, transpirant et grotesque, dans la maison.

Il se campa devant une glace où il pouvait juger en pied du désastre. Il n'était pas beau. Pas encore horrible, mais pas beau. Quel malheur de ne pas avoir la beauté virile d'un chanteur de charme. Elles ne s'en étaient pas encore rendu compte, mais cela viendrait, c'était inévitable. Jenny, déjà, subodorait la chose. Il fuirait les miroirs. Elles lui riraient au nez. Ces préoccupations quant à son physique lui répugnaient. Il finirait comme ces tantes grasses de crèmes de beauté, plus soucieuses encore que des filles de leur apparence. Il monta au premier, dans sa chambre, ouvrit le tiroir d'une commode. Il était là, poli, bronzé, lugubre. Il le prit en main. Lourd, menaçant. Un jour, quand tout serait fini, il place-

1. Chaîne de magasins du type Prisunic ou Uniprix.

rait le canon sur sa tempe. Glacé, puis brûlant, et tout serait vraiment fini. Il le reposa, referma le tiroir. Curieusement, cela le soulagea de pouvoir compter sur une porte de sortie, porte où pourrait toujours se glisser sa bedaine future.

— J'aurais dû préférer la pêche à la mouche aux filles, marmonna-t-il. On peut toujours pêcher à soixante-dix ans. Il n'y a pas de ridicule au bord de l'eau. Il est au bord des filles.

Les deux merles se parlaient dans le lierre. Il entrevit l'œil rond et le bec jaune du mâle, lui adressa la parole :

— Tu es heureux, toi. Quand tu seras un vieux débris, elle ne le saura pas.

Il étendit son mètre quatre-vingts sur son lit. Il était six heures et demie. Il était là comme dans un bain quand, tout à coup, il entendit grincer les roues du *shopping basket*, un bruit qu'il aurait identifié déjà entre mille. Il prêta encore l'oreille. Plus rien. Il se leva, hésitant. Puis, sans trop savoir comment ni pourquoi, se retrouva dehors.

Personne, Smith Terrace.

Elle n'avait pas eu le temps d'aller au bout de la voie, de tourner Smith Street.

Il se jeta Radnor Walk. *Elle* et son panier étaient arrêtés au coin de la rue. Elle ne mangeait plus de cerises. Elle regardait la devanture de Suna's, petit magasin de frivolités indo-hippies où l'on vendait des saris, des bâtons d'encens, des gilets de peau constellés de fleurs tissées.

Michael Huggins n'avait jamais abordé de femmes dans la rue. Non par timidité — il aurait abordé la reine s'il l'avait fallu — mais cette perspective l'avait de tout temps embarrassé. Par orgueil, il n'avait pu se résoudre une seule fois à employer le texte indigent qu'utilisaient les racoleurs de trottoir. Ce style : « Alors, toute seule ? On se promène ? Je vous accompagne » lui paraissait un comble d'imbécillité. Pourtant, là, il sentait qu'il fallait à tout prix dire quelque chose, fût-ce n'importe quoi. Il ne verrait jamais ailleurs que dans la rue la blonde au *shopping basket*. S'il gardait le silence, il se condamnait à ne savoir rien d'elle. Il ne devait pas réfléchir davantage. S'il perdait encore dix secondes, elle partirait, et il la suivrait, ce qui était encore plus bête que de lui parler. Il s'approcha d'elle et fit, lui désignant un sari au hasard :

— Moi, je pense que le rouge vous irait très bien.

Elle se retourna, le dévisagea, surprise, puis lui sourit.

Elle était de ces femmes — rares — qui gagnent à être vues de près, de très près et de plus près encore. Elle n'avait pas, sur sa peau fraîche, une ombre de maquillage. Le blond cendré de ses cheveux ne devait rien aux teintures. Malgré leur longueur, Michael savait, pour en avoir tant vu, qu'il ne pouvait s'agir d'une perruque. Il eut encore le loisir, avant qu'ils ne revinssent à la vitrine, d'aimer le bleu lavande de ses yeux. Au coin de ces yeux-là, trois rides imperceptibles avaient posé leur griffe légère. Michael insista :

— Il ne vous plaît pas, le rouge? Alors, le bleu. Il est du bleu de vos yeux.

Cette fois, elle rit et répondit, désinvolte, en articulant bien, avec un accent inconnu :

— *I do not speak English.*

Il répéta, idiot :

— Vous ne parlez pas anglais?

Elle rit encore et lança, très fort :

— *No!*

Il souffla, désarmé :

— Ce n'est pas possible, il fallait que je vous dise...

Il comprit, à l'ignorance de ses yeux grands ouverts, qu'elle n'avait pas compris.

D'ailleurs, elle reprenait son panier et déjà s'éloignait dans un crissement de roulettes.

Il lui emboîta machinalement le pas.

Elle jeta un coup d'œil contrarié par-dessus son épaule, lorsqu'ils furent presque au coin de King's Road, et entra vivement dans une boutique d'alimentation où il n'osa quand même pas la suivre.

Il demeura sur le trottoir, piqué là, les bras ballants, interdit.

Il s'aperçut alors que, de l'autre côté de Radnor Walk, dans la petite cuisine du Chelsea Potter, Colette, la servante française du pub, le contemplait, hilare.

Il traversa, entra dans le pub. Colette était corse, avait cinquante ans et vivait à Londres depuis la guerre. Il se dirigea vers la cuisine. Colette pouffa de plus belle. Dépité, il grogna entre ses dents :

— Eh bien ! Qu'est-ce qui vous fait rire ?

— Vous, Mr Huggins, vous !

— J'aimerais savoir pourquoi.

— Je ne savais pas, Mr Huggins, que vous couriez après les Françaises.

Michael grimaça :

— Parce... parce qu'elle est française ?

La servante éclata :

— Pas la peine de faire la grimace comme ça ! Les Françaises valent bien les autres, nom de Dieu ! Et au lit, c'est pas des planches, si vous voulez tout savoir. Mais vous n'en saurez rien, parce qu'elle est sérieuse, cette petite bonne femme, ça, j'en suis sûre et sûre aussi que vous perdez votre temps à l'accoster dans la rue comme un mufle que vous êtes !

Michael sentit qu'il serait de mauvaise politique de s'aliéner Colette, se contraignit à lui sourire :

— Ne vous fâchez pas, Colette.

— Je me fâcherai si ça me fait plaisir. Cette petite,

allez, vous ne la ferez pas souffrir comme vous avez fait souffrir Napoléon à Sainte-Hélène!

Michael bougonna :

— Encore cinq minutes, et je brûle Jeanne d'Arc.

Colette haussait la voix :

— C'est peut-être moi qui l'ai brûlée? Et encore, elle, je m'en fous, elle était lorraine. Mais Napoléon!

— Je n'ai pas non plus brûlé Napoléon. Je vous en prie, Colette, calmez-vous.

Il devenait humble. La véhémente Corse se radoucit :

— Vous avez raison, Mr Huggins, je me calme.

— Je voudrais savoir...

— Quoi?

— Est-ce vrai qu'elle ne parle pas anglais?

— Pas un mot. A ce point-là, c'en est même étonnant. A croire qu'elle n'est jamais allée à l'école. Elle ne va pas se faire rire, à Londres, la pauvre créature.

— Vous lui avez parlé?

— Elle est venue boire une bière ici, l'autre jour, toute seule. Même que je lui ai dit que cela ne se faisait pas, en Angleterre, qu'on allait la prendre pour une rien du tout si elle allait dans les pubs sans être accompagnée. Elle m'a dit qu'elle s'en fichait comme d'une cerise.

— Comme d'une cerise? bredouilla Michael.

— Oui, comme d'une cerise. Ce n'est peut-être pas comme ça qu'on dit en anglais, mais je me comprends. Ce qu'elle était contente de voir que j'étais française! Elle va revenir souvent ici pour parler un peu. C'est que ce n'est pas drôle de ne pas pouvoir parler avec quelqu'un. Tenez, la voilà qui sort de la boutique.

Il se retourna vivement. La blonde, après un bref regard autour d'elle pour constater qu'on ne la suivait plus, balançait ses achats dans son panier et, la canne dudit à la main, disparaissait aussitôt au coude de King's Road, non sans avoir, d'un coup de tête soudain, ramené sa chevelure sur son dos.

— Ça, apprécia Colette, vous n'avez pas mauvais goût. C'est une belle petite.

Elle ajouta, sévère :

— Mais fichez-lui la paix. Des femmes, vous en avez d'autres. Elle, elle est mariée.

— Ah, oui? fit Michael abasourdi.

— Bien sûr. C'est pour ça qu'elle est à Londres, pas pour son plaisir. Son mari travaille chez IBM, à ce qu'elle m'a dit. Il est en stage ici pour six mois. Ils sont arrivés il n'y a pas huit jours.

Elle se frappa le front :

— Oh! Mais j'y pense! Vous n'habitez pas Smith Terrace, Mr Huggins?

— Si.

— Eh bien! vous êtes voisins!

— Voisins?

— Parfaitement, voisins. IBM leur a loué une maison Smith Terrace. Pas loin de la synagogue, vous voyez? C'est amusant, non?

— Oui, c'est amusant, murmura Michael.

Colette le bouscula :

— Ah, vous, les Anglais, pour vous faire rire, il faut se lever matin. Vous êtes comme mon vieux.

— Quel vieux?

— Le mien. William, mon mari. Parce qu'il a bien fallu que j'en épouse un, d'Anglais, en punition de mes péchés. Celui-là! Toujours devant la télé à fumer la pipe et boire des Guinness. S'il ne m'avait pas pour faire bouillir la marmite, il en boirait des Guinness! Au robinet, oui!

Michael rit, diplomate, puis demanda :

— Vous n'en savez pas davantage?

— Sur William?

— Non. Sur la Française.

— Ma foi non. J'en ai déjà vu. Celle-là, je ne l'ai

pas interviewée. Tiens, qu'est-ce que je vous disais, sacré coureur de jupes. En voilà une qui vous cherche. Courez-y et laissez tomber ce qui n'est pas pour vous, c'est un bon conseil.

Désabusé, il la remercia, lui laissa même une demi-couronne, alla à Marjorie comme à l'abattoir.

Elle était pourtant divine, Marjorie. Doublement, même, puisqu'elle s'était fait la tête de Greta Garbo. Elle était parvenue à dissimuler sous le maquillage son bouton de fièvre. Peines perdues, car Michael ne la regarda pas. Il s'assit en face d'elle et, brusque, fourra son crâne dans ses mains. Marjorie s'affola :

— Mike! Qu'est-ce que vous avez!

Il fit, entre ses doigts :

— Soyez gentille, Marjorie. Ne me parlez pas pendant cinq minutes. Je suis très fatigué par mon travail. Allez nous chercher des whiskies. Tout à l'heure, cela ira mieux.

— Je comprends, Mike, approuva-t-elle, docile.

Française. Elle était française. C'était pire que tout. Il aurait dû s'en douter. Jamais une Anglaise n'aurait mangé de cette façon ostentatoire des cerises dans la rue. Française... Il n'aimait pas cette race bruyante et vantarde, ce ramassis de demeurés politiques toujours accrochés aux basques du premier Sauveur suprême venu. Pour éviter de se sauver eux-mêmes, toujours tournés vers le ciel dans l'attente de l'arrivée des coquecigrues surannées en uniforme. Que signifiait de sensé cette nation occidentale gouvernée, comme de vulgaires peuplades africaines ou sud-américaines, par des militaires?

Sans tenir la blonde pour unique responsable des aberrations du suffrage universel de son pays, il l'eût de loin préférée suédoise, danoise ou allemande, puisque le mauvais sort avait voulu qu'elle naisse étrangère. Française, et comme tous les Français ou presque, incapable de parler anglais. Comment l'approcher, la séduire, avec des gestes de sourd-muet ? Il fallait renoncer immédiatement à ce projet. Il n'y avait aucune issue. Aucune. L'*incommunicabilité* — la grande découverte de ces années-là — l'*incommunicabilité* déjà naturelle entre hommes et femmes était là symbolisée, aggravée, magnifiée par un autre fossé.

Il avala d'un trait son whisky, eut un sourire morne à l'adresse de Marjorie.

— Mon pauvre Mike...

— Pourquoi me plaignez-vous ?

— Je ne sais pas.

— Si vous ne savez pas, ne me plaignez pas.

— Ne me parlez pas si durement, Mike. Je suis peut-être malheureuse, moi.

— Vraiment ?

— Je dis : peut-être.

— Si vous n'en êtes pas sûre, n'en dites rien. Être malheureux, c'est un sentiment. Je croyais vous avoir appris que je haïssais les sentiments quels qu'ils fussent.

— Je n'avais pas oublié, Mike.

— En ce cas, s'il vous plaît, continuez à garder présentes à l'esprit les choses essentielles, je vous en saurai gré.

Elle acquiesça, passive. Elle semblait avoir abdiqué tout orgueil. Cette soumission attendrit Michael. Cette grande fille déjà déchirée de complications, devait-il la meurtrir sans raison ? En était-ce une, le fait qu'elle n'était ni Jenny ni Cerise, qu'elle lui avait, elle, donné le peu de poussière qu'il restait à donner aux deux autres ? En outre, il se sentait fragile et démuni lui-même, pouvait encore avoir un vrai besoin de cette épaule toute trouvée. Il ne fallait pas qu'elle pût s'escamoter trop vite. Marjorie avait beau être ferraillante de chaînes et de bracelets, l'idée vient parfois à Spartacus d'égorger son maître. Aussi

Michael serra-t-il avec douceur la main qui s'était crispée sur la table. Il fut récompensé de ce bon geste par le regard humide de Pussy, le cocker de Mr Kendon son voisin.

Michael entendit la moto de Junkie pétarader dans King's Road. Il s'assombrit. Il avait trop vite promis Marjorie. Mais il ne pouvait se démettre. Il avait dit : bientôt.

— Bah, songea-t-il, ne fût-ce pas, de tout temps, ma devise à terminaison latine : Quand il y en a pour un, il y en a pour cinquante, et *vice versa a fortiori*.

Junkie entra, un casque rouge accroché au bras. Le jeune homme avait fait un effort de toilette, s'était taillé la barbiche en pointe, et avait décidé de lancer dans Chelsea la mode des vestes noires à empiècements de cuir jusqu'au milieu du dos, telles qu'en portent les employés de voirie ou des British Railways. Il s'approcha du couple. Michael les présenta :

— Junkie Sherwood. Marjorie Sampson.

— Je vous ai aperçue au Revolution, fit Junkie, il y a trois semaines.

— Le jour de l'enterrement de mon cher oncle.

— Mes condoléances.

— Merci. Mike ne nous avait donc pas présentés ?...

— Trop de monde, coupa Michael. Asseyez-vous, Junkie.

— Je ne voudrais pas vous déranger.

— Vous ne nous dérangez pas. Junkie est décorateur, expliqua Huggins pendant que son ami prenait un siège.

— Très intéressant. Que pensez-vous des événements de Paris ? questionna Marjorie qui avait dû déduire de l'accoutrement du garçon qu'elle avait en face d'elle un ardent révolutionnaire.

Junkie eut un sourire :

— Le général de Gaulle l'a dit lui-même et ici même : « Nous avons perdu une bataille, nous n'avons pas perdu la guerre. »

La réponse enchanta Marjorie :

— Subtil. Vous êtes un esprit subtil, Mr Sherwood.

— Appelez-le Junkie. Il n'aime pas qu'on lui dise mister, dit Michael charitablement. Il ajouta, sans motif apparent :

— Au fait, Junkie, vous parlez le français ?

— Un peu. Je me débrouille.

— Junkie va tous les ans à Saint-Tropez, expliqua Huggins comme si cela avait été un exploit fabuleux. Il a une maîtresse, là-bas. Une Française.

— Laide, commenta Junkie en grimaçant.

Marjorie éclata de rire :

— Vraiment ?

— Je n'ai pas de chance avec les femmes.

Michael connaissait la tactique de Junkie : il tentait de les apitoyer. Marjorie ne releva pas l'humilité du propos. Elle émit une opinion :

— Les Françaises sont moins jolies qu'on veut bien le dire. Personnellement, je n'en ai jamais vu de très jolies.

— Cela doit bien exister, murmura Michael, sur le ton de quelqu'un qui s'en fichait « comme d'une cerise » ainsi que l'avait clamé Colette.

— Vous avez raison, cher, dit Marjorie. Je ne vois pas pourquoi nous parlons de cela. Ne peut-on avoir un autre Glen, Mike ?

Junkie se leva précipitamment :

— J'y vais, s'il vous plaît.

Quand son ami fut au comptoir, Michael, sportif, entreprit son panégyrique :

— Un type adorable. Mon meilleur ami. Intelligent. Drôle. Un talent fou.

Marjorie n'avait pas l'air d'entendre.

— Vous m'écoutez, Marjorie ?

— Oui, Mike. J'aime vos mains. Vos mains sont ma marque préférée de soutien-gorge.

Smith Terrace. Ainsi elle vivait à l'autre bout de Smith Terrace, à deux pas de chez lui. Il la verrait chaque jour, s'il le voulait. Avec son éternel panier ou au bras de son mari. Quel âge avait-elle ? Ses trois fils de la Vierge au coin des yeux, comme il eût aimé les caresser du bout des doigts, ne pas les effacer, surtout. Vingt-huit ans ? Trente ? Junkie était revenu avec les whiskies. Il regardait Marjorie regarder Mike qui regardait le vide.

Elle s'appelait Exquise, moi, je l'appelais Cerise. Comment secouer l'arbre et comment la cueillir et comment la manger, comment ? Jill et Junkie parlaient le français, lui, non, ce n'était pas juste. C'était odieux. A quoi cela leur servait-il ?

Marjorie :

— Irons-nous au Revolution ce soir, Mike ? Mike ?...

Elle lui toucha le bras. Il sursauta, égaré. Elle répéta sa question.

— Non, Marjorie. Je n'ai aucune envie de sortir.

Il ajouta, pour se venger de Sherwood qui savait le français :

— Je préfère rester avec vous.

Elle avait rosi de plaisir.

— J'espère que cela ne vous contrarie pas, Margie ?

Margie ! L'imbécile. Elle était heureuse. Pourquoi avait-elle, ce soir-là, cette ridicule perruque blonde ? Il se rappela une fable de La Fontaine, un compatriote de Cerise : « La Grenouille qui veut se faire aussi grosse que le Bœuf », aussi blonde que Cerise. Il fit avec une gentillesse sucrée, sournoise :

— Marjorie, je ne voudrais pas vous faire de peine, mais je trouve tout à coup que cette perruque ne vous va pas.

— Je pensais que vous l'aimiez, au contraire, balbutia-t-elle.

— C'était vrai, cela ne l'est plus, ma petite fille.

Ce « petite fille » la fit fondre. Héroïque, elle ôta sa perruque, eut l'impression louche, pas désagréable, d'être nue en public.

— Merci, Marjorie. Vous n'êtes pas de mon avis, Junkie ?

— *Mademoiselle* est très jolie, avec ou sans perruque.

— Je la préfère brune. Le noir lui convient. Quand je l'ai connue, elle était en deuil. C'était charmant. Nous partons, mon petit corbeau.

Ils plantèrent là Sherwood, qui demeura en compagnie de regrets couleur de corbeau.

— Nous rentrons par Smith Street, décréta Michael, cela nous dégourdira les jambes.

Il voulait passer devant chez elle, même sans savoir quelle maison elle habitait. Par ce soir de douceur, peut-être serait-elle à sa fenêtre. S'il la voyait, elle le verrait aussi. Avec Marjorie. Était-ce un bien, Marjorie, ou un mal ? il se le demanda. De toute façon, il était préférable qu'elle fût belle.

— Remettez donc votre perruque.

Elle était assez folle pour admettre qu'il était fou, et elle lui obéit sans un mot. S'ils n'avaient pas été dans la rue, il l'aurait embrassée.

— Savez-vous, mon petit, que vous êtes très belle ?

Elle ne dit rien. Elle avait trouvé un maître.

Smith Terrace, il s'arrêta près de la synagogue, une bâtisse si laide qu'elle n'avait pu être construite que par de frénétiques antisémites. Où vivait la blonde ? Vine Cottage, d'où les fixait un chat blanc en céramique, ou Mulberry Cottage ? Pourquoi ces cottages dédiés à la vigne ou aux mûres, pourquoi pas aux cerises ? Vivait-elle plus loin, dans cette maison bleue ? Ou dans cette autre, rose, au fronton orné de peintures psychédéliques ? Toutes ces façades gardaient leur secret.

— Que regardez-vous ? s'étonna Marjorie.

— Rien. J'aime ma rue. C'est dans ces petites rues qu'est l'âme du vieux Chelsea. Même un Estate Agent peut être sensible aux choses impalpables, ma chère Marjorie.

— Je n'en doute pas.

Elle lui avait pris discrètement le bras, offerte au romantisme du moment. Il avisa, garée le long du trottoir, une voiture blanche qui portait sur l'arrière la lettre F. Une DS Citroën. La voiture du mari. Cerise devenait une réalité.

Derrière lequel de ces murs s'éteignait, la nuit, la lumière de ses yeux ?

Il ne pouvait faire un seul pas dans le salon sans que Marjorie le suivît de l'œil, attentive, toujours comme le cocker de Mr Kendon à l'heure de la promenade. C'était insupportable. Il ignorait qu'il tournait en rond, sans un mot, depuis qu'ils étaient rentrés.

Enfin, il s'assit dans un fauteuil et la considéra, cette transparente. Elle s'enquit avec sérieux :

— Avec, ou sans perruque ?

Il haussa les épaules. L'instant n'était pas à l'humour.

— Marjorie, avez-vous déjà pensé à vous marier ?

Elle eut un bref frisson.

— Rarement, Mike.

— Vous devriez y penser. Ce n'est pas une vie que celle que vous menez. Vous glissez d'un homme à l'autre, sans discipline, sans morale. Mariez-vous.

Elle s'efforça à rire :

— Avec qui ?

Il demeurait froid :

— Quelqu'un, cet après-midi, m'a demandé votre

main. Cela m'a un peu vexé d'être pris pour votre père, mais je vous fais la commission.

Elle se crispa :

— Qui vous a demandé cela ?

— Junkie Sherwood.

— Vous vous amusez de moi, Michael. Vous êtes d'une cruauté...

Elle détourna la tête :

— ...d'une cruauté...

Elle se raidissait pour ne pas pleurer. Elle savait qu'il exploserait à la vue d'une seule larme.

— Où allez-vous chercher de la cruauté, Margie ? Je vous assure qu'il veut vous épouser. Vous n'êtes pas psychologue, chère amie. Si vous l'étiez, vous auriez remarqué qu'il vous regarde avec béatitude. Il ne vous plaît pas, ce garçon ?

— Non, souffla-t-elle.

— Et pourquoi donc ?

Afin que ne puisse trembler sa voix, elle articula :

— Il ne peut pas me plaire. Il me ressemble.

Il réfléchit.

— Oui... Oui... Évidemment. C'est assez pertinent. Je le regrette... Pour lui, bien sûr.

Elle craqua. Elle se dressa devant lui, farouche :

— Vous êtes odieux, Michael. Puisqu'il me faut vous le crier, que je vous aime, je vous le crie : je vous aime !

Elle était là, tendue, éclatante d'une beauté grave et nouvelle. Toujours étalé dans le fauteuil, il eut un geste agacé de la main :

— Je vous en prie, Marjorie. N'exagérez rien. Ce n'est pas très britannique, ce que vous me chantez là.

— Cela m'est égal, tout m'est égal, cria-t-elle, et je hais votre calme, je hais vos persiflages. Je vous hais, vous m'entendez !

— Oh, très bien, et toute la rue aussi. Vous me haïssez, j'ai compris. Alors que vous venez, la seconde précédente, de m'assurer du contraire. C'est de la confusion mentale.

Elle ramassa son manteau, théâtrale :

— Adieu, Michael. Merci pour les flambeaux, pour le champagne et pour Mozart. C'était très réussi. Un peu conventionnel, peut-être, mais réussi.

Il l'écouta partir, claquer la porte d'entrée, claquer la grille.

Elle reviendrait demain, ou dans huit jours. Puisqu'elle s'était vantée de son amour, l'amour, qui n'aime pas ce genre d'étalage, la poignarderait dans le dos. Elle reviendrait, pitoyable et défaite.

— Brillante sortie, commenta Michael à voix haute. Qui va entrer, maintenant ? Pour qui les chandelles, le champagne et Mozart ? Pour vous, la Française ? Pas besoin d'interprète, que je sache, pour comprendre cette trinité internationale ?

Marjorie avait eu tort de s'enfuir ainsi. La solitude jetait dans le salon son sale goût de cendres. Une angoisse battit aux tempes de Michael Huggins. Au diable, ces amoureuses déplacées et sonores. Mais pourquoi tout ce froid, soudainement, dans ce salon ? Marjorie, Cerise, c'était idiot. Tout était sombrement idiot, ce soir, et cette solitude, et cette angoisse, pourquoi ?

Et pourquoi ne pouvait-il se rappeler les traits de Cerise, alors qu'il pouvait parfaitement évoquer ceux de n'importe qui, de Marjorie ou de Jenny, par exemple ? Il y avait, dans sa tête, comme une panne d'électricité. Il se versa un plein verre de whisky, l'avala ainsi qu'on avale un médicament et monta se coucher, seul.

A une heure du matin, la charrette fantôme du *shopping basket* lui passa sur le corps en un horrible grincement de roues.

Il s'éveilla encore à trois heures.

Et à cinq heures.

[illegible]

Elle ramassa son [illegible]

— Allô ! [illegible]

[illegible]

Elle [illegible]

[illegible]

— [illegible]

[illegible]

Il [illegible]

— [illegible]

Alors, elle a [illegible] des langues [illegible]

CHAPITRE III

A neuf heures, fier de son astuce, il décrocha le téléphone :

— Allô, IBM ? Ici, l'agence Citroën. C'est pour un renseignement. Hier, un monsieur, un Français est venu nous voir au sujet de sa voiture, une DS. Malheureusement, la personne qui était de service a égaré sa carte. Elle s'est seulement rappelé que ce monsieur travaillait chez vous. Nous sommes très embarrassés. Ce client va croire que nous ne sommes pas très sérieux. Si vous pouviez nous communiquer discrètement son nom et son adresse... Merci. Merci beaucoup. Je ne quitte pas...

Le crayon tremblait dans sa main.

— Oui. Oui. Vous n'avez qu'un seul Français en stage ? Alors, ce ne peut être que lui. Comment ? D.E.S.R.E.M.E.A.U.X. Des-re-meaux. 42 Smith Terrace. Merci. Vous êtes très aimable. Nous l'appellerons tout à l'heure.

Il regarda sa main avec attention. Le tremblement avait cessé.

— J'ai dû boire trop de whisky, hier, songea-t-il, critique.

Ainsi, elle s'appelait Desremeaux. Mme Desremeaux. Un nom, pour lui, imprononçable. La guerre des langues s'annonçait bien mal. Quoi qu'il en fût, il progressait. Cerise n'était plus un être anonyme, avait un nom propre et un domicile fixe. Et lui, Michael Huggins, des états d'âme sur lesquels il préférait ne pas trop se pencher. Les insomnies de cette nuit, après tout, n'étaient que des phantasmes propres à la nuit. A présent, il faisait jour, grand jour, et le soleil, même, apparaissait furtif entre deux volées de nuages. La partie serait serrée. Il la gagnerait. Il ne pouvait pas ne pas la gagner, se permettre le luxe de perdre encore. Mais comment l'emporter ? Il verrait. Il improviserait. Il serait un Huggins formidable d'un mètre quatre-vingts, et voila tout.

Il sauta comme un jeune homme dans sa voiture. Il était un homme jeune, et séduisant, puisqu'une folle l'aimait à la folie. Il n'en demandait pas tant. Il coucherait avec Jenny, il coucherait avec cette Cerise dont le visage le fuyait toujours, il ne comprenait pas pourquoi.

La Jaguar roula doucement dans Smith Terrace. La DS était encore là, l'avant braqué vers Smith Street comme la veille.

— Pas pressé d'aller au bureau, ce Desremeaux, murmura Michael jovial. Moi non plus, monsieur Desremeaux, je ne suis pas pressé de sauter votre femme. J'ai tout mon temps. Mais je la sauterai. Quand il y en a pour un, il y en a pour cinquante, n'est-ce pas, monsieur Desremeaux ?

Il se pencha sur le côté pour apercevoir à quoi correspondait ce mystérieux n° 42.

C'était la maison bleue, et il fut content de la découvrir assortie à ses yeux. A droite de la porte, une lanterne de bateau. Le heurtoir représentait une tête de chimère. Tous ces cuivres, et ceux de la fente de la boîte aux lettres, du bouton de l'entrée, des deux chiffres du numéro, brillaient au soleil revenu. Tous les rideaux, aussi bien ceux du rez-de-chaussée que ceux des deux fenêtres de l'unique étage, étaient tirés. Cerise ne garait pas son panier à deux roues devant chez elle. C'était pourtant, en apparence, son moyen de locomotion favori.

Michael consulta sa montre et s'arrêta Smith Street, au coin de Woodfall Street, devant le pub The Phoenix. M. Desremeaux, quand même, n'allait pas tarder à cingler vers ses délices électroniques. Michael voulait maintenant tout savoir d'elle, y compris à quoi pouvait bien ressembler son heureux propriétaire.

Il s'installa de façon à pouvoir surveiller le trafic dans son rétroviseur. Il alluma une cigarette. Il en fuma ainsi une deuxième, puis une troisième avant de voir son attente récompensée.

Comme une autre automobile manœuvrait, la DS ne put s'engager immédiatement Smith Street, et Michael eut presque une minute pour détailler son conducteur. M. Desremeaux était un homme de trente ans, large d'épaules, pas mal de sa personne, dut s'avouer Huggins. Il portait moustaches, complet gris, cravate grise, et ses cheveux châtains étaient virilement coupés en brosse. L'ensemble avait un petit air correct qui chagrina Michael. Il aurait quand même souhaité que le Français fût borgne, furonculeux et adorné aux deux lèvres d'un bec-de-lièvre.

La DS passa devant Michael et prit King's Road, à droite. Michael suivit par la pensée son trajet quotidien. « Il prend Sloane Street. Knightsbridge. Hyde Park Corner. Après, Park Lane. A Marble Arch, il doit laisser sa voiture au parking et se rend à pied Duke Street où est le siège de l'IBM. » Il démarra à son tour en grommelant :

— Là, tout s'arrange. Un autobus l'écrase. On le ramène à sa veuve, on le glisse sous la porte.

Au bureau, le cheptel féminin remarqua son allure martiale.

— Venez me voir, Craig. Avec votre sténotype. Jill vint s'asseoir en face de lui.

— Je vous remercie, Mr Huggins, pour vos fleurs.

— C'était la moindre des choses. Vous pouvez m'appeler Mike. Jill, de grandes tâches nous attendent, et vous serez surprise quand vous apprendrez que vous allez y tenir un rôle capital.

— En effet, fit Jill, intriguée. — Elle se ressaisit : — Une nommée Marjorie Sampson vous a demandé, il y a un quart d'heure.

— Réglons ce cas. Quand elle rappellera, voulez-vous lui communiquer cette importante nouvelle : « Mr Huggins est décédé cette nuit. D'un épanchement de synovie. » Fournissez-lui le détail des obsèques de cet honorable gentleman, puis raccrochez.

— C'est noté, opina l'impassible Jill.

— Notez encore, et surtout, un envoi de fleurs — oui, c'est la saison des fleurs — à destination de Mme Desremeaux, 42 Smith Terrace. Des-re-maux. C'est une Française.

— Prénom ?

— Mettez : Cerise.

— Cerise ?

— Cerise.

— Comme le fruit ?

— Exactement. Après les fleurs, les fruits. Envoyez trois douzaines de roses.

— De quelle couleur, les roses ?

— Blondes.

— Vous voulez dire jaunes ?

— Jaunes soleil, jaunes d'or, blondes, quoi !

— Si vous le permettez, j'irai les choisir.

— Je vous l'ordonne.

— Je joins votre carte ?

— En aucun cas. Vous écrirez simplement sur un bristol, en français, en français, Jill : « Joli temps pour les roses blondes. » C'est un peu gratuit, mais cela surprend. Veillez à ce que ces roses soient livrées cet après-midi.

— Elles le seront.

Michael se leva, arpenta son cabinet, en proie à de furieux efforts de réflexion. Il se décida enfin :

— Je vous dicte une lettre. Toujours à la même dame, même adresse.

— C'est l'offensive de printemps!

— Écrivez : « Madame. » Non. « Chère madame. »

— « Chère madame. »

— « Chère madame, l'individu qui vous envoie cette lettre est le même que celui qui vous a adressé la parole alors que vous regardiez la vitrine de Suna's. La première fois qu'il vous a vue, vous mangiez des cerises King's Road. De la cerise, chère madame, vous avez la peau, la chair et la fraîcheur. » Je vais trop vite?

— Un peu. « ...la chair et la fraîcheur. »

— Bien. « C'est pourquoi, depuis, il vous appelle Cerise et ne pense plus qu'à vous. Il y pense d'autant plus fort qu'il est votre voisin. Il habite le 27 ½ Smith Terrace. Hier, il vous a envoyé des roses afin qu'elles se fanent de honte auprès de vos cheveux. » Ce n'est pas trop mal, Jill?

— Ça va.

— Où en étais-je?

— « ... auprès de vos cheveux. »

— « Par malheur, il ne parle pas le français. Par malheur, vous ne parlez pas l'anglais. Mais il lit couramment dans les yeux bleus. S'il pouvait y lire un jour quelque chose d'autre que l'indifférence, il serait... il serait... »

— Pourquoi pas : « Le plus heureux des hommes »?

— Oui, pourquoi pas. Marchons pour « le plus heureux des hommes. Respectueusement et tendrement à vous, Michael Huggins ». Cette fois, on signe. Ajoutez en *P.-S.* : « Ma secrétaire parle le français. » Joignez, Jill, notre numéro de téléphone. C'est tout. Traduisez tout cela en français, et expédiez. Il faut qu'elle ait cette lettre demain matin.

— Elle l'aura.

Jill repoussa sa sténotype. Michael eut un geste fataliste :

— Vous en savez autant que moi, *old lady*. Vous comprenez à présent pourquoi je vous disais que vous joueriez un rôle énorme en cette histoire.

Elle eut un soupir :

— Vous allez en jouer un diablement difficile, mon cher Mike, pour ne pas dire impossible.

— Je le sais, mais cela m'intéresse. Pour une fois que cela m'intéresse !

— J'ai de l'amitié pour vous, Mike. Vous m'inquiétez. N'allez pas trop loin.

— Que voulez-vous qu'il m'arrive ?

— Elle est mariée ?

— Oui.

— Un coup de revolver, alors.

— Ce sont les risques du métier.

— Alors, pire : une déception.

— Ne me faites pas de peine, Jill. Je vois la vie d'un œil tout bleu, ce matin. Ne me la gâchez pas. Dites-moi plutôt que ma lettre est parfaite.

— Pour autant que nous ne savons rien de la destinataire, elle l'est.

— C'est une bouteille que je jette à la mer. Elle peut se casser, comme toutes les bouteilles, mais elle peut être recueillie. Allez, Jill, je compte sur vous.

— Vous le pouvez.

Il la rappela :

— Jill. Je n'irai pas en Écosse ce week-end.

— Vraiment ? Cela vous aurait changé les idées.

— Je n'ai pas plus envie d'en changer que d'aller à la pêche. Comment un homme pourrait-il aller à la pêche alors que des boules de feu sillonnent son ciel! Dites à Janet que je veux lui parler.

Jill sortit, Janet entra.

— Une mission de confiance, Janet. Vous allez rechercher dans les fichiers si nous avons un client qui travaille à IBM, Duke Street. Merci.

Il essaya, une fois seul, de s'occuper, donna deux coups de téléphone, compulsa des papiers, puis les bras lui tombèrent. Il était jeune, pourquoi croupissait-il entre ces quatre murs? Il s'y cloîtrerait bien assez l'après-midi, ne pouvait-il s'octroyer toute une fin de matinée? Il renonça à se coiffer de son chapeau. Il ne le mettrait plus jamais, d'ailleurs. Non, plus de ces notes sévères dans sa toilette. Il le donnerait à Junkie, qui s'amuserait avec.

— Je sors, dit-il à Jill. N'oubliez pas : je suis mort. On m'enterre après-demain, aux côtés de feu mon confrère Sedlescombe.

Janet et May se regardèrent avec stupéfaction pendant qu'il gagnait la rue.

Par Milman's Street, il marcha jusqu'aux bords de la Tamise et, accoudé au parapet, se laissa baigner par le calme du fleuve. La marée basse découvrait une sombre étendue de vase grise parsemée de vieilles gamelles et de chaussures éculées. Ainsi se touchent, parallèles, les mouvements du cœur et ceux des marées, tantôt nauséeux, désolés, tantôt amples, gonflés de vie. La phrase de Marlowe que lui avait citée Sherwood revint en lettres d'or dans sa mémoire : « Quiconque doit aimer aime à première vue. » L'angoisse qu'il avait éprouvée la veille, seul chez lui, l'angoisse lui remonta aux tempes, avec ses saveurs de rouille, de savon, de rance. Il se sentait nu devant de lourdes portes d'acier, pareilles à celles des chambres fortes des banques, qui ne s'ouvraient que pour des privilégiés parmi lesquels son destin ne le comptait pas.

« N'allez pas trop loin », lui avait dit Jill, soucieuse. Le savait-il, où il allait ? Il était ce bouchon qu'entraînait à son gré, que ballottait la puissante Tamise. Il prétendait régir ses actes, tout dominer en lui. Il s'apercevait, là, face au cours de la nature, qu'il n'était pas davantage qu'un bouchon dans la main de Dieu. Dieu, il n'y croyait pas. On lui répondait :

— Appelez-le comme cela vous chante, Mr Huggins. Appelez-le horloge, puisque l'heure sonne.

Il eut un frisson. Le printemps était frais. Michael se moqua. Le fait de vouloir une fille n'impliquait pas tant de fumeuses considérations métaphysiques. Pourquoi pas météorologiques ? Pourquoi Marlowe et ses allusions à l'amour ? L'amour, c'était le quartier réservé de Marjorie. Ce n'était pas de l'amour, quand même, l'inclination qui le poussait vers cette Française inconnue, à peine entrevue, dont il ne réclamait que ce qu'il réclamait des autres : la bouche, le ventre, les fesses et les seins ? Non, ce n'en était pas. Une autre voix répliquait : « Et pourquoi pas ? Cela existe, en amour, le désir. Allons, Huggins, soyez sérieux. Il n'existe que là, pas ailleurs. Ailleurs, ce n'est que faux-semblant, jeu, solitude, amertume. »

Michael rit et cracha dans l'eau sale. La Tamise ne lui valait rien. Il n'y avait rien d'autre, rien, sous le ciel, que le plaisir. Solitude, amertume, le plaisir ? A d'autres ! Aux pasteurs ! Il n'avait eu que cela dans la vie, mais en conservait des souvenirs parfaits, inattaquables, du nickel. Des communions quasi religieuses de chairs, des bouquets aujourd'hui fanés, puisque tout se fane, mais qui avaient été odorants, éclatants. Il pouvait, comme pour une enquête, citer des noms, des lieux, des dates, ce n'était pas du vent dans le pollen. Cela avait existé, existait, existerait demain. Cela l'avait mené, certes, d'insatisfaction en insatisfaction il le reconnaissait, mais n'est-elle pas, cette éternelle insatisfaction des hommes, la règle de l'espèce, et dans tous les domaines? Cerise, ce n'était pas autre chose que cinquante-cinq ou soixante kilos de belle viande que ses caresses débiteraient, détailleraient.

Sur cette pensée définitive, il s'empressa de retourner au bureau, plus tôt qu'il ne l'avait prévu. Au diable, ces promenades qui virent à la dysenterie poétique, à la bouillie pour râteliers sentimentaux. Il y avait, en ce bureau, trois femmes. Il en savait une intimement. Il ne doutait pas, si telle était sa fantaisie, de savoir aussi les deux autres. Pour toutes, ce n'était qu'une question de temps. Comme pour la voisine. Il les contempla toutes trois avec sympathie.

Jill vint lui dire, en privé :

— Je suis au regret de vous annoncer que Marjorie Sampson, qui vous a appelé, n'a pas cru une seconde à votre trépas.

— Elle en a de bonnes. Cela peut arriver à tout le monde. Elle a cru à celui de son oncle, que je sache.

— Elle est passée devant chez vous. Elle n'a pas vu votre voiture et s'est dit que si les morts allaient vite ils conduisaient rarement des automobiles.

— Mort ou vif, je ne suis pas là pour elle. Il faut qu'elle me paie cher ses démonstrations amoureuses, celle-là.

— Elle vous aime?

— Déviation des circonvolutions du cerveau. Elle se l'imagine, comme elle s'imagine la révolution universelle. Ces roses, Jill?

— Blondes. Seront à quatre heures Smith Terrace.

— La lettre?

— Traduite. Expédiée. Sera demain matin Smith

Terrace par la grâce du Courrier Royal de Sa Majesté.

— Que voulez-vous, Janet ?

— Mr Huggins, Mr Charlton, qui a un portefeuille chez nous, est inspecteur IBM. Il a son bureau Duke Street.

— Très bien. Merci. Refermez la porte sur vous, ma mignonne.

Il commenta pour Jill :

— Le mari, ce Desremeaux, travaille chez IBM. Mr Charlton me sera utile. J'ai mon idée là-dessus.

— Vous avez trop d'idées, aujourd'hui.

— J'en ai d'autres qui vous concernent. Que faites-vous ce soir ? je vous invite à dîner chez moi.

Jill, belle renarde argentée, sourit :

— Vous ne serez donc jamais sérieux, Mike ?

Il sourit de même :

— C'est ce qui vous trompe, Jill. Ce soir, ni chandelles ni Mozart. Vous allez faire des heures supplémentaires. Vous allez me donner ma première leçon de français.

CHAPITRE IV

— Et, naturellement, fit Jill, la leçon de français s'est terminée en leçon d'histoire naturelle.

— Sans vous désobliger, répondit Michael, vous m'avez appris davantage dans la première que dans la seconde. Mais nous avons eu ainsi tous les agréments des méthodes audio-visuelles.

Elle avait préparé le thé, beurré des biscottes. Les deux merles pépiaient le long du mur et saluaient le jour.

— Vous m'étonnez, les hommes, poursuivit Jill. Vous vous intéressez brusquement à une femme, ce qui ne vous trouble pas pour coucher avec d'autres. Je ne vois pas comment vous pouvez concilier les deux choses. Je ne pourrais pas m'éparpiller de la sorte.

— Disons que l'intérêt que nous portons à une dame n'empêche pas les sentiments.

— Pourtant, Mike, si vous couchiez avec cette Française...

— Quand je coucherai avec elle, rectifia Michael.

— Quand vous coucherez avec elle, l'existence du mari ne vous gênera pas ?

— Nous ne sommes pas des êtres exclusifs, nous autres célibataires. Nous sommes des animaux doués de raison.

Jill admira en silence l'inconscience de ces hommes qui parlent de raison avec un pied sur la corde du funambule.

— Dépêchons-nous, Jill, lui cria Michael qui se rasait dans la salle de bains. Quelque pressentiment me souffle que la blonde Cerise vous téléphonera tout à l'heure.

— Vous êtes d'un optimisme...

— Je suis logique, pardon. Elle est intriguée. Elle ne peut être qu'intriguée. Vous ne le seriez pas, vous ?

— Si...

— Comment ! Elle est à Londres depuis huit ou dix jours, et déjà se profile ce que nous appellerons une histoire d'amour, pour les commodités de la conversation. C'est excitant, non, pour une femme mariée, pour une femme qui, par définition, s'ennuie à périr, et s'ennuie aujourd'hui doublement dans un pays dont elle ne parle pas la langue ? Je vous le dis, Jill, Cerise sera croquée.

— Elle peut être fidèle.

— A la rigueur, elle peut être froide. Mais fidèle ! Vous rêvez, *old lady*. Elle est française.

« Le pauvre garçon, songea Jill, avait besoin de se persuader que le dentiste ne lui ferait aucun mal. » Elle n'eut pas la méchanceté de le décourager.

Lorsqu'ils furent prêts, Michael mit sous son bras son magnétophone portatif à cassettes.

— Voyez, Jill. Quand elle appellera, j'enregistrerai votre conversation. J'aurai sa voix.

— Est-ce donc, sa voix, un bien si précieux pour vous ?

Il ne répondit pas. Ces bonnes femmes étaient insupportables. Il corrigea : ces Anglaises étaient insupportables.

Ils furent à neuf heures précises au bureau. Michael avait répété trois fois au moins ses consignes à Jill.

Si ON appelait, elle devait prendre la communication dans le cabinet de son bien-aimé directeur. Personne ne devait, sous aucun prétexte, les déranger, etc. Il disposa son matériel d'enregistrement, et attendit.

Chaque coup de téléphone lui suspendait le cœur dans la poitrine, et ce cœur redescendait avec un « floc » affreux quand Huggins comprenait qu'une fois encore il ne s'agissait pas d'elle.

Il se réfugia un moment dans la confection minutieuse d'un bateau de papier. Dix heures. Elle devait avoir la lettre. Et si elle s'était égarée ? Les postes du Royaume étaient capables de toutes les vilenies pour le crucifier à sa table, pour crucifier ce qui restait de lui, les deux morceaux de souci parfaitement égaux qu'il était devenu. D'une part, à vif, celui qui, tous les sens branchés sur pile, subissait la torture de l'attente d'une sonnerie. De l'autre, plus sourd mais plus chargé de crainte, celui qui souffrait d'ainsi se voir en un état pareil pour une femme, pour une ombre, pour rien.

Dix heures trente.

Pourquoi s'était-il, aussi, fourré dans la tête qu'elle ne pouvait faire autrement que de l'appeler ce matin, alors que rien ne l'y obligeait, qu'elle pouvait l'appeler cet après-midi, demain, ou même jamais ? Il était odieux, cet espoir hors de proportion collé à sa peau comme une tique sur un chien. S'il avait été un homme, il se fût secoué, eût arraché de lui ce parasite d'espoir idiot. Il n'était plus un homme. Seules les femmes pouvaient encore se leurrer quelque temps sur son cas.

Onze heures moins le quart.

L'œil au mur, il adjurait à mi-voix :

— Cerise ma blonde, Cerise ma grande, ma fraîche, décrochez votre téléphone, et parlez, ô, parlez ! Il me faut vous entendre, je ne vous ai pas vue hier.

Il pensa tout à coup à un film américain, *La Femme à abattre*, qu'il avait vu autrefois, et dans lequel Humphrey Bogart, policier, découvre un détail capital pour son enquête et s'écrie, illuminé :

— BIG BLUE EYES [1]!

Le contexte importait peu à Michael. Il répéta, ébloui comme Bogart :

— *Big blue eyes...*

Ce fut à cette minute-là — il regarda l'heure pour ne pas l'oublier — à onze heures moins deux qu'il fit, lui, sa découverte : il aimait cette fille, il l'aimait, il l'aimait depuis qu'il l'avait vue King's Road manger ses cerises. Comme il n'avait jamais aimé quelqu'un auparavant, il fut émerveillé par le temps qu'il avait mis à comprendre de quelle espèce était la fièvre qui, depuis, l'étourdissait, et là, présentement, lui mouillait les tempes.

Le policier Bogart lui exposait en clair ses preuves :

— Que faites-vous dans ce bureau, Mr Huggins ? Pensez-vous par exemple aux fesses de Cerise, Mr Huggins ? Non, n'est-ce pas ? Pas du tout. Vous me trouvez même indécent. Vous ne pensez qu'à entendre sa voix. Vous ne pensez qu'à ses yeux, à ses *big blue eyes*. Vous êtes fait. Je vous arrête, Mr Huggins. Ce soir, vous coucherez à la prison fédérale.

A onze heures cinq, Michael se dressa, renversant sa chaise. Il venait d'écouter Jill parler en français à quelqu'un.

Elle avait dû dire quelque chose comme « Ne quittez pas », car elle entra très vite dans son cabinet.

— C'est elle. Allons, branchez votre magnétophone, dépêchez-vous.

Il obéit, empressé, maladroit.

Jill décrochait, lui tendait l'écouteur, et parlait :

1. Grands yeux bleus!

— Oui, madame. La secrétaire de Mr Huggins à l'appareil.

Michael frémit. Cerise entrait avec majesté dans son bureau et dans sa vie sans qu'il pût saisir un seul des mots qu'égrenait sa voix douce :

— Je suis un peu surprise, mademoiselle, des inventions de votre patron. Il est fou, ou quoi?

— Je ne le pense pas, madame.

Le débit de la voix — moins douce, constata Michael affolé — se précipita :

— Enfin, mademoiselle! Je suis mariée. J'ai deux enfants. Je rencontre votre patron dans la rue et le voilà qui me bombarde de fleurs et de lettres. Je vous dis qu'il est fou. Il veut me faire tuer par mon mari. C'est un violent, Jean-Claude. J'ai eu le tort de garder ces roses, hier, parce que les trouvais jolies. Bien sûr, j'avais jeté le billet qu'il y avait avec.

— Parlez moins vite, madame, s'il vous plaît, intervint Jill. Je ne suis pas française.

Cerise rit, au bout du fil, et ce rire remua Michael.

— Excusez-moi, reprit-elle. Quand Jean-Claude a vu les fleurs, bon, il m'a demandé d'où elles venaient, parce que ce n'est pas mon genre de m'offrir trois douzaines de roses. Je lui ai répondu que je n'en savais rien. Vous connaissez les hommes, mademoiselle, c'est tout jaloux et compagnie. Il les a prises et les a balancées à la poubelle, hop!

— Ce n'est pas gentil, murmura Jill.

— Pas gentil, pas gentil, mettez-vous à sa place. On est ici depuis dix jours, et voilà déjà qu'on me court après. Ils n'aiment pas ça, les hommes. Surtout les maris. Il m'a disputée.

— Mr Huggins en sera désolé. Je vous prie de l'excuser.

— Et voilà qu'il m'écrit ce matin! Une veine, mon mari était parti depuis cinq minutes quand la poste est passée. S'il était tombé sur la lettre de votre patron, c'était le drame. Il aurait été lui casser la figure.

Michael, ravi, se grisait de musique. Jill lui jeta un œil ennuyé et se récria :

— Vraiment!

— Peut-être pas, parce qu'on est en Angleterre, mais il aurait été au moins l'enguirlander.

— Enguirlander? Je ne comprends pas.

— Et engueuler, vous comprenez?

— Oui.

Les deux femmes se mirent à rire, au grand ébahissement de Michael.

— Il aurait été l'engueuler parce que lui, Jean-Claude, il parle l'anglais. Alors, s'il vous plaît, mademoiselle, dites-lui de ne plus m'écrire, à votre patron, et d'aller donner ses fleurs ailleurs. Je ne veux pas d'histoires dans mon ménage. Il n'est pas marié, lui?

— Non.

— Ça se voit. Il ne pense qu'à lui.

— Je crois plutôt qu'il pense beaucoup à vous. Beaucoup.

La jeune Française resta muette quelques secondes avant de reprendre :

— Ils sont terribles, ces hommes. Je ne le connais pas, il ne me connaît pas, et il pense à moi. Enfin, si ça l'amuse...

— Je crois qu'il est très sérieux, au contraire.

— Eh bien! ça tombe bien : moi aussi, je suis sérieuse.

— Comment l'avez-vous trouvé, mon patron?

On rit encore, Smith Terrace.

— Le peu que je l'ai vu, pas mal. Mais il ne parle pas le français. Vous parlez bien, vous. Ce n'est pas drôle pour moi de ne parler que le matin et le soir. Et encore! Parce qu'il ne parle pas beaucoup, Jean-Claude, il est toujours plongé dans son travail. Heureusement qu'il y a les gosses. Mais dans la journée ils sont à l'école, où ils ne comprennent rien, d'ailleurs. Mais eux, ils sont jeunes, ils s'amusent, ils vont apprendre vite, pas comme moi. Moi je suis incapable.

— Quel âge ont-ils ?

Cerise s'installait, à présent, ravie de bavarder avec une inconnue, invisible qui plus est, comme avec une vieille camarade :

— Olivier a sept ans. Corinne, cinq. Ils ont bien voulu les accepter dans une école, Cale Street.

— Comment ?

— Cale Street. Oui, je dois prononcer ça comme un cochon. On prend la Sidney Street, on passe devant une église...

— Ah, oui, je vois : Cale Street.

— Si vous voulez. Vous êtes charmante, mademoiselle. J'abuse de votre temps mais que voulez-vous, je ne m'ennuie pas quand je parle.

— Je m'appelle Jill Craig. Vous pouvez me téléphoner, quand vous vous ennuyez.

Cerise pouffa :

— Mais, Jill... Je prononce bien, comme ça : Jill.

— Très bien.

— Mais, Jill, si je vous téléphone toutes les fois que je m'ennuie, je ne ferai que ça. Et que dira votre patron ?

— Il vous l'a dit dans sa lettre : vous lui plaisez beaucoup.

La blonde marqua un temps, puis, plus bas :

— Il est à l'écouteur, n'est-ce pas ?

— Oui. Mais pour lui, vous n'êtes que de la musique.

— Je veux bien lui faire plaisir, puisqu'il s'imagine que je l'intéresse. Il changera d'avis quand il m'aura vue un peu mieux. Je ne suis qu'une petite-bourgeoise sans importance pour lui. Dites-lui bien de ne plus m'accoster dans la rue, de se tenir tranquille, et venez demain avec lui prendre le café chez moi. A deux heures. Attention : s'il vient tout seul, je n'ouvre pas.

Elle éclata de rire. Elle riait beaucoup, songea Michael. Plus que lui.

— C'est d'accord, Jill?

— D'accord.

— Alors à demain. Au revoir.

— Au revoir.

Jill raccrocha. Michael coupa son magnétophone et, suppliant, se tourna vers sa secrétaire, cet être chargé de trésors :

— Jill, en deux mots... Je vous en prie.

Elle se disait qu'il était dommage qu'il ait enregistré leur dialogue et qu'il pût le faire traduire par d'autres qu'elle. Sans cela, elle lui eût conseillé fermement de renoncer, tant elle pressentait de dangers dans les espoirs mêmes qu'il pouvait tirer de cette bande magnétique. Car Jill avait, avant lui, deviné sa vérité.

Il s'impatientait :

— Jill! Qu'avez-vous? Je vous en prie.

Elle soupira :

— En deux mots? Le mari a jeté vos roses aux ordures.

Il pâlit :

— Le salaud!

— Elle a eu votre lettre. Elle ne veut plus que vous lui écriviez, à cause du mari. Autre chose : elle a deux enfants, de sept et cinq ans.

Cette heureuse nouvelle ne lui fit pas monter le rose aux joues. Il bredouilla :

— Deux enfants... Je n'avais pas pensé à cela.

— D'autres y ont pensé pour vous. Autre chose encore : pour vous dégoûter d'elle, vous la verrez demain. Avec moi, hélas! en guise de chaperon. Nous allons chez elle prendre le café.

— Chez elle ? Mais c'est formidable, Jill, formidable ! Cela compense presque les enfants. Chez elle ! Que je vous embrasse, Jill, que je vous embrasse !

Il trépignait autant à lui seul que les deux enfants précités un matin de Noël. Il soulevait Jill de terre, l'enlaçait. Elle se débattit :

— Voyons, Mike ! Ne soyez pas si joyeux. Il n'y a pas que des sujets de satisfaction pour vous dans ce coup de téléphone.

Il la lâcha si brusquement qu'elle faillit perdre l'équilibre.

— Vous ne m'avez donc pas tout dit ?

— En deux mots, non. Par exemple, elle m'a dit qu'elle était sérieuse.

Il s'esclaffa :

— C'est vous qui ne l'êtes pas, chère petite bête argentée. Toutes les femmes, toutes, vous jureront cela sur la Bible. Ce genre de manque de sérieux, elles ne le prêtent qu'à leurs amies.

— Admettons. Mais son mari me paraît avoir quelque ascendant sur elle. Elle en parle fréquemment.

Il l'interrompit :

— Jill, les maris ne sont pas des hommes. Je le sais pertinemment, ayant été mari moi-même. Les maris ne comptent en aucune façon. Si j'étais grossier, je vous dirais de quoi ils remplissent l'office, dans un lit, pendant que Mesdames les épouses rêvent.

Jill n'insista pas :

— Je suppose, Mr Huggins, que je dois vous retranscrire en anglais ce document sonore.

— Évidemment, Craig. Je ne vous paie pas pour coucher avec moi. Tapez-moi cela, avec toutes les répliques et toutes les virgules. Pour plus de sûreté, je ferai vérifier le tout par un interprète.

Cela l'amusa. Elle lisait en lui si clairement qu'elle

avait parfois l'impression d'être sa mère. Elle fit semblant de se piquer :

— Je vous remercie pour cette marque de confiance, Mr Huggins.

— Cessez donc avec vos Huggins. Excusez-moi, mais, effectivement, je n'ai jamais eu confiance en une femme.

— En ce cas, je vous remercie de me considérer autrement qu'une simple secrétaire.

— Perdez ce ton, vieille Jill. Asseyez-vous.

Il était grave, mais heureux d'un bonheur sous pression.

— Je vous dois une confidence. Jill. Je suis amoureux de cette fille.

— Je le savais.

— Vous le saviez ? Depuis quand ?

— Depuis que vous m'en avez entretenu la première fois.

— Hier ? Mais je n'en savais rien, hier. A quoi vous en êtes-vous aperçue ?

— Aux fleurs.

— Mais j'en envoie vingt fois par an !

— A votre préoccupation quant à leur couleur. D'habitude, vous me dites : « N'importe quoi, pourvu que ça fasse riche. »

Il sourit :

— C'est juste. Bravo, Jill. N'en parlez à personne. Je suis maintenant un objet de dérision.

— Pas pour moi.

— Pour moi, si. Apportez donc votre machine à écrire ici, que je profite de sa voix comme un imbécile. « Sa voix est pleine de monnaie », ainsi Gatsby le Magnifique définit-il la voix de Daisy. Il n'y a pas que Junkie, voyez-vous, pour les citations.

Pour avoir en main ce texte impérissable, il priva sa dévouée secrétaire de déjeuner. Pendant qu'elle travaillait, il se grisait encore du timbre de ces mots pour lui dépourvus de tout sens, mais non de charme.

— C'est une langue mélodieuse que le français, observa-t-il.

— Surtout dite par elle, fit Jill.

Quand ce fut fini, il partit avec les feuillets, dans la rue, au hasard. Jill avait raison. Les propos de Cerise n'étaient pas dénués de réserves. On ne pouvait guère, non plus, en ébaucher un caractère. Olivier, sept ans, Corinne cinq. Elle devait donc en avoir vingt-huit, comme prévu. La famille s'agrandissait de jour en jour. Lui sortirait-on demain d'une armoire des pères, des mères et des grands-parents ? Demain. Comment attendre, vivre et s'occuper jusqu'à demain. « Pleine de monnaie », la voix lui chantait encore à l'oreille son chant de sirène d'un autre monde.

Il allait, au gré du vent, surpris d'abriter entre ses côtes un cœur qui se bloquait dès qu'il évoquait cette blonde, aussi surpris qu'une femme qui sent l'enfant bouger en elle pour la première fois de sa vie. Lorsque la pauvre Marjorie lui avait crié son comique « Je vous aime », n'avait-il pas blâmé, n'avait-il pas trouvé « pas très britannique » cette exhibition ? Qu'avait-il avoué d'autre à Jill ? N'était-il pas prêt à crier à Cerise qu'il l'aimait ? Non, il devait se taire, il fallait qu'il se taise. Si péril il y avait, c'était dans la reconnaissance de la faiblesse, de la faillite. On pouvait, ne l'avait-il pas prouvé cent fois, séduire un être sans employer des procédés dont l'efficacité, en outre, laissait à désirer. Il ne tenait pas à agacer comme l'agaçait Marjorie. Cette leçon ne devait pas être perdue.

A trois heures et demie, ses pas l'avaient conduit Cale Street. Quelques mères, devant le nº 50, adresse de l'Oratory Primary School, attendaient la sortie des écoliers. Michael avait été entraîné là par l'irrépressible envie de découvrir Cerise parmi elles. Elle n'y était point. Ses gosses devaient rentrer Smith Terrace par leurs propres moyens. Elle n'avait dû les accompagner que la première semaine.

Une bande de singes hurleurs ne tarda pas à se jeter dans la rue. Parmi ceux qui empruntaient Sidney Street, Michael ne fut pas long à repérer ceux qui l'intéressaient. Ils lançaient, les deux petits monstres, des injures en français à d'autres jeunes abrutis qui les traitaient, histoire de rire, de mangeurs de grenouilles, escargots, limaçons et autres lamellibranches.

Michael fut intérieurement navré. La fillette n'était pas jolie, ne le serait sans doute jamais. Le garçonnet n'avait raté le mongolisme que d'extrême justesse. Ils ne ressemblaient ni à leur mère ni même à leur père. La blondeur de tournesol de Cerise avait viré au filasse sur la tête de sa fille, le fils, lui, tirant sur la pelure d'oignon. Les deux enfants s'éloignèrent enfin en se tenant par la main.

Michael resta sur place. C'était donc pour cela qu'une femme pouvait se gâcher la vie, cela qui allait pourrir la sienne ? Les cloches de Saint Luke's, à côté, sonnèrent ce qui n'était autre que son glas, Saint Luke's où il avait rencontré Marjorie, il y avait peu. Ce qu'il venait de voir le dégoûtait vaguement. En somme, Cerise avait des infirmités, des varices. Des varices qui n'étaient pas sur ses jambes mais marchaient et rampaient de part et d'autre de son corps. Elle avait aussi un pansement de mari qui s'allongeait sur elle le samedi soir.

— Et je l'aime, acheva Michael accablé.

En jaquette rouge éclaboussée de médailles, deux vétérans, retraités militaires du Royal Hospital de Chelsea, le croisèrent.

Las d'être seul sur terre, Michael Huggins leur emboîta le pas.

CHAPITRE V

Cerise, King's Road.

Au 129, elle venait d'acheter son *Franche-Dimanche*, que le libraire lui gardait. Chez certains commerçants, elle s'exprimait par l'intermédiaire de billets que, sur sa demande, lui rédigeait son mari. Comme elle était de nature affable, elle souriait à tous les marchands, leur parlait sans se soucier qu'on la comprît ou non. On commençait à l'appeler la « Blonde », le mot étant commun aux deux langues.

A neuf heures, le matin, flanquée de ses enfants, poussant son *shopping basket*, elle sortait de la maison bleue. A la hauteur de Sidney Street, les gosses l'embrassaient et partaient à l'école où ils prenaient le repas de midi, ce qui leur évitait un second aller et retour. En semaine, elle était, après leur départ, libre et seule jusqu'à quatre heures moins le quart.

Londres qui, d'ordinaire, déconcerte tant ses visiteurs n'avait eu aucun pouvoir, aucune prise sur cette jeune femme. Elle était là comme elle eût été à Stuttgart ou à Tokyo. Pour elle, hors de France, tous les pays n'étaient que pays peuplés de Martiens s'exprimant en charabia et employant des monnaies si bizarres qu'il fallait être polytechnicien pour s'y reconnaître. Elle était gâtée sur ce chapitre, ici, avec les livres, les guinées, les shillings, les pence, les demi-couronnes, les farthings! Elle éprouvait une vague pitié pour tous ces gens privés de camembert et de pain fantaisie. Ce n'était pas des gens comme tout le monde, voilà tout. Elle allait vivre six mois à leurs côtés avec indulgence, île paisible au sein d'une île.

Incurieuse, rétive à tout exotisme, elle refusait de se promener ailleurs que dans le quartier où un sort malin l'avait parachutée. Desremeaux n'avait réussi qu'à la traîner à la Tour de Londres, où elle s'était embêtée. En France, ils habitaient Le Vésinet, près d'un Paris où elle se rendait le moins possible, n'en voyant pas l'intérêt.

Olivier et Corinne l'ayant quittée, elle entrait immuablement aux Greengrocers of Chelsea pour y acheter ses légumes, puis dans deux self-services, les International Stores et chez Safeway. Non moins immuablement, elle s'asseyait sur un banc, à l'entrée de la Royal Avenue, regardait passer les bus rouges, reprenait son chemin, considérait longuement la viande à la montre de la boucherie Andrews, en achetait ou non selon les besoins du jour, puis empruntait Smith Street pour revenir chez elle à dix heures.

A onze heures et demie, régulièrement, toujours inséparable de son panier à roues, elle effectuait une seconde sortie, pénétrait dans le troisième self-service de King's Road, le Sainsbury, se promenait dans le Chemists voisin qui l'amusait puisqu'on y vendait tout ensemble pharmacie, parfumerie, linge, appareils photo, etc. Une heure plus tard, non sans avoir léché les vitrines des extravagantes boutiques de l'avenue, où tous les mannequins, rêveurs et fardés, ressemblaient à Marjorie, elle était de retour Smith Terrace.

On eût pu croire, à la voir déambuler des heures de la sorte derrière son panier, qu'elle avait énormément de commissions à faire. Il n'était pas rare, au contraire, que le panier ne recélât en ses flancs, à la fin du voyage, qu'une simple boîte d'allumettes.

A cinq heures, après le goûter des enfants, le *shopping basket* accomplissait sa dernière tournée de la journée, avant la fermeture des magasins et le retour de Desremeaux.

Que cherchait ainsi, toujours les pieds nus dans des sandales, cette ménagère active et pittoresque dans sa beauté royale? Quelle occasion, quelle marque de paquet de lessive ou quel dérivatif contre l'ennui? Ses allées et venues d'une précision parfaite, chronométrique, intriguaient les habitants de Smith Terrace, égayaient les vendeuses. Cerise n'en avait cure, qui ne les voyait pas, et vaquait, voguait plutôt parmi eux et leur monde étranger, tel que l'eût fait sur la mer un voilier de soleil.

Marjorie, Stanley Arms.

Dans le pub sis face au bureau de Michael, elle guettait ce midi la sortie de son trop cher Estate Agent. « J'attends Mr Huggins », avait-elle dit au patron du pub que la présence d'une femme seule en son établissement emplissait de soupçon. Rassuré, il lui avait déjà servi deux doubles whiskies. Les mains de Marjorie tremblaient comme drapeaux à la brise. Elle avait forcé sur ses doses habituelles, depuis sa fuite héroïque de l'autre soir. De quoi lui avait servi ce courage, puisque, bien éloignée d'avoir rompu le câble d'acier qui la liait à cet homme, elle lui revenait vaincue, d'avance résignée à toutes les humiliations qu'il saurait lui prodiguer. Elle pensait l'avoir compris, tout au fond de lui Michael était incapable d'aimer, de s'intéresser à autre chose qu'à ses conceptions « XVIIIe siècle » du plaisir. Elle serait son plaisir et rien que cela, lourde, lisse de plaisir. N'était-elle pas à la fois tout ce qui pouvait lui plaire, jolie et trouble, élégante et suspecte ? N'était-elle pas l'étrange corps de voluptés et de poisons, la bête raffinée qu'il recherchait ?

Pourquoi, inepte, l'avait-elle assommé de déclarations d'amour, lui qui ne pouvait les entendre, pourquoi lui avait-elle offert sa vie comme dans un feuilleton, alors qu'il ne souhaitait d'elle que des frissons pour nuit louche ? N'avait-il pas, en outre, raison de repousser du plat de la semelle ce qu'elle avait elle-même refusé avec des éclats de rire de la part de plusieurs garçons qui avaient osé lui réciter les niaises romances du clair de lune ?

En U.R.S.S., elle eût fait son « autocritique ». A Londres, elle buvait des whiskies.

Dans un miroir, derrière le comptoir, entre les verres suspendus par leur pied, elle aperçut son visage enfantin, déchiré, ses yeux gris et papillotants d'oiseau de crépuscule. Elle essaya plusieurs sourires comme devant l'objectif d'un photographe de mode. Pourtant, on la désirait encore et toujours. N'y avait-il pas devant sa porte, ce matin, toute une brassée de fleurs en papier éparpillées là par un inconnu ? D'un signe, d'un frémissement de ses faux cils, ne pouvait-elle affoler n'importe lequel de ces mâles qui, près d'elle, buvaient de la bière ? Pourquoi pas lui, Mike, pourquoi pas lui, justement le seul ?

Il quittait le bureau, Jill Craig auprès de lui. Marjorie poussa la porte, appela d'une voix faible :

— Michael !

Il la vit, n'en parut pas autrement contrarié. Il lui sourit, même, et fit :

— Je vous rejoins.

Il accompagna Jill pendant quelques pas :

— Ne nous plaignons pas, Jill, nous sommes aimés. Espérons que cela se répandra comme une traînée de poudre de riz.

— Ne faites pas souffrir, Mike, si vous ne voulez pas souffrir.

— D'abord, ce n'est pas incompatible. Ensuite, vous parlez comme une vieille grognasse de l'Armée du Salut. Soyez plutôt à deux heures moins cinq chez moi pour aller boire aux sources de la plus divine des cafetières.

— J'y serai. Mais ne soyez pas trop féroce avec cette Marjorie.

— Je serai adorable. Au fait, que pensez-vous d'elle, au physique ?

— Précieuse et floue.

— Cerise a dix fois plus d'éclat, vous verrez.

— Je verrai, mais ne me demandez pas trop de juger, je n'ai pas les mêmes raisons que vous d'aimer les femmes.

Il la laissa s'éloigner, puis entra dans le pub. Les jambes de Marjorie mollirent d'émotion, et elle dut s'asseoir avec son verre. Michael s'assit face à elle, lui prit tendrement les poignets.

— Ne pleurez pas, dit-il, devinant quelles sources s'entrecroisaient en elle, ne pleurez jamais en public. Soyez une brave petite Anglaise qui plaisante sous les bombes nazies. Je vous aime beaucoup, Margie, mais abandonnez cet air de pavot souffreteux et désolé. Je vous aime beaucoup, mais à une condition.

— Je ne vous aime pas, Michael.

— Très bien. Un petit peu quand même ?

— Oui, un petit peu.

— Vous êtes précieuse, Marjorie, précieuse et floue.

— Pardonnez-moi pour l'autre soir. Je ne savais plus ce que je disais.

— De quel soir s'agit-il ? Je ne vois que des soirs exquis de dentelles bleues et blanches et de flambeaux. Vous connaissez ce dicton de chez nous : « Les femmes et les dentelles paraissent mieux aux chandelles. »

Elle était fort désirable, au sortir de ses nuits sans sommeil et alcoolisées. Ses paupières meurtries, la respiration entrecoupée qui agitait sa poitrine, ses lèvres livides, cette allure de félin malade, toute cette panoplie du petit Marquis de Sade alléchait Michael qui, tout amoureux qu'il fût d'un verger somptueux, n'en était pas moins homme à ses heures perdues, et amateur de curiosités esthétiques.

— Un soir, Marjorie, j'irai chez vous.

— Jamais un homme n'est venu chez moi, souffla-t-elle.

— Tentatrice! Un agrément de plus.

— C'est noir et sale, chez moi. Des bouteilles vides, des mégots...

Elle parvint à sourire, comme tout à l'heure devant le miroir :

— ... Pour ne rien vous cacher, c'est assez désespéré.

— J'aimerais y voir votre chair pâle.

— Comme vous voudrez. Je suis à vous.

— J'irai. Je vous interdis de faire le ménage.

— Je ne toucherai à rien.

Elle murmura, les yeux clos, attentive aux bouffées de lassitude qui soulevaient sa peau :

— Quand, Michael? Ce soir?

Il lui fit rouvrir immédiatement les yeux :

— Il me faut être honnête avec vous, Marjorie. C'est vous seule qui déciderez de la suite à donner à nos relations. Si je couchais avec d'autres femmes, je ne vous le dirais pas, puisque cela n'aurait aucune importance. Je dois, par contre, vous informer que j'aime quelqu'un et que ce quelqu'un, sans équivoque, n'est pas vous.

Elle balbutia :

— Depuis quand?

— Depuis peu.

— Et... vous l'aimez... vraiment?

— Oui, vraiment. En fait, n'étant pas grand spécialiste en la matière, je suppose que c'est de l'amour, Marjorie, que de ne plus penser qu'à un seul être et d'y penser toujours. A votre avis ?

— C'en est.

— Merci. Je ne dis pas cela pour vous peiner, Marjorie. Je vous le dis, je vous le répète, par honnêteté envers vous.

Elle respira avec force, la tête hors de l'eau :

— Ça ne fait rien, Michael. Je suis à vous. Corps et âme. Prenez le corps. L'âme se débrouillera bien toute seule. Tout plutôt que de ne pas vous voir. Tenez-moi les mains, elles sont froides.

Il obéit, touché. Elle sourit bravement sous les bombes nazies :

— Et... cette personne... cette personne vous aime ?

— Je ne sais pas. Je ne crois pas. Je ne puis en parler pour l'instant.

— Viendrez-vous ce soir ?

— Je ne le pense pas.

— Quand vous voudrez, Michael. Tout ce que vous voudrez.

— Tout ? Absolument tout ?

— Absolument. Je vous le jure.

— Je vous rappellerai cette parole, Marjorie.

— Vous n'aurez pas à le faire. Je ne l'oublierai pas.

Il regarda sa montre et se leva :

— A bientôt, Marjorie. Excusez-moi, je suis pressé.

Elle ne fit pas un geste pour le retenir. Il aurait détesté cela. Il allait voir l'autre, sans doute. L'autre. Elle acheva posément son verre. Elle aurait de loin préféré des coups de poing en plein visage mais, songea-t-elle, on ne choisit pas, on ne choisit rien, jamais. Oui, tout, plutôt que de ne plus le voir. Ç'avait été trop dur. Il voulait bien la conserver en guise de putain. C'était mieux que de ne plus le voir. Elle ne se demandait même pas qui il aimait. Cela ne l'intéressait pas. Il la gardait, elle, il irait chez elle, s'étendrait sur elle, se prêterait à elle. Il lui appartenait encore. Il ne s'évanouissait pas dans la nuit. Elle était heureuse. C'était un immense bonheur que d'aimer un être qui daignait se pencher, peu importe comment, mais se pencher sur votre existence. S'il lui avait tourné le dos, n'aurait-ce pas été la souffrance poignante, le noir absolu qu'elle venait de subir et d'où elle remontait enfin, ensanglantée mais vivante ?

Toute à sa joie, elle ne sentit pas les larmes couler sur ses joues, larmes qu'aperçut par mégarde le patron, qui ne trouva pas très correct qu'on pût pleurer dans son établissement.

Bien qu'il se fût rasé le matin, Michael se rasa une seconde fois, se coupa comme de juste, s'aspergea de lavande Yardley, cassa le flacon, déchira une chemise, perdit une chaussure, tomba dans l'escalier pour aller ouvrir à Jill. Il lui fit peur.

— Êtes-vous fou, Mike ? Regardez-vous dans un miroir : halluciné, surexcité. Il faut vous calmer. Je vous vois mal apprivoisant cette personne si vous lui parvenez en monstre du Loch Ness crachant des flammes par les orbites.

— Vous n'exagérez pas un peu, *old lady ?*

— Pas du tout. Et puis, qu'est-ce donc que cette odeur violente que vous dégagez ? On doit vous renifler depuis King's Road.

— Je me suis mis un peu de lavande.

— Allez vous laver, Michael, de grâce allez vous laver, Danny La Rue [1].

— Vous espérez me mettre en retard. N'y comptez pas.

1. Célèbre travesti anglais.

Elle dut l'entraîner dans la salle de bains. Il se débarbouilla.

— Comme ça, Jill, ça va?

— A peu près. Je suis une mère pour vous.

— Alors, donnez-moi le sein.

— Je préfère vous entendre plaisanter. Ne soyez pas tragique, autour de ce café. Surtout pas. Ne lui roulez pas des yeux éperdus. Je pense qu'elle aime rire, d'après son coup de téléphone. Soyez drôle, soyez amusant.

— En ne disant pas un mot, c'est d'un pratique, pour jouer les petits espiègles! Je ne suis pas le mime Marceau, moi. Il a tout pour lui, celui-là. De plus, quand il parle, c'est en français. Enfin, si vous y tenez, je ferai les pieds au mur.

— Avez-vous relu votre liste de mots français?

— Je la sais par cœur.

Il récita, emphatique, tout en se recoiffant :

— *S'il vous plaît. Pourquoi. Vous me plaisez beaucoup. Merci. Je veux vous revoir. Je ne comprends pas. Comment allez-vous?*

— Si je vous dis : *Combien de sucres dans votre café?* que me répondez-vous?

— *Deux soucres.*

— *Sucre. SU.*

— *Deux s...ucres. Ce café est très bon. Vous êtes très jolie.* Etc. Allons-y, Jill, sortons de la tranchée.

En refermant sa porte, il fit, malicieux, en français :

— *Je vous aime.*

Jill répliqua, sévère :

— Je ne vous ai pas appris cela. Il a bien fallu que vous appreniez tout seul la seule phrase de la langue française que vous n'auriez jamais, jamais dû savoir. Si vous la dites, je ne donne pas cher de vos chances et de votre peau, Michael.

— Bon, bon, je ne la dirai pas.

Il gouailla d'une voix mal assurée, alors qu'ils marchaient en direction du 42 :

— On demande bon petit patron, inoffensif, tenue impeccable, présenté par sa secrétaire...

Cerise était dans le *basement*, cet étage en sous-sol courant dans les maisons anglaises. Là se trouvait la cuisine. Quand elle entendit le bruit du heurtoir, elle grimpa au rez-de-chaussée sans même ôter ses gants de caoutchouc blanc, et ouvrit.

— Bonjour. Entrez.

Elle riait déjà, retirait son gant droit en s'aidant de ses dents.

— Excusez-moi. J'étais dans la cuisine. Je fais cuire des haricots verts pour les mettre en conserve.

Elle tendit enfin sa main nue à Jill. *Old lady* avait prévenu son patron :

— Elle va vous serrer la main, comme tous les Français. Ne soyez pas surpris, et ne prenez pas cela pour une preuve d'affection.

Toujours en riant, Cerise serra ensuite la main de Michael. Il eût voulu la garder longtemps dans la sienne, mais n'osa pas. Il remarqua pourtant que la jeune femme, une seconde, avait rougi.

— Suivez-moi, fit-elle en descendant les marches, je m'excuse de vous recevoir en bas, mais je me suis lancée dans ces conserves, je ne peux plus les arrêter.

Cette vaste entreprise l'égayait beaucoup. Michael ne comprenait rien mais s'en moquait, fasciné par cette voix de boîte à musique, par cette chevelure blonde qui, séparée en deux bandeaux, en deux flammes, recouvrait tel un châle la poitrine de Cerise.

Sur la table de la cuisine, non loin d'un monceau de haricots verts *made in* Afrique du Sud ou Nouvelle-Zélande, trois tasses, un sucrier. Sur le réchaud à gaz, une cocotte-minute roucoulait, inquiétante comme une bombe à retardement. Cerise, pointant la banderille d'une allumette, mit à chauffer la cafetière.

— Asseyez-vous. Faites asseoir le patron, Jill. Moi, je suis comme ça, je ne fais jamais de cérémonies. Figurez-vous, ce matin, chez l'épicier, je vois ces haricots. Je me dis : « Ma petite, tu vas en mettre en bocaux. D'accord, ce n'est sûrement pas des haricots de Bretagne, mais ça t'occupera. » Ça, pour m'occuper, ça m'occupe!

Vraiment ces haricots lui étaient source de joie.

— Qu'est-ce qu'elle dit? s'émut Michael.

— Rien de bouleversant. Elle parle de ses haricots.

Cerise le regarda. Il s'enfonça avec ivresse dans l'immensité de ces yeux bleus. Il lui sembla qu'il nageait sur le dos, qu'il ne voyait plus que du ciel. Il lui fallait dire quelque chose, vite, pour ne pas avoir l'air d'un niais. Il lança, superbe, en français :

— Comment allez-vous?

Elle éclata de rire :

— Qu'il est drôle! C'est vous qui lui avez appris ça, Jill? Mais je vais lui répondre! Jean-Claude m'a appris *Very well*, hier soir.

Elle s'inclina, comique, devant Michael et répéta :

— *Very well!*

Elle se tourna vers Jill :

— Il ne vous a jamais fait la cour?

— Non, fit Jill interdite, pourquoi?

— Parce que Colette, la Française qui sert au bistrot d'à côté, le Chelsea-machin, elle m'a dit à midi que c'était un chaud lapin.

— Qu'est-ce que c'est, un chaud lapin?

— Un coureur, quoi. Un homme à femmes.

Jill sentit le danger.

— Qu'est-ce qu'elle dit? Qu'est-ce qu'elle dit? réclamait obstinément Michael, qui saisissait que l'on parlait de lui. Cerise ânonna gaiement pour l'imiter :

— Qu'est-ce qu'elle dit? Qu'est-ce qu'elle dit?

— Taisez-vous, Mike, ordonna Jill qui reprit, pour Cerise : Cette Colette vous a dit n'importe quoi. Chelsea est un village, vous savez, avec ses mauvaises langues comme dans tous les villages. Je peux vous assurer que Mr Huggins est un monsieur bien, un gentleman. Vous comprenez, gentleman?

Cerise s'amusait beaucoup des mines effarées de Michael :

— Oui. Il n'est quand même pas vierge, votre gentleman?

Ce fut au tour de Jill de sourire :

— Je ne le pense pas.

— Mon café!

La cafetière sursautait en ahanant. Cerise la retira du réchaud. En quelques mots, Jill informa Michael des soupçons qui pesaient sur lui. Cerise, enjouée, lui frappa familièrement l'épaule :

— Allons, milord, ne faites pas cette tête!

Cette allusion à une chanson d'Édith Piaf ne l'atteignit pas. Il répondit en anglais, aimable :

— Que dites-vous, Cerise?

Elle s'assombrit et, vive, recommanda à Jill :

— Je n'aime pas ça. Dites-lui que je ne veux pas qu'il m'appelle chérie. Il me prend pour qui?

Jill hésita une seconde puis pouffa, ce qui surprit fort la jeune Française :

— Je vais vous expliquer.

— Oh, pas la peine. J'ai compris, pour une fois. Il m'a appelée chérie et je ne veux pas de ça.

— Il ne vous a pas appelée chérie mais CHERRY. Et *cherry*, en anglais, cela signifie cerise.

— Ah, oui, du cherry! j'en ai déjà bu, se radoucit Cerise. Excusez-moi. Le pauvre homme, j'allais lui faire une scène. Mais pourquoi il m'appelle cerise?

— Il vous l'a dit dans sa lettre. Quand il vous a vue pour la première fois, vous mangiez des cerises.

La blonde s'esclaffa :

— Oh, j'avais oublié. Alors, s'il m'avait vue en train de manger un cornichon, il m'appellerait Cornichon ?

L'hilarité des deux femmes mettait Michael au supplice sans qu'il osât se manifester. Charitable, Jill lui traduisit leurs propos. Il rit aussi, avide de prouver qu'il n'était pas du genre lugubre. Cerise commenta, tout en servant le café :

— Remarquez, c'est joli, Cerise. Dites-lui que ça me plaît beaucoup. Il est très gentil, milord.

Jill mit au courant Michael, fidèlement.

— Merci, Cerise, fit-il en rougissant, ce qui la fit rougir.

— Cela ne va pas mal, Craig, souffla-t-il, encouragé.

— Il me semble, répliqua Jill sur le même ton. Mais soyez prudent. Elle est du genre méfiant.

Michael n'avait pas remarqué.

— Ces femmes sont extraordinaires, entre elles, songea-t-il, admiratif. Attention. Elle va me demander combien je veux de sucres.

Les *big blue eyes* se posèrent sur lui :

— Combien de sucres, milord ?

— Deux sucres, articula-t-il avec application.

— Il apprend bien, s'émerveilla Cerise. Dans un mois ou deux, il pourra faire sa cour à une Française.

Jill transmit à Michael cette intéressante réflexion. Le café fumait dans les trois tasses.

— Vous n'avez pas de lait, madame ?

Cerise tressaillit d'horreur :

— Jill ! Vous allez mettre du lait dans un bon café tout frais ?

L'Anglaise ne broncha pas :

— Naturellement. Du café sans lait, ce n'est pas du café.

Cerise soupira, désarçonnée :

— Je vais vous en donner, mais vrai ! Dans du café qu'on vient de faire, quelle idée ! Vous autres, vous seriez bien capables de mélanger du champagne à du Coca-Cola.

Elle lança à Michael :

— Vous aussi, du lait, bien sûr ? Ou du citron ? Ou de la vinaigrette ?

Il avait perçu l'irritation de la Française. Il refusa noblement le lait. Cerise bougonna, déridée :

— Sacré milord ! Qu'est-ce qu'il ne ferait pas ! Il est vraiment mignon comme tout.

— Qu'est-ce qu'elle a dit ? s'enquit Michael.

— Je n'ai pas compris, avoua Jill.

« Tant pis pour lui », se dit Cerise, malicieuse, ayant saisi le sens de leurs deux brèves répliques.

Piquée, Jill revint sur le brocard de Cerise :

— Non, madame, nous ne mélangeons pas Coca-Cola et champagne. Nous aimons beaucoup le champagne. Si vous le désirez, Mr Huggins vous fera boire tout le Dom Pérignon que vous voudrez.

— Eh bien ! dites-lui que je suis champenoise, et que je peux en parler savamment, moi, du champagne. Je suis née près d'Épernay. C'est même là, à une fête, que j'ai rencontré mon mari. Il était parisien, lui. Ça m'a impressionnée. J'avais seize ans. Et, crac, vous savez ce que c'est, je me suis retrouvée enceinte d'Olivier, et il a bien fallu se marier.

Jill effectua vite une addition, s'étonna :

— Mais quel âge avez-vous donc ?

— Vingt-quatre ans. Je fais un peu plus, n'est-ce pas ?

— Ce n'est pas ce que j'ai voulu dire.

— J'ai été malade l'an dernier, c'est pour ça.

Elle prit « milord » en pitié :

— Racontez-lui, un peu. Il se ronge les sangs, là, à nous écouter.

Jill fit, soucieuse :

— Elle est bien jeune, Michael. Elle n'a que vingt-quatre ans.

Michael retint une grimace. Lui qui savait combien évolue la mentalité d'une femme, surtout mariée, entre cet âge encore tendre et celui des premières blessures, donc des premières consolations, ne pouvait être qu'un peu navré par cette révélation. « Je pourrais être son père », songea-t-il en un éclair.

— Dans le dos de milord, dit Cerise, sur le réfrigérateur, vous avez mon père et ma mère, en photo.

Michael se retourna, sur un signe de Jill. Il y avait là, en rang d'oignons, trois cadres. Dans le premier, un couple de vieux. Ceux-là n'avaient pas dû avoir leur fille à seize ans. Ils étaient laids, communs, gris.

— Son père et sa mère.

— De bien vilains oiseaux, lâcha Michael. Ma parole, quand on voit ses enfants et ses parents, on peut en conclure qu'elle est un accident physiologique.

— Qu'est-ce qu'il dit ? demanda Cerise à son tour.

— Il les trouve bien.

— Il n'est pas difficile, fit-elle, non sans esprit A côté, c'est mon mari.

Elle ajouta sans enthousiasme :

— Bel homme. Et à côté, c'est moi.

— Belle fille, approuva Jill.

Un regret, une mélancolie insolites passèrent dans les yeux bleus :

— Pour ce que ça sert. A quoi ça sert quand on est en prison.

Jill le répéta à Michael et glissa :

— Elle en a peur, mais elle ne doit pas en être folle, de son mari.

Michael murmura, en arrêt devant le portrait représentant une Cerise vide et songeuse, les mains croisées, assise dans un fauteuil :

— Personne n'est fou de son conjoint après huit ans de mariage, Jill, c'est évident. Pas un seul amour ne dure huit ans, ni cinq ni quatre.

Le désenchantement de Cerise dura peu. Après un coup d'œil à un réveille-matin posé sur une étagère, elle se livra aussitôt à d'étranges et téméraires pratiques. Active, elle éteignit le réchaud, ôta la soupape de la cocotte-minute — cette chose qui n'avait cessé de tourner bizarrement sur l'engin depuis leur arrivée — et un nuage de vapeur envahit la pièce en sifflant à leurs oreilles. Michael, machinalement, esquissa un pas en arrière.

— N'ayez pas peur, milord, chantonna Cerise en lui touchant le bras pour le rassurer.

Elle dévissa sans crainte le bouton de serrage, retira le couvercle, libérant d'autres colonnes de fumée.

— Les brouillards de Londres! annonça-t-elle.

Michael confondu la considérait avec plus de respect qu'il en eût témoigné à un aventurier narrant ses exploits dans la jungle.

Elle portait un tricot noir sans manches, et n'était pas le moins du monde épilée sous les bras, ce qui troublait Michael au-delà de tout, habitué qu'il était depuis toujours à des compagnes aux aisselles nettes comme la main. La vue de ces petits nids blonds et frisés lui desséchait la bouche.

Ainsi blonde et noire, elle ressemblait à une guêpe agile de dessin animé.

Elle avait ouvert une fenêtre, la brume tiède et fade se dissipait. Munie d'un torchon, Cerise sortait à présent du ventre de la cocotte, avec des gestes de prestidigitateur, trois bocaux de haricots verts stérilisés. Michael faillit applaudir, transporté.

— Elle est stupéfiante, cette petite bonne femme, confia-t-il à Jill.

— On voit que vous n'avez jamais approché de ménagère. Mais elle pourrait s'épiler sous les bras.

— Ce n'est pas mon avis, protesta Michael. C'est d'une sensualité telle que j'en ai le vertige quand elle les lève.

— Vous dites du mal de moi ? intervint Cerise qui, déjà, sans y penser, ayant remis ses gants, effilait une poignée de haricots.

— Michael est en admiration devant vos talents de ménagère.

Les yeux rieurs de la jeune Française effleurèrent Michael :

— Il n'a rien vu. Il devait me prendre pour une danseuse des Folies-Bergère, votre patron. Dans notre maison, au Vésinet, je fais même le jardin. On me le bêche, bien sûr, mais c'est moi qui plante, qui râtisse, qui arrose, tout, quoi ! Dans la maison, pareil, le ménage, la lessive, la cuisine. Jean-Claude me colle dans les jambes des souillons pour m'aider dans les grands travaux, mais je ne peux pas supporter ça. Je suis forcée de tout refaire derrière elles. Et attention, pour moi, ce ne sont pas du tout des corvées, ça me distrait.

La personnalité de Cerise, s'il y avait personnalité, commençait à surgir des fumerolles de la cocotte-minute. L'interprète Jill l'exposa succinctement à Michael, qui en retint surtout que Cerise habitait la banlieue.

— Nous allons partir, suggéra Jill. Il va être trois heures, il ne faut pas que nous paraissions importuns.

— Vous croyez ? fit Michael, chagrin. Partez, vous. Je voudrais tant l'aider à effiler ses haricots.

Le sourire de Jill intrigua Cerise :

— Qu'est-ce qu'il a dit ?

— Il est bête. Je ne veux pas vous le répéter.

Piquée, Cerise insista.

— Eh bien... Eh bien ! il faut que je parte au bureau, mais lui, il veut rester pour vous aider à effiler les haricots.

— Il est fou!

Elle le regarda gentiment. Il avait pris un air penaud. Cerise hésita, puis :

— Alors, qu'il reste, si ça l'amuse. Des haricots, il n'a pas dû en effiler beaucoup dans sa vie. En plus, je ne sais pas ce qu'on pourra se dire, mais enfin... Qu'il me promette en tout cas de s'en aller avant quatre heures moins le quart. Les enfants rentrent à cette heure-là, et je ne veux pas qu'ils le voient.

Elle guettait sur le visage de Michael l'effet que produirait sa réponse transmise par Jill.

— Ne manifestez pas une joie enfantine, Mike. Elle accepte. Mais vous disparaissez avant le retour des enfants.

Il s'éclaira sans excès, prit son meilleur sourire — tout comme les actrices ont un meilleur profil, il estimait posséder un « meilleur sourire » — pour murmurer en français :

— Oui, Cerise. Oui. Merci beaucoup.

Il attrapa quelques haricots et, entre ses dents :

— Saluez, Jill, et vite. A moi de jouer, maintenant.

— Ne faites pas l'idiot, Mike.

— C'est elle qui me le dit, de ne pas faire l'idiot, ou c'est vous?

— C'est moi.

— C'est très différent. Au revoir, Jill, au revoir.

Cerise raccompagna Jill.

Lorsqu'il l'entendit redescendre, très lentement, l'escalier, Michael sentit son cœur se pincer comme un doigt dans une porte. Il eut une seconde de panique et l'envie de sauter par la fenêtre, de rentrer chez lui en courant, de lâcher tout cela pendant qu'il en était peut-être temps encore.

Elle apparut à pas feutrés, grave, presque sévère, évitant de le regarder. Ils demeurèrent ainsi, silencieux, de part et d'autre du tas de haricots. Il ne quittait pas des yeux les deux mains gantées de la jeune femme qui poursuivait, avec une subite maladresse, son œuvre dérisoire. Il lui parut enfin que ces deux mains-là se crispaient, pour le maîtriser, sur un frémissement. Cerise cassa un haricot, et ce craquement imperceptible emplit la cuisine d'un surprenant vacarme.

Cerise sursauta et souffla :

— Partez, Michael.

Elle prononçait : Michel. Il avait bien compris, à ce ton suppliant, ce qu'elle venait de dire. Il rectifia :

— Non Michel. Maïk'l. Maïk'l.

Elle répéta :

— Partez. Oh, partez. J'ai été imbécile de vous garder ici seul avec moi.

Elle baissait la tête, l'œil obstinément rivé à la table, et sa poitrine se soulevait sous le tricot noir.

Michael, noué, savait qu'il ne fallait pas la brusquer, escomptait qu'il lui importait avant toutes choses, à elle, de sauvegarder les apparences. Il chuchota l'une des deux phrases de français apprises pour la circonstance. Il n'avait jamais joué une partie avec aussi peu de moyens. Il se devait de les économiser farouchement.

— Vous êtes très jolie, Cerise.

Il répéta :

— Très jolie. Très jolie.

Il lui soupçonna un faible sourire. Il s'étonna de la tendresse qu'il éprouvait pour cette inconnue. Il s'étonna encore plus de la pureté de cette tendresse.

Il jeta dans la bataille sa seconde phrase. Après celle-là, il était désarmé :

— Vous me plaisez beaucoup...

Il ajouta :

— ... Cerise.

Et sa voix se brisa, comme tout à l'heure le haricot.

Cerise se redressa, respira fort, le regarda en face.

Il y avait, jamais il ne l'oublierait, une émotion dans le bleu de ses yeux, bleu qu'il sut alors comme ourlé d'un fil vert, ce qui les rendait encore plus clairs, plus pénétrants. Elle dit, très vite, tout bas, pour elle-même :

— Va-t'en, milord, va-t'en. Je ne veux pas que tu me fasses du mal, ça m'étonnerait d'abord que tu puisses. Mais moi, je peux t'en faire, on ne sait jamais. Je ne te crois pas, remarque. J'en ai cru un une fois, quand j'étais imbécile, et tu vois le résultat. Non, je ne te plais pas, tu es comme tous les autres, tu veux coucher avec moi et ça ne me dit rien. Va-t'en. Quoi que tu fasses, je ne te crois pas, tu m'embêtes, j'aime mieux quand je suis seule.

Il eût tout donné pour comprendre ce monologue, pour que se déchirât le mystère de ces sons sans suite.

Une des mains de Cerise était proche des siennes. Il la saisit avec rudesse et, comme on écorche une hermine, la dépouilla de son gant de caoutchouc blanc. La main nue se débattit entre ses paumes, puis, maintenue comme elle était, s'amollit peu à peu, s'abandonna. Michael parla à son tour, avec une délicatesse dont il ne se serait pas cru capable, veillant à ne pas épeurer les yeux bleus qui le fixaient :

— Cerise. Cerise. Petite Cerise, ne bougez plus. *Vous êtes très jolie.* Calmez-vous. Détendez-vous. Donnez-moi vos yeux. Troublez-vous. Il faut que je vous trouble comme une eau, c'est ma seule chance, Cerise, de connaître votre goût de cerise. *Vous me plaisez beaucoup. Vous êtes très jolie.*

Imprévisible, elle se mit à rire, tout doucement, comme s'il était parvenu à la mettre en confiance. Elle cessa de rire et fit, attendrie :

— Tu n'es pas bien terrible, milord. Tu es gentil. Tu es rigolo. Tu as beau être grand, tu es tout petit.

Il se retint de lui dire qu'il l'aimait. Sans lâcher la main qu'il serrait toujours, il contourna la table, s'approcha de Cerise dont il perçut l'odeur de fraîcheur, l'odeur de fruit éclaté au soleil.

Alors ses deux mains, délivrant la sienne, vinrent se poser sur les épaules de la jeune femme, glissèrent autour du cou, s'infiltrèrent sous les cheveux, palpèrent la peau nue, attirèrent ce corps presque inerte et le pressèrent contre son corps. Sa bouche, à présent, n'était plus qu'à un doigt de la bouche humide et rouge de Cerise. Cette bouche s'entrouvrit et fit :

— Non. Non. Ce n'est pas malin, tu sais.

Les mains de Michael remontèrent. Il empoigna la nuque, la ploya. Leurs lèvres se frôlèrent, se touchèrent. Il dut retenir la nuque qui se cabrait.

Il n'y eut pas lutte. Cerise tomba comme une feuille, accepta maladroitement le baiser, donna cette plante salée et sucrée, froide et brûlante à la fois, qu'était sa langue. Ses yeux se fermèrent. Elle ne participait qu'à peine à ce baiser que Michael exigeait interminable, frénétique. D'une main, il lui prit les seins par-dessus le tricot, les caressa sans qu'elle se révoltât.

Il pensa en un brouillard qu'il l'embrassait, qu'il était en train de l'embrasser, que l'eau de leurs bouches se mêlait, que leurs langues se confondaient, et que ce geste avait été en somme d'une grande simplicité, d'une grande facilité.

Il avait fini par l'adosser à la table, et ils demeurèrent ainsi longtemps, longtemps, oscillant, sans rien voir, enfermés dans leur nuit. Elle ne bougeait pas, il ne pouvait se résoudre à rompre l'enlacement et le charme. Ils ouvrirent ensemble les yeux. Elle le regardait, et c'était étrange, ces deux flaques bleues qui brillaient si près, tout près de lui.

Elle se dégagea enfin, lui sourit et chuchota :

— Pauvre milord. Te voilà bien avancé. Nous sommes aussi bêtes l'un que l'autre, mais tu es le plus vieux, tu n'aurais pas dû.

— Cerise...

— Va, ne me dis donc rien. Même si je le comprenais, je ne voudrais pas croire un mot de tout ce que tu peux raconter. Tout ce que tu peux me dire, même en anglais, je le sais déjà.

Elle l'embrassa encore, légèrement, puis, s'écartant de lui, lui désigna le réveille-matin. Il était quatre heures moins vingt.

— Partir, fit-elle, partir. Compris ?

Il hocha la tête, acquiesça. Jamais quarante minutes de sa vie ne s'étaient écoulées aussi vite. Dans quel repli du temps s'étaient-elles faufilées ?

Déjà, gentille, elle l'entraînait par la main dans l'escalier. Il lui échappa, s'approcha du réfrigrateur et, lui montrant sa photo, lui fit comprendre qu'elle devait la lui donner. Elle agita négativement le doigt :

— Mari. Jean-Claude. Mari. Compris ?

Il eut une moue attristée. Oui, il avait compris, mais il voulait quand même ce portrait. Il fit mine de l'empocher. Elle dut le lui prendre des mains et, plaisamment, à la volée, le fourra à l'intérieur du réfrigérateur.

En riant, elle avisa les bocaux de haricots verts, en prit un et l'enveloppa à la hâte dans un journal.

— Souvenir Cerise, déclara-t-elle gaiement en le lui tendant comme s'il se fût agi d'un trophée.

Il hésita puis le mit sous son bras.

Ils remontèrent. Dans le vestibule, il saisit la jeune femme par le coude :

— Je veux vous revoir, Cerise. Rendez-vous. Rendez-vous.

C'était là son dernier souffle de français, à présent le plus important. Hélas ! il n'attrapa pas un mot de ce qu'elle répondit :

— Il ne faut pas, milord. Vous êtes très sympathique, vous êtes un charmant garçon, mais il ne faut pas.

Il réitéra sa demande en pure perte. Alors, de guerre lasse, il lui pressa la taille, se pencha sur sa bouche, et elle lui redonna sa bouche.

Mais il la devinait, sa jolie Française, sa blonde majuscule aux hanches écrites à la ronde, aux aguets, à l'écoute de la rue. Il lui mordilla encore les lèvres, comme pour la marquer et proclamer au monde que la plus belle bête du troupeau lui appartenait.

— Allez, Michael, allez, implora-t-elle.

Superbe, il lui baisa la main, lui caressa les paupières du bout des doigts, ouvrit la porte et sortit. La porte se referma aussitôt derrière lui avec un bruit mat de guillotine.

Il n'était pas très assuré sur ses jambes qui le portèrent, cotonneuses, jusqu'au 27 ½. Il y avait en lui toute une ivresse extravagante, comme si la pulpe de ces lèvres de fille avait déversé dans son corps un flot d'alcool.

Alors qu'il poussait sa grille, il entendit les voix des deux enfants surgis de Radnor Walk. Il ne leur jeta pas un regard. Ils n'étaient rien dans l'univers nouveau.

Chez lui, il posa le bocal, ce cadeau farfelu, sur un meuble, tira les rideaux, fit le noir complet dans la pièce et s'allongea lourdement sur le canapé. Il voulait s'enfoncer dans son bonheur, dans cette plénitude jusque-là ignorée qui le baignait tout à coup de toutes parts. Il flottait sur la couverture de fourrure, flottait et descendait des fleuves, flottait dans des espaces illuminés qu'il croyait réservés aux drogués ou aux cosmonautes. Il avait tout un goût de feu dans la gorge et dans la bouche. Il humait sur ses lèvres les parfums de Cerise, tous les parfums de ses lèvres de soie pourpre et mouillée.

— Je suis heureux, chuchota-t-il comme s'il lui parlait à l'oreille, heureux par vous. Je vous emporte.

Où voulez-vous aller ? Venise ? Tahiti ? Hawaï ? Où voulez-vous partir, et vivre, et aimer ? Faites un vœu, je l'exauce. Fuyons. Laissez votre mari. Plantez là les gosses, et venez vivre. C'est important, de vivre. Il nous faut vivre. Nous n'avons pas encore vécu, nous n'avons fait que subsister et respirer des airs d'entre quatre murs. Où voulez-vous aller, Cerise ? Au bout de la terre si vous le demandez, pendant que moi, ô Cerise, j'irai au bout de vous, tout au bout de vos yeux.

Tant de lyrisme, de joie, d'effervescence l'abattirent soudain. Il s'était promis de se recroqueviller dans l'obscurité et d'y savourer son espérance comme le renard se cache pour gratter le sol et y retrouver le morceau de choix caché là. Au lieu de cette contemplation intérieure dont il entendait tirer tous les sucs, toutes les délices, il s'endormit, épuisé d'émotion, d'un sommeil de combattant après l'assaut.

Hagard, il ne s'éveilla qu'à neuf heures du soir.

Une angoisse le jeta debout et titubant sur le plancher : avait-il seulement rêvé le baiser de Cerise ? Il ne se rassura qu'à la vue du bocal saugrenu qui trônait là où il l'avait mis, plus précieux qu'un vase en porcelaine de Chelsea.

Il ramassa et déplia le journal qui l'avait enveloppé.

C'était un magazine français de romans-photos, un ramassis illustré d'histoires d'amour à l'usage des simples, où des châtelains brillantinés se disputaient une vierge hiératique qui venait visiblement, dans le studio voisin, de jouer un tout autre rôle dans un film pornographique.

Michael, décontenancé, froissa cette chose, la jeta dans la poubelle, à l'office. Cerise ne pouvait lire ces insanités. Impossible. Mais qui, alors ? L'ingénieur commercial IBM ? Les enfants ?

— Encore moins, conclut-il à regret. Il avait posé sa veste sur un bras de fauteuil. Il remarqua, de loin, qu'un long fil scintillait comme une broderie sur une des manches. Il s'approcha, le prit entre deux doigts. C'était un cheveu de la blonde. Michael souleva la plaque de verre qui recouvrait le bois de son bureau, glissa sous elle ce qui lui demeurait de Cerise : un cheveu. Un de ceux qu'elle devait brosser chaque matin en chantonnant et en songeant au châtelain brillantiné qui viendrait l'enlever à bord d'un pur-sang et magnifier son existence.

Michael prit le téléphone, appela Jill à son domicile. Il n'obtint que la logeuse, qui lui apprit que sa locataire était partie à Colchester passer le week-end chez sa mère. Il en fut fort contrarié. Ces secrétaires n'étaient jamais là quand on en avait le plus besoin. Il faillit trépigner de rage. Se ravisant in extremis quant à sa dignité, il composa le numéro de Junkie. Sherwood ne répondit pas. L'animal devait traîner dans quelque pub.

Michael enfila sa veste, sortit, monta dans sa voiture. Il lui fallait trouver Junkie. A tout prix. Il le chercha en vain au Chelsea Potter, au Colville, au Markham's Arms, au Lord Nelson.

Enfin, au Man in the moon (L'homme dans la lune), il tomba sur un Junkie qui, lui, était plutôt perdu dans des étoiles marijuanesques.

— Junkie, j'ai besoin de vous. Êtes-vous en état de m'écouter et de me rendre un service?

Le jeune homme, que les *sticks* [1] avaient rendu d'humeur folâtre, fit à Michael d'exubérantes démonstrations d'amitié :

— Un service, Mike! Mais, mon cher, je me ferai tuer jusqu'au dernier pour vous être agréable, vous le savez bien!

— Ce ne me serait en aucune façon agréable.

1. *Stick :* littéralement, canne, bâton, baguette. Cigarette de marijuana.

— Je suis à vos ordres, Mike. Je ne suis pas un ivrogne. Voyez, dans les collines de mon allégresse, bondir les antilopes de ma lucidité. En réclamez-vous une preuve formelle ?

— J'aimerais assez que vous me la fournissiez, soupira Michael.

— Une citation des *Deux gentilshommes de Vérone* vous satisferait-elle ?

— A moitié.

— Retenez bien ceci, Mike : « L'amour se glisse humblement là où il ne peut entrer tout droit. » Acte quatre, scène deux. Protée dit cela à Thurio aussi vrai que je vous le dis.

— Venez, Junkie, je vous prie.

— Je vous suis. Où allons-nous ?

— Chez moi.

— Quoi faire ?

— Écrire.

— Écrire ? A cette heure-ci ? A qui ? Sur les murs ?

Michael le poussa hors du pub, le fit grimper dans la Jaguar, l'emporta à Smith Terrace où il lui fit prendre un bain pour mieux le réveiller.

— Que vous arrive-t-il, *old man*, interrogea Junkie lorsque ses éléphants roses se furent à peu près évanouis par le trou des serrures.

— Il m'arrive, Junkie, que je suis amoureux.

— De Marjorie ?

— Mais non ! Cessez de toujours me parler de Marjorie. Je suis amoureux d'une Française.

— Quelle idée peu banale, fit Junkie, plus stupéfié que si Michael lui eût annoncé qu'il éprouvait un tendre sentiment pour un autobus rouge. Michael ne releva pas cet étonnement incongru. Il tendit au jeune homme une feuille et un crayon :

— Pouvez-vous écrire une lettre en français ?

— Je peux toujours essayer, opina Junkie.

— Parfait. Écrivez : « Cerise... »

— Cerise ? Comme le fruit ?
— Comme le fruit, oui. Vous y êtes ?
— Oui. J'ai écrit : « Cerise... »
— Rayez.
— Je raye.
— Écrivez : « Mon amour. Je vous aime. »

CHAPITRE VI

Le lendemain, dans l'espoir naïf de frapper les esprits des promeneurs du samedi matin, Junkie manifestait King's Road.

Escorté par deux autres non-violents à longs poils, il brandissait une pancarte qui avait déjà beaucoup servi et décevait les amateurs de nouveauté : « Paix au Viêt-nam. » Ses camarades distribuaient des tracts poussiéreux, vieux de deux ou quatre ans, mais toujours d'actualité. Un policeman indifférent d'un mètre quatre-vingt-dix-huit couvait ces trois vilains petits canards. En service commandé, il était censé les protéger en cas d'une problématique agression de partisans de l'intervention américaine.

La lettre destinée à Cerise était dans la poche de Junkie, et il dévisageait avec attention toutes les ménagères qui n'avaient pas trop passé l'âge d'inspirer de furieuses passions. Son ami l'avait chargé là d'une tâche embarrassante. Il était fâcheux pour un révolutionnaire dans l'exercice de ses fonctions d'avoir à regarder les femmes sous le nez.

— A quoi la reconnaîtrai-je, Mike ?

— Vous la reconnaîtrez à ce signalement : la plus blonde et la plus belle.

Il la reconnut, en effet.

Elle venait à leur rencontre, une main sur la canne

de son panier à roues. Elle était seule, remplissait donc les conditions requises pour la remise de la lettre. De fait, une telle beauté, une telle grâce ne pouvaient que crever la rue. Même les traits de silex du policeman s'amollirent une seconde comme bougie au soleil, lorsque Cerise croisa le quatuor, un peu surprise par cette mini-procession en costumes, pour elle, de Mardi-Gras.

Junkie ordonna : « Demi-tour! », et la manifestation, rattrapée en une enjambée par son garde du corps, emboîta docilement le pas à la jeune Française.

Précédés par l'oriflamme de cette chevelure, les pacifistes refirent ainsi en sens inverse le chemin qu'ils venaient de parcourir en ravageant les consciences sur leur passage.

Suivie de près par les anti-impérialistes, Cerise en semblait le héraut, la jolie figure de proue. Elle ne s'en aperçut pas et, tournant brusquement à angle droit, entra dans le self-service des International Stores.

Junkie dit à son voisin :

— Kenneth, s'il vous plaît, brandissez bien haut cette pancarte pendant trente secondes. Je vous rejoins tout de suite, il me faut acheter du bacon. Et surveillez le *cop* [1], qu'il ne nous échappe pas!

Le nommé Kenneth obtempéra, et Junkie pénétra dans le magasin. Cerise, en arrêt devant l'éventaire des saucisses, répondait justement à une ménagère qui lui adressait la parole :

— *I do not speak English.*

Libéré d'un dernier doute, Junkie remarqua que le *shopping basket* était un peu en arrière de la Française. Il y fit choir la lettre en un tournemain et regagna discrètement la rue, y récupérant son groupe

1. Flic.

et sa pancarte. Personne ne l'avait vu opérer. Cerise ne s'apercevrait que tout à l'heure qu'elle avait du courrier.

— Et votre bacon ? s'inquiéta Kenneth.

— J'ai changé d'avis, répliqua Junkie. Comment pourrait-on décemment manger du bacon alors qu'on meurt de faim au Biafra ?

Ainsi qu'un chat patient guette le trou d'où peut surgir la souris, Marjorie, accroupie sur un pouf marocain, surveillait depuis deux jours son appareil téléphonique. Mike ne lui avait-il tenu la tête hors de la nuit que pour mieux l'y laisser retomber ? Elle stagnait là, maquillée de bleu, de plâtre et de pourpre, tel un clown oublié et tragique comme lui.

C'était dimanche. Ses vitres sales pochaient le soleil pauvre de ce début d'après-midi. Dans sa longue robe noire, Marjorie souffrait à crier, parée de toute sa quincaillerie de bijoux de fer. Elle souffrait, grande sœur des plantes desséchées qui attendent la pluie et vont mourir si le nuage, là-bas, passe sur elles sans éclater. Elle ne pleurait pas, nourrie d'une orange, d'une biscotte, d'une tasse de thé, d'une bouteille de Glen Morangie. Elle ne caressait plus sa peau nue ainsi qu'elle s'y complaisait autrefois avec un beau mépris des hommes, dans des irradiements qu'elle était seule à pouvoir émettre. Sa peau, sa chair ne lui appartenaient plus, elle ne se sentait plus aucun droit sur elles depuis qu'elle en avait fait don à quelqu'un qui n'avait plus même le goût d'y toucher.

Ainsi privée d'elle, elle s'ennuyait, face à une âme, la sienne, qui l'ennuyait profondément. Elle était assez intelligente pour être formelle : seuls le corps d'une femme et sa beauté éventuelle pouvaient combler ce vide atroce d'être femme. Le reste n'était que billevesées pour suffragettes ou dames aspirant à l'état masculin de docteur ou d'avocat. « Nous ne sommes que par notre cul, non par notre génie, pensait-elle crûment, et ce n'est déjà pas si mal, pour ne pas dire : c'est déjà bien joli. » Aussi avait-elle plus souci de ses fards, de ses crèmes, de ses laits de toilette ou de ses vêtements, déshabillés, chaussures, perruques que des impedimenta — livres, concerts, expositions — de la culture et de l'intellect. Elle savait que l'apparence seule mène le monde des hommes. Ses idées de révolution, elle ne les arborait que pour leur suprême élégance, un piment de gauche créant un juste milieu chez les gens nés à droite.

Elle était là, apprenant la douleur au mot à mot, jetée, chatte persane dans la bassine d'eau glacée de la réalité. Soudain, la sonnerie du téléphone la fit basculer pesamment vers l'appareil. Elle eut la force d'attendre quelques secondes par respect d'elle-même, avant de décrocher.

C'était lui, ce n'était plus ces vagues amies, ces flirts falots dont les appels l'avaient si souvent mise au supplice.

— Bonjour, Margie. Vous êtes donc chez vous, par ce beau dimanche?

— Oui.

— Vous n'avez pas l'air loquace. Peut-être n'êtes-vous pas seule? En ce cas, excusez-moi...

— Je vous en prie, Mike.

Au bout du fil, la voix de Michael Huggins était des plus assurées, tintante de gaieté :

— Comment vous portez-vous, grande poupée issue des noces de l'or et de la nuit?

— Mike...

— Très bien? Parfait! Moi aussi. Mais ce doit être terrible pour une grande fille de passer ainsi son dimanche, comme une carmélite dans sa cellule! Vous devez avoir besoin de compagnie.

Un vent d'espoir rafraîchit, insensé, les joues trop chaudes de Marjorie. Michael poursuivait :

— Vous pourriez peut-être téléphoner à Junkie ?

Elle étouffa un soupir de désolation :

— Pourquoi, Mike ?

— Pourquoi ? Pourquoi pas pour faire l'amour avec lui ? Marjorie ! Allô, Marjorie !

— Oui...

— Je craignais que vous n'ayez raccroché. Cela ne m'aurait pas plu.

— C'est lui qui vous l'a demandé ?

— Vous plaisantez, Marjorie ! Junkie est un garçon trop bien élevé pour penser à des choses pareilles ! J'y pense pour lui, heureusement. Comprenez-moi, Marjorie, Junkie m'a rendu un grand service. Je ne savais pas comment l'en récompenser. J'ai songé à vous. Vous lui plaisez tant qu'il fera honneur à ce joli cadeau, j'en suis sûr. Vous l'appelez ?

— Je ne sais pas.

— Je n'aime pas ces réticences. Il y a longtemps, du moins je le suppose, que vous n'avez pas fait l'amour. Le ferez-vous avec Junkie ?

— Oui, si vous y tenez.

— J'y tiens. Vous êtes une grande fille bien sage, Margie. Je passerai vous dire bonjour bientôt, très bientôt.

— Vous me l'avez dit l'autre jour, et vous n'êtes pas venu.

— Veuillez m'en excuser, Marjorie. J'ai été très occupé. Je vous laisse, car je le suis encore.

A vif, elle ne put retenir un lamentable :

— Mais je vous aime, Mike, je vous aime...

La voix lointaine se fit joviale :

— Vous m'en voyez ravi, Marjorie. Je le mérite, allez. Pour cette fois, je ne vous en veux pas, je vous permets quelque débordement. Nous avons tous besoin d'amour, en fin de compte, et nous avons été bien misérables d'ignorer jusque-là cette vérité élémentaire. Au revoir, Margie.

Il était parti. Elle écouta longuement le bourdonnement de l'appareil, ce coquillage qui lui parlait de la mer, puis raccrocha comme on se perce le sein d'un couteau.

Les yeux fixes, elle apprécia en connaisseuse les raffinements et les préciosités de cette cruauté. Son amour, à lui, devait connaître les splendeurs et les chatoiements d'une plage d'été, pour transparaître de la sorte dans sa voix. De cette plage où jamais elle ne s'étendrait auprès de lui, Marjorie n'avait qu'une poignée de sable enfoncée dans la bouche. Elle étouffa. Le caillot d'un sanglot lui obstruait la gorge. Elle étendit la main vers la bouteille. Cette malheureuse orchidée buvait autant qu'un terrassier français.

Voici Junkie, le casque rouge sur la tête, qui enfourche sa moto comme un cow-boy de western son cheval. Les gaz s'échappent en un crépitement, en un fracas de guerre de 14, et l'engin plonge dans King's Road. Junkie est allongé sur sa machine et son menton touche le réservoir d'essence. On pourrait croire que le cerveau de ce garçon n'est empli que de rage et de tumulte. Erreur. Y voguent et virent au ralenti des poissons rouges plus rouges que le casque et que les lèvres rouges de Marjorie. Marjorie. Elle vient de l'appeler. Elle l'a appelé. Elle s'ennuie. Elle pense à lui.

D'autre part, voici Michael Huggins qui, mains dans les poches, accomplit dans Chelsea une promenade de père de famille. Mais il n'a pas de famille, pas même en laisse le cocker de Mr Kendon son voisin. Il n'a qu'un rêve, qu'il pousse devant lui, et qui ressemble au *shopping basket* de Cerise. Il s'en va avec lui, le mène vers le pont Albert, ce pont dont les tiges de suspension sont peintes en bleu, le bleu des yeux bleus de Cerise.

Michael Huggins, aujourd'hui, aime beaucoup l'Albert Bridge, ses mouettes immobiles dans le ciel, sa Tamise à marée haute, toute propre, bien lavée à grande eau. Les quarante ans de Michael sont un bel âge, qui est celui du feu.

Où est Cerise ? Le dimanche, met-elle encore en bocaux des haricots verts ? Est-elle assise dans un fauteuil, les mains croisées comme sur la photo qu'à cause du mari elle lui a refusée ? Elle a refermé ses volets sur un rêve jumeau du rêve de Michael. Elle pense à lui, elle ne pense qu'à lui, et le mari à moustaches lui demande : « A quoi penses-tu ? », et elle répond qu'elle ne pense à rien — la réponse des femmes — alors qu'elle ne pense qu'à lui, Michael, qui l'a tenue, embrassée, qui a troublé sa chair, qui a dérangé l'ordonnance de son esprit si bien épousseté.

Ce mari moustachu va mourir avant l'automne, Michael Huggins le pressent. Les accidents d'automobiles ne sont pas faits que pour les hérissons. Un camion de trente-cinq tonnes va nous transformer ce pauvre mari en bouillie sanglante. Si Dieu existe, et il existe en ce dimanche, sans quoi tous ceux qui l'ont prié ce matin ne seraient que dupes et nigauds.

Michael Huggins, voué aux femmes en deuil, demandera la main de celle-là, dont la blondeur s'alliera de si belle façon aux voiles noirs. On collera les deux petits tarés dans une pension d'où on ne les ressortira que pour les jours fériés de Pâques et de la Trinité. Cerise ira sans plus de cérémonie du 42 au 27 ½ Smith Terrace, aux accents d'une marche nuptiale.

Michel Huggins s'attendrit, sourit à la vaste

Tamise. Le monde est aussi bien fait que Cerise.

Junkie arriva dans Earl's Court, ce quartier de Londres que l'on surnomme, tant il est le lieu de résidence favori des Australiens, « la vallée des kangourous ». Il stoppa sa Triumph devant le 7 Bramham Gardens, enleva son casque et se recoiffa des deux mains. Il connaissait l'endroit. Il était déjà venu joncher le paillasson de Marjorie de fleurs en papier. Cette fille l'effrayait, qui ne vivait pas à la « bonne franquette » comme une dactylo ou une vendeuse de magasin, les seules avec qui un garçon blessé parlait à l'aise et sans danger d'être blessé. Celle-là pouvait tuer aussi simplement qu'on avale une bouffée de *cannabis* [1].

Il se résolut à gratter doucement à la porte. Marjorie vint ouvrir, livide sous les fonds de teint pâles. Le studio empestait le whisky, mais sentait bon le parfum Femme de chez Rochas.

— Hello, Junkie, murmura-t-elle.

— Hello, Marjorie, balbutia Junkie avec la familiarité de mise entre amateurs du Petit Livre Rouge.

— Asseyez-vous, dit-elle en s'allongeant, exténuée, sur un canapé au tissu fripé. Il prit place d'une fesse sur le pouf marocain.

— Un verre, Junkie?

— Non, merci.

— Donnez-m'en un, s'il vous plaît.

Elle eut un rire brisé, pendant qu'il la servait :

— J'ai l'habitude. Quand je suis seule je trinque toute seule. Et comme je suis toujours seule, ici...

Elle ajouta sombrement :

— C'est drôle, vous êtes le premier homme qui entre dans ce studio.

1. Chanvre indien.

Elle vida son verre d'un trait. Junkie se permit de remarquer :

— Vous buvez beaucoup, Marjorie.

Elle frotta sur sa cuisse ses bouts de doigts glacés et dit sans grande aménité :

— Vous faites partie d'une ligue de tempérance? Bien sûr, que je bois beaucoup. On me l'a fait souvent remarquer, et je suis assez bonne observatrice pour l'avoir remarqué moi-même. Je souffre, donc je bois.

— Moi, fit modestement Junkie, je fume, ou, les soirs de fête, je réveillonne de deux gouttes sur un petit bout de sucre.

Pour Mike, elle allait coucher tout à l'heure avec ce garçon, sans désir, sans rien, pour rien, et elle redoutait que cela soit un peu sinistre. Pourquoi la regardait-il ainsi, avec comme de l'amitié et du respect dans les yeux?

— Pourquoi me regardez-vous ainsi?

Il fit, tout bas, en détournant la tête :

— Vous me faites un peu peur, Marjorie.

— Pourquoi? Ça vous fait horreur, les poivrotes?

— Vous n'êtes pas une poivrote. Vous me faites peur parce que vous êtes belle et que c'est toujours un peu effrayant, la beauté. Voilà.

Elle se souleva sur un coude :

— A propos, Junkie, je vous ai fait venir pour que nous fassions l'amour ensemble.

Il ne sursauta pas, la fixa avec une intensité qui la trompa :

— Ce n'est pas vrai, Marjorie.

— C'est parfaitement vrai.

Elle se mit avec peine debout sur le divan, s'adossa au mur pour ne pas retomber :

— Vous me trouvez belle, Junkie? Tant mieux, c'est préférable, pour baiser. Ça aide.

Elle commença, des deux mains, à remonter sa robe :

— Vous allez voir, Junkie, comme j'ai un beau cul. Un cul de reine, à ce que m'ont dit certains connaisseurs. Honnêtement, je pense qu'il est plus beau que celui de Sa Majesté.

La robe était déjà relevée jusqu'aux cuisses. Junkie se leva, blanc de colère :

— Arrêtez, Marjorie. Arrêtez. Laissez cette robe, je vous prie.

Sous ce « je vous prie », une tendresse venait de sourdre. Froide, Marjorie laissa retomber sa robe sur ses jambes :

— Comme vous voudrez, jeune homme. Vous n'irez pas dire que je ne me suis pas proposée à vous comme une bonne putain.

Il s'approcha d'elle :

— Que voulez-vous signifier par là, Marjorie? A qui irais-je le dire, ou plutôt à qui devrais-je le dire?

Elle haussa les épaules, lasse :

— A personne, Junkie. Ou à qui vous voulez.

— A Mike, peut-être?

— Si cela vous amuse.

— C'est Mike, n'est-ce pas, qui vous a commandé de coucher avec moi? C'est Mike?

Elle ne répondait pas, s'allongeait à nouveau. Il la secoua brutalement par un bras. Elle cria :

— Vous me faites mal, Junkie. Tout le corps me fait mal.

Il la lâcha :

— Répondez-moi. C'est Mike?

Elle ferma les yeux. Un de ses faux cils s'était détaché :

— Oui.

Confit comme une oie dans sa félicité, Michael Huggins avait descendu la Tamise, plus chargé d'or et d'épices qu'un galion. Tout lui était clarté, tout lui était patte de velours, Cerise, exquise, Venise, terre promise. Il allait d'un pas élastique sur le quai, gonflé de force et de santé, sûr de ses cartes.

Il longea les Jardins botaniques, en salua les fleurs d'un petit air protecteur. Il voulut de même longer les jardins du Ranelagh pour rentrer chez lui, et passer comme par hasard, en simple promeneur, devant le 42, devant la maison bleue aux grands yeux bleus. Il prit donc, sur sa gauche, la route du pont de Chelsea.

Comme à l'accoutumée, quelques badauds regardaient, plantés derrière les grilles, manœuvrer les Coldstream Guards dans la cour de leur caserne. Ces militaires de parade s'entraînaient fréquemment afin de briller de tous leurs boutons dorés aux relèves de la garde à Buckingham Palace, sur le front des touristes ébaudis. Pour les appareils photographiques, ils étaient, ces troufions d'élite, le pendant des Pyramides, d'Angkor, des chutes du Niagara et leurs oreilles, sous le bonnet à poils, avaient entendu plus d'âneries « culturelles » que la Joconde ou le Parthénon eux-mêmes.

Michael, tout en marchant, leur jeta un regard distrait.

Au commandement de « Halte ! » bramé par un sous-officier, Huggins s'arrêta net, imitant le bataillon de mécaniques.

Il venait d'apercevoir, seule et le nez aux grilles, Cerise, Cerise elle-même, en robe courte bleu ciel, toujours en sandales, toujours belle et toujours blonde.

Le cœur de Michael, aussi, s'était arrêté.

Les Coldstream s'ébranlèrent à nouveau, se mirent comme un seul homme à marteler le sol de leurs talons, avec une frénésie comique. Michael vit les épaules de Cerise bouger. Elle riait.

Il traversa la route, vint se placer près d'elle. Oui,

elle riait, fascinée par le manège obscur auquel se livraient, par saccades, les gardes. Michael fut tout remué d'ainsi la voir, solitaire, s'amuser à ce spectacle de marionnettes. Il s'approcha encore, posa doucement la main sur un des bras nus de Cerise.

Elle tressaillit, le vit, et le rire s'effaça aussitôt de ses traits. Elle fit, contrariée :

— Vous m'avez donc suivie? Vous êtes fou, il ne faut pas.

Elle ne pensa qu'après avoir parlé qu'il ne savait pas sa langue. Elle remplaça alors ses mots par un haussement rageur d'épaules qui n'avaient plus envie de rire.

Elle lui eût lancé une pierre à la figure qu'il n'eût pas été davantage décontenancé. Cet accueil l'avait foudroyé. Il murmura :

— Mais Cerise... Cerise...

— Cerise, Cerise, il n'y a pas de Cerise qui tienne, répliquait la jeune femme dont les yeux bleus brillaient de courroux, vous m'embêtez! Et fichez-moi la paix, avec vos cerises!

Il balbutia en français :

— Je vous aime.

Elle éclata :

— Pas moi!

Il comprit trop bien le sens de ces deux mots qui lui coupaient les jambes et noircissaient la vie. Pitoyable, il expliqua par signes qu'il lui avait écrit. Elle se calmait, ayant lâché d'un coup le trop-plein de son ressentiment. Par signes aussi elle lui démontra qu'elle l'avait déchirée, sa merveilleuse lettre d'amour. Elle se désigna avec autorité :

— Moi, mariée. Mariée...

Elle se dessina du doigt des moustaches, pour évoquer l'époux.

— Mariée, compris?

— Oui...

— Enfants...

La main tendue illustrait à présent deux hauteurs inégales.

— Enfants, compris ?

— Oui...

— Alors, vous...

Son doigt se pointait sur lui, puis oscillait de gauche à droite pour souligner le « Non! » qu'elle scandait avec entêtement.

Éperdu, il tenta de lui reprendre le bras.

Elle fit un saut en arrière, furieuse :

— Ah, non! Bas les pattes, ou j'appelle!

Il suspendit son geste et la considéra de l'air le plus accablé qu'il pût. Il eût voulu lui dire que, pourtant, l'avant-veille, ils s'étaient embrassés, qu'il ne comprenait plus, qu'il avait rêvé d'elle, qu'elle lui donne les raisons de tout cela. L'avant-veille aussi, elle avait un mari, des enfants. Que s'était-il donc passé depuis, à part cette lettre ? Avait-elle éprouvé des remords ? Hélas! il ne pouvait dire en français que ces deux choses-là, qu'elle était jolie, qu'il l'aimait, ce qui paraissait tout à coup dérisoire.

Paralysé, désarmé, il dut empoigner un barreau de la grille comme s'accroche aux cordes du ring un boxeur touché au menton.

La clique des Coldstream vint s'aligner non loin d'eux, éblouissante de tous ses cuivres au soleil. Car il y avait encore du soleil, Michael Huggins le constata avec surprise.

Des musiciens qui ne jouaient de rien se campaient devant ceux qui jouaient d'un instrument et, tenant le rôle important de pupitre, leur présentaient leur partition.

Cerise se détourna de Michael, intéressée. Il lui gâchait la représentation. Il sentit qu'il ne devait pas l'excéder davantage sous peine de la perdre à jamais. Il fit, à deux pas d'elle pour ne plus l'effaroucher :

— Excusez-moi. Excusez-moi.

Elle était bonne fille. Elle soupira, lui sourit gentiment, lui prit même la main, qu'elle tapota :

— J'ai compris, milord. Vous vous excusez. Vous... moi... amis! Compris, amis?

— Amis? répéta-t-il stupidement.

— Aussi, fit-elle, tu ne comprends rien! Tu le fais exprès, grosse bête.

De la pointe d'un de ses ongles, qu'elle avait très longs et roses, elle traça dans la paume de l'Anglais : « AMIS. » Il ne fallait pas qu'il oublie ces quatre lettres, A.M.I.S., quelqu'un lui dirait ce qu'elles signifiaient. Elle se suspendit une seconde à la grille pour être à sa hauteur et l'embrassa vivement sur une joue.

Elle riait, à présent. Pour elle, tout était réglé, et milord consolé. Elle lui parlait, lui sacrifiant les musiciens qui pourtant embouchaient saxos, clarinettes, trombones et trompettes :

— Mari... enfants...

Elle tournait une manivelle imaginaire, et Michael saisit que le reste de la famille était au cinéma.

— Moi, pas comprendre... alors, promenade...

La bonhomie qu'elle lui témoignait n'était qu'un adieu, et cette aumône, ces gracieusetés l'assassinaient plus sûrement que les véhémences de tout à l'heure. Elle lui jetait l'os de l'indifférence, le penny révoltant de la pitié.

La musique éclata violemment, et Cerise fut bien contente, et ne regarda plus que ces exécutants figés qui ne voulaient en aucun cas s'apercevoir, dans leur raideur, qu'on leur avait fait les poches depuis quelque temps déjà et dérobé l'Empire des Indes et la maîtrise des mers.

L'amour se liquéfiait, fondait en larmes de cire, en larmes de sang sous les coups de mailloche qu'assenaient avec noblesse les percussionnistes sur les grosses caisses et les tambours. Des brûlures d'estomac mordirent Michael. Un désir de vomir le plia. Cerise s'inquiéta poliment :

— Malade, milord ?

Il lui sourit avec bravoure, et elle revint à la musique, qui la passionnait davantage que ce monsieur qu'elle n'avait jamais, apparemment, autant vu. Il détaillait cette femme qui s'arrachait de lui, la détaillait pour qu'elle demeurât toujours en sa mémoire. Pourquoi, mais pourquoi avait-il eu l'idée de rentrer par cette Chelsea Bridge Road ? Il eût tout gardé d'elle un jour ou deux encore...

La peau de la Française était couverte, sur les bras et à la naissance de la gorge, d'un duvet d'or léger, un duvet d'air, une fourrure impalpable. Elle n'était plus là, cette Cerise qui ne bougeait pas et écoutait avec sérieux la fanfare des Coldstream Guards interpréter avec une sombre fougue *Gloire immortelle de nos aïeux*. Elle n'était plus là, elle était partie, engloutie sous un terril de mines, coulée en mer du Nord, perdue corps et lèvres, corps et *big blue eyes*.

Un grand diable de soldat impassible se détacha en automate du lot de ses partenaires et, face à Cerise, face à Michael séparés, comme s'il ne jouait que pour eux deux, leur dédia l'oreille et la queue d'un fracassant coup de cymbales.

— Un de vos cils s'est détaché, observa Junkie. Elle le prit, le jeta.

— Pourquoi avez-vous fait ça, Marjorie ?

— Ça, quoi ?

— Ça...

Elle eut un sourire indulgent :

— Mais quel âge avez-vous donc, Junkie ? Ou quelle pureté justiciable du psychiatre ? Parce que je l'aime, bien sûr.

Il crispa les poings, ridicule :

— Il ne faut pas.

Elle lui coula un œil badin :

— Il ne faut pas quoi ? L'aimer ? Vous êtes adorable, Junkie Sherwood. Il ne faut pas ! La prochaine fois qu'il pleuvra, je vous téléphonerai pour vous ordonner d'arrêter la pluie.

Elle se retourna d'un bloc, s'enfouit la tête sous un coussin et fit, la voix ainsi étouffée :

— Après tout, Junkie, ne dramatisons rien. Il est possible, très possible que j'ai eu tout simplement l'envie de faire l'amour avec vous, pour être ou non agréable à Mike. N'allons pas chercher où il n'y en a pas des notions effrayantes de sacrifice humain. Et nous tirons, vous et moi, d'une envie que j'ai eue avec vous, avec d'autres, des idées de grandeur d'une situation où elle est bien absente. Méfiez-vous des femmes, Junkie, l'animal n'est pas encore tout à fait mort en elles.

Il secoua le chef, et ce fut des boucles de fille qu'il agita ainsi :

— J'ai déjà pu faire l'amour dans des conditions pareilles, mais ç'aurait été impossible avec vous.

Elle pouffa sous son coussin :

— Ah, non, ne me dites pas que vous m'aimez ! Tout mais pas ça ! Ça deviendrait endémique, oui, endémique et parfait pour un film des Marx Brothers.

— Ou pour *Andromaque*, de Racine.

— Je ne connais pas *Andromaque*.

— Je ne vous aime pas, Marjorie. J'ai aimé une fois, et elle est morte.

Elle pouffa encore. Sa voix reprit, plus sourde :

— Junkie. Idiot. Soyez sérieux. Parce que vous êtes vivant, vous ? Et moi ?

Elle fit un bond de carpe, repoussa son coussin et fixa Junkie avec haine :

— Partez donc ! Mais partez ! Si vous ne me faites

même pas l'amour, si vous ne m'aimez même pas, que faites-vous ici? Le voyeur? J'aime Mike. Je sens que vous le détestez à cause de moi. J'aime Mike. Partez! Laissez-moi crever de lui. Vous ne devinez même pas que c'est mon bonheur, un bonheur tout vêtu de vison, que de crever de lui! J'ai bien peur que vous ne soyez totalement *con*, mon pauvre Junkie, absolument *con!*

Elle employait le mot français, fort en usage à Chelsea ou au Revolution.

Junkie s'agenouilla à la tête du divan, risqua une main douce, lui caressa le front, le nez. Elle le laissa faire, étranglée par les bouffées de soupirs dont son corps ne pouvait se délivrer.

— Marjorie, Marjorie... Ne voulez-vous pas pleurer? Cela vous ferait du bien. J'aimerais que vous pleuriez. Je ne le répéterai pas.

— Je ne peux plus. Pardonnez-moi. Je vous aime bien.

— Moi aussi.

Leurs doigts s'entremêlèrent.

— Il en aime une autre, Junkie. Il est heureux, aussi heureux que moi. Je suis bien contente pour lui.

— Je la connais. Je l'ai aperçue hier.

Malgré ses détachements séraphiques, elle était femme comme il n'était guère possible de l'être davantage, tant elle s'était consacrée, depuis sa naissance, aux caprices de la féminité. Elle rouvrit les yeux, vite, et demanda :

— Comment est-elle?

— C'est une Française.

Que sa rivale fût française pétrifia Marjorie. Elle répéta, ahurie :

— Française?

— Oui. Moi aussi, cela m'a beaucoup surpris. Il l'appelle Cerise, comme le fruit.

— Cerise?

— Oui, Cerise.

Et, quoi qu'elle ait pu dire, elle se mit à pleurer. Enfin, pleurer, c'était peut-être exagéré : deux grosses larmes se frayèrent un chemin dans le rimmel et le fond de teint, la barbouillant d'une blessure. Un homme la regardait. Marjorie se dressa, passa dans la salle de bains. Elle voulait bien couler, mais à son bord, comme un capitaine.

Elle considéra, face au miroir, son visage ravagé. Avec affection. Et même affectation. N'était-elle pas grande, et même sublime, de s'être abîmée de la sorte une aimable figure pour un de ces *cons*-là, un de ces *cons* dont l'orgueil est bouffon et le désir risible ? Elle fit, les dents serrées :

— S'il m'aime un jour, ce petit Mike, je l'écrase. Je le piétine. Je le fais hurler dans les cours. Et je ris ! Je ris ! Je ris !

Elle riait si fort que Junkie en fut très mal à l'aise.

« Voilà qu'elle est dingue, songea-t-il, peiné. La dingue Ophélie flotte dans la baignoire comme un rat crevé. »

Sans s'occuper de lui, elle refit avec minutie son maquillage. C'était quand même plus important que les chagrins d'amour. Sans beauté, pas de ces chagrins-là. Elle s'épila, se déodorisa, se tailla les ongles, les lima, les polit.

— Ça va, Marjorie ? cria Junkie, inquiet, au bout d'un long moment.

Elle répondit :

— Ne vous en faites pas, Junkie. Je ne suis pas en train de me couper les veines !

Une Française. Où avait-il déniché cet oiseau ? Il en traînait, King's Road, dans tous les pubs, surtout le week-end, attirées par les légendes du « Swinging London », plus ou moins papillonnantes de la fesse et prêtes à croire que Carnaby Street, comme le Pirée, était un homme.

Et Cerise!

Pourquoi pas Tomate?

Ou Cornichon?

Charmant Mike! Les pointes de sa gorge eurent pour lui un élan de tendresse.

Marjorie, en peignoir blanc, revint à Junkie, s'assura, d'un bref regard dans le sien, mieux que dans un miroir, qu'elle était encore jolie, malgré douleurs et whiskies.

— Que faites-vous ce soir, Marjorie? s'enquit le jeune homme.

Elle rétorqua, mutine :

— Tout, mais pas l'amour. Trop tard, mon garçon.

— Ce n'est pas ce que je voulais dire! s'indigna-t-il en rougissant.

— Vous comprenez, poursuivit-elle sur le même ton, je m'offre, je m'offre, je passe ma vie à m'offrir, et personne n'en veut. C'est humiliant, à la longue. Si je me donne encore un jour, ce ne sera plus qu'à un prêtre catholique ou à un dalmatien. Ils seront peut-être moins difficiles que vous tous.

Junkie eut un petit rire poli, puis :

— Il y a, ce soir, à Albert Hall, un happening très intéressant. Vous savez, une pièce improvisée sur la faim dans le monde.

— Que j'ai soif! dit Marjorie qui ne l'écoutait guère et cherchait sa bouteille.

— Venez avec moi, Marjorie.

— Où ça?

— A Albert Hall. Un happening...

— J'adore les happenings. Je vous accompagnerai avec plaisir. Ah, la voilà!

Elle se servit un verre avec ravissement. Dès qu'elle l'eut bu, délivrée de ce souci, elle s'assombrit :

— Mais si Mike vient? Je ne peux pas, Junkie.

— Vous ne pouvez quand même pas l'attendre tous les soirs, Marjorie!

— Oh! si je peux! Si je ne pouvais que cela, ce serait bien peu.

— Ce soir, mentit Junkie, il est avec sa Française.

Elle blêmit :

— Vous en êtes sûr?

— Il me l'a dit.

Le verre se fracassa contre le mur.

— Très bien, Junkie. J'irai avec vous.

Le bocal de haricots verts se fracassa contre le mur.

A peine Michael eut-il fait ce geste fou qu'il le regretta. Il se précipita et, à genoux, voulut ramasser les débris de son amour. Il s'entailla une main, et fut assez satisfait de voir son sang tomber sur le tapis. Souffrir n'était pas vraiment souffrir, sans saigner. Il se passa même, dans son désespoir, cette main ensanglantée sur le visage, pour que la ressemblance avec quelque héros du théâtre élisabéthain fût parfaite.

Comme il ne lui restait plus guère qu'à allumer un incendie et à périr dans les flammes qui dévoreraient le 27 ½, il s'en abstint et s'en alla mélancoliquement désinfecter et panser avec soin cette plaie qui lui cuisait autant — sinon plus — que celle qu'il portait au cœur.

Il n'avait plus ses haricots verts. Il n'aurait plus sa bouche. Elle l'avait chassé de sa bouche ainsi qu'au premier jour elle soufflait, King's Road, ses noyaux de cerise.

C'était, cela, plus actuel que de la tragédie Renaissance, et il passa un sale moment de vraie détresse, assis, puisqu'il n'y avait pas d'autre siège dans la salle de bains, sur la lunette des W.-C.

S'il n'avait pas été aveuglé ainsi qu'une grive par ce phare, peut-être se fût-il dit que Cerise n'obéissait, peut-être, qu'à un mouvement fort classique de retrait. Peut-être. Mais il était incapable d'aligner deux pensées autrement qu'en zigzag et couleur d'étamine funèbre.

Comme les deux merles, dans leur creux de lierre, manifestaient une allégresse pour le moins déplacée, il ouvrit avec fureur la fenêtre et, pour qu'ils se taisent, leur lança l'eau de son verre à dents. Le couple, outré, s'envola en direction du 42. Il s'envola comme elle s'était envolée et Mike, sensible à ce symbole facile, s'apitoya longuement sur lui-même. Ce qu'il fit d'assez jolie façon, malgré un manque — tout britannique — d'habitude.

Elle s'était dessiné, sur les paupières et sous les yeux, de longs cils bleu nuit, et l'étoile de ce tatouage lui conférait l'aspect d'une Isis anxieuse et asexuée. Elle portait un chapeau péruvien du même bleu, à larges bords, aux brides nouées sous le menton.

Algue flottante en son manteau de chèvre, elle donna son bras à Junkie pour descendre l'escalier.

— Où est votre voiture?

— Ma voiture? Je n'ai qu'une moto. Vous n'avez donc pas vu mon casque?

— Oh, je pensais que c'était une question d'élégance, ce casque, pas une notion pratique! Mais j'adore la moto. A condition que ça aille très vite et que vous rouliez juste au bord de la mort, à deux centimètres de la ligne de mort.

— On y roulera.

Il n'y avait pas de vent et, brusquement, la vitesse les engloba dans son typhon. Junkie, allongé sur son réservoir, le bas du visage protégé par un mouchoir, sentait sur son dos le corps de Marjorie, sur ses hanches les mains de Marjorie.

Elle eut un regard pour le goudron gris qui s'enfuyait sous eux.

C'était donc là, cette asphalte en panique, un versant de la mort?

Marjorie faillit tout lâcher, mais l'image de l'ambulance, des infirmiers indifférents qui ramasseraient le pantin de son corps la dégoûta, et elle affirma sa prise.

— Plus vite! cria-t-elle, à demi asphyxiée, la bouche contre le casque rouge.

Junkie ne pouvait répondre. Il eut un vague mouvement d'épaules. Sa vieille Triumph ne pouvait guère crever le mur des quatre-vingts miles.

Près d'Albert Hall, ils rencontrèrent d'autres motos, ces alezans bruyants et à la mode de toute une jeunesse.

— C'était exquis, roucoula Marjorie quand ils mirent pied à terre devant le théâtre, exquis et sexuel à souhait. J'aimerais avoir une moto toute chaude dans mon lit, et ruisselante d'huile.

Junkie la contempla avec sympathie :

— Ça fait oublier. Vous n'avez pas pensé à Mike, n'est-ce pas, durant le trajet?

Elle reconnut que non.

— Moi, des fois, j'ai roulé comme ça pendant deux cents miles, la tête vide. Ça vaut le déplacement, croyez-moi.

C'était bête de ne pas aimer d'amour ce garçon. Marjorie déplora de s'être ainsi toquée d'un Estate Agent quadragénaire et sans autre intérêt que celui de savoir la torturer de A à Z. Elle le répétait fréquemment, friande de fatalité : « On ne choisit pas. » C'était dommage. Elle eût volontiers fait le tour du monde et de tout sur cette moto, la joue sur le dos de ce frère de déséquilibre.

Ils entrèrent et s'installèrent. Ils étaient en famille. Il y avait là tous les représentants du désespoir, toutes les catégories de la drogue et de l'alcool, tout l'éventail des homosexualités. Et, paradoxalement, de cette jeunesse détruite qui se voulait gangrène montait l'encens des puretés recherchées, perdues, retrouvées en une quête farouche. Ils croyaient, enfantins, en des paradis hindous, tibétains, de plus en plus pastoraux et lointains. Ils se pensaient monstres et refusés, mais tendaient gentiment des fleurs à bout de bras à un vieux monde de vieillards qui n'aspirait qu'à les tuer dans l'œuf.

Sur la scène, le happening commença, sans sommations, reflet fidèle autant qu'ésotérique — sur fond d'échafaudages tubulaires et d'arcanes de serpentins — de toutes ces inquiétudes humanitaires délayées dans les mots et les musiques.

Tels des anges de pierre de cathédrale, deux joueurs de sitar, couleur ciment, se tenaient à gauche et à droite du plateau. Autour d'eux, les acteurs se déplaçaient sans bruit dans l'aquarium des lumières vertes, hurlaient un slogan puis se recouvraient de silence, entamaient une longue marche, entonnaient un chant inintelligible, tombaient fauchés par des éclairs rouges de flashes électroniques. Puis, sans doute réincarnés en oiseaux, ils voletaient en tous sens dans une jungle abstraite où quelques Noirs torse nu figuraient les arbres.

Dans la salle, quelques policemen de service songeaient avec amertume à leurs collègues qui, pour le même prix, assistaient, dans un autre théâtre, aux plus réjouissantes péripéties de *My Fair Lady*.

Cerise était assise et sage, dans un fauteuil de cuir, les mains croisées, et ses yeux bleus paisibles se déplaçaient avec des lenteurs de gyroscope, voyaient le mari qui lisait le *Sunday Express*, voyaient les enfants s'amuser avec un puzzle. Elle eût pu sans dommage fermer ces yeux bleus qui ne voyaient que cela et ne voyaient rien. Elle était assise, de chair ferme et d'âme molletonnée, et ne désirait rien et ne pensait à rien.

Sa respiration soulevait, sur un rythme reposant et régulier, sa poitrine aux mensurations parfaites, la soulevait dans le pull rose à col roulé où ces fruits neufs étaient enclos. Ses genoux un peu forts de fille saine étaient vertueusement joints, comme des mains dans une église. Mais ces genoux ne priaient personne.

Ce Bouddha jeune, beau et blond demeurait immobile, d'une inertie menaçante. Elle était ainsi que dans sa photo, en bas, dans le cadre. Elle était une image, et n'était qu'une image *sage comme une image*. Et l'ourlet vert de ses yeux bleus ne frémissait pas davantage que la matière d'une pierre précieuse.

Mme Desremeaux était assise, calme et tranquille, les mains croisées, dans un fauteuil de cuir.

Dans son fauteuil, Marjorie s'agita, boudeuse. Le happening déroulait depuis une heure ses mimiques et ses poses allégoriques.

— Vous n'aimez pas ? demanda Junkie.

Elle fit la moue :

— Si, j'aime. Mais cela pourrait être plus vivant, plus violent, plus sensuel.

— C'est-à-dire ?

Elle rit, traversée par une idée de mégalomane, une idée superbe.

— Je vais vous montrer, fit-elle.

Elle grimpa sur son fauteuil et se mit à se déshabiller. Elle jeta à ses pieds son manteau, son chapeau puis, un à un, ses bracelets et ses colliers.

— Assis ! cria-t-on derrière elle.

— Que faites-vous, Marjorie ? questionna Junkie, plutôt inquiet.

Elle répondit à très haute voix en dégrafant les épaulettes de sa robe :

— Du spectacle! En voilà, du spectacle! Et du vrai!

Elle se dépouilla de sa robe puis, très vite, de son soutien-gorge et de son slip à dentelles. On ne réclamait plus qu'elle se rassît. Elle n'avait plus sur elle que ses bas rouges. Elle était nue et enchantée. Elle tourna sur son fauteuil, les yeux fermés, ainsi qu'une statue sur un socle mobile. Ce corps dont IL ne voulait pas, son imbécile d'Estate Agent, elle l'offrait avec majesté à la vue de tous, et tous applaudirent pendant, qu'imperturbables, les figurants du happening se poursuivaient sur la scène en bondissant et en croquant des pommes.

Junkie, lui, n'osait pas regarder sa voisine. Il murmura, gêné :

— Vous êtes folle, Marjorie.

Sans cesser de sourire à son public, elle lâcha avec froideur :

— C'est un don, Junkie, un don collectif. Je ne suis pas folle, je suis belle, je suis une artiste, c'est tout à fait différent.

Un policeman, ennuyé, conspué, se faufila parmi les jambes qui obstruaient le huitième rang d'orchestre.

— Miss, ordonna-t-il, Miss, rhabillez-vous!

Elle lui présenta ses fesses, puis son ventre, avant de lancer, hiératique :

— Vous, mon vieux, allez donc vous faire enculer!

— Je ne suis pas en tenue, maugréa le *bobby* en tentant de progresser vers elle. Un spectateur barbu se leva, lui barra le passage.

— Expulsez le flic! firent des voix de mécontents.

— Assis, le flic!

— On a payé!

— La police n'a pas à troubler la représentation!

— Parfaitement! Cette femme à poil fait partie de la mise en scène! C'est un symbole sexuel!

Satisfaite et toujours nue, Marjorie reprit place dans son fauteuil, où des photographes de presse coururent immortaliser ses charmes. Accablé, le policeman avait rebroussé chemin afin de prendre conseil auprès des organisateurs qui, eux, étaient d'accord pour ne pas insister, ne pas attiser le scandale, ne pas déclencher l'émeute.

D'ailleurs, on ne lorgnait plus la nudité de Marjorie. Toutes les têtes s'étaient à nouveau dirigées vers la scène.

Aussi à l'aise que dans son manteau de chèvre, Marjorie demanda un chewing-gum à Junkie.

— C'était amusant, non, Junkie?

— Très.

Il était le seul en cette salle à n'avoir vu que les chevilles de la jeune femme et, là, il lui fallait encore éviter de contempler par inadvertance sa poitrine.

Une demi-heure plus tard, Marjorie frissonna, adressa la parole à son voisin de gauche :

— S'il vous plaît, aidez-moi à me rhabiller. Ces endroits sont mal chauffés.

Au Lord Ranelagh, pub d'Earl's Court que fréquentaient Australiens et Néo-Zélandais, la clientèle aimait boire et chanter de vieux airs de l'Empire. Au Lord Ranelagh, ce dimanche soir, Michael Huggins buvait beaucoup, ne chantait pas du tout. Marjorie n'était pas chez elle. « Et si elle avait rompu ses chaînes? », se demandait Michael avec ennui. Il aurait dû la ménager. Il avait besoin d'elle, par ce mauvais temps, et la cage était vide. Il buvait sombrement, trop malheureux pour s'enivrer. L'alcool, en ce pub, ne pesait pas lourd auprès du premier chagrin d'un homme de quarante ans.

Une aimable soûlarde irlandaise s'était éprise de Michael et, chope de bitter à la main, tentait, ondulante de partout, de le séduire :

— Hello, Sir ! La vie est belle. Sir. Si seulement les lumières ne s'éteignaient pas ! Mais d'ici vingt minutes elles vont s'éteindre et on se retrouvera tous dans le noir ainsi que des damnés. Et c'est pas drôle d'être dans le noir, croyez-moi. Vous avez déjà été dans le noir, Sir ?

Elle lui confia ce secret à l'oreille :

— On n'y voit rien.

Accompagnée au piano, une minuscule et rondouillarde cantatrice à lunettes chantait à pleins poumons *Beer Barrel Polka* avec un ferraillant accent cockney, et l'assistance, les mains levées, reprenait les refrains en un chœur frénétique.

— Je m'appelle Kathleen, Sir. Ce que vous êtes bel homme, Sir. J'en voudrais un comme vous dans mon lit. On n'éteindrait pas les lumières.

La rousse Kathleen, si elle n'avait pas d'âge avouable, ne manquait pas d'accessoires. Elle portait à chaque doigt des bagues de sparadrap, arborait une jupe de plastique blanc, un blouson de toile cirée noire, des varices bleues, des bottillons où flottaient ses mollets de poulet. Les mains encombrées par un sac, un parapluie et la chope, elle multipliait les mines, les grâces et les coups d'œil :

— Comment vous appelle-t-on, Sir ?

Michael la regarda, terriblement ému :

— Elle s'appelle Cerise.

— Cerise. C'est amusant, Sir.

— Pas amusant du tout, Kate. Elle s'appelle Cerise.

— Cerise. Vous avez raison, Sir. Ce n'est pas agréable de s'appeler Cerise. Elle devrait s'appeler Myrtille. Ou Framboise. Ou Groseille. Alors, là, ce serait supportable.

— Vous êtes un petit bébé épatant, Kathy.

— Vous êtes l'homme qu'il me faut, Sir. Petit bébé épatant. Ah, vous savez parler aux demoiselles, vous.

— Buvons, Cerise. Vous permettez que je vous appelle Cerise ?

— O.K ! Sir. C'est un prénom que j'adore. Pour moi, c'est une bière.

Ils trinquèrent.

— *Cheers* [1], Sir !

— *Cheers*, Cerise !

Ce whisky était faible. Ce n'était pas avec cela qu'on basculerait dans la joie. Michael chuchota, de plus en plus ému, de plus en plus terriblement ému :

— Cerise, avez-vous déjà ouvert une cerise ? Des fois, dedans, il y a un asticot, un tout petit asticot d'un rose très tendre...

Une des barmaids secoua avec vigueur une cloche. Elle la secouerait encore dans cinq minutes, et tout ce joli monde se retrouverait face aux hostilités de la nuit.

Michael embrassa Kathleen sur la bouche et quitta le comptoir.

— Où allez-vous, Sir ? fit Kathleen qui partageait à cent pour cent son émotion.

— Je reviens, Cerise.

Mais au lieu de se rendre aux Gentlemen comme elle le croyait, il alla dans la rue et retourna Brahmam Gardens, où habitait Marjorie. Il n'y avait toujours pas de lumière à ses fenêtres. Kathleen avait raison. C'était horrible, la vie, la nuit, quand il n'y avait pas de lumière. Kathleen était un type de femme à avoir toujours raison.

Il s'assit dans un coin obscur, où personne ne pouvait le voir, et attendit un an ou deux.

Enfin, la Triumph de Junkie survint. Michael ne

1. Équivalent de *A la vôtre !*

se montra pas. Marjorie s'ébroua sur le trottoir :

— Puisque nous ne sommes pas morts, Junkie, quand ce camion vous a coupé la route, c'est que nous ne mourrons jamais. L'immortalité, c'est un sujet de satisfaction, non ?

— Non.

— Vous êtes fâché, Junkie ? Tout cela parce que j'ai été la femme la plus remarquée de la soirée.

— Vous auriez pu vous abstenir de cette exhibition.

— Je vous sais gré de ne pas avoir dit : « Cette lamentable exhibition. » Vous êtes un atroce petit-bourgeois, Junkie. Vous l'aurez, votre retraite des vieux. Au plaisir, Junkie. Ça ne coûte rien de dire au plaisir quand il n'y a pas de plaisir.

— Bonne nuit, Marjorie.

— Pas de bonne nuit non plus, Junkie, quand on aime. Rien que de la nuit.

La moto repartit en un interminable grognement.

Marjorie cherchait sa clé dans son sac quand Michael, surgi de l'ombre, s'approcha sans bruit de la jeune femme et la souffleta violemment par deux fois.

La perruque de Marjorie, arrachée par les coups, roula à terre. Malgré le choc et la douleur, Marjorie ne cria pas, qui venait de reconnaître Michael. Sans même porter les mains à ses joues, elle sourit, heureuse, invraisemblablement heureuse :

— C'est vous, Mike ! Que je suis contente !

Il la rudoyait encore, la secouait de toutes ses forces :

— Putain ! Morue ! Je vous attends depuis des heures. Vous pourriez vous faire baiser à domicile, cela m'éviterait de rester dans la rue !

Elle ramassa sa perruque et fit, humble :

— Excusez-moi. Junkie m'avait dit que vous sortiez ce soir... Avec cette femme...

Il était tremblant de rage :

— Il vous a menti, et vous l'avez cru, salope! Et vous avez été vous faire sauter chez lui, ordure!

Elle parlait avec douceur :

— Nous sommes allés à Albert Hall. Et nous n'avons pas fait ce que vous dites.

— Je vous l'avais pourtant ordonné.

— Il n'a pas voulu.

Il la fixa :

— Alors, vous êtes propre?

— Oui, Michael.

— Allez-vous ouvrir cette porte, oui ou non?

Il tomba sur le lit de Marjorie et y demeura longtemps sans ouvrir la bouche, les yeux au plafond, obnubilé par une tache noire qui s'agrandissait et saignait.

Marjorie s'était assise sur le pouf marocain et ne bougeait pas plus qu'une de ces poupées gonflables à l'usage érotique des matelots.

Il dit enfin d'une voix morne :

— Pardonnez-moi, pour les gifles. Je n'en suis pas très fier.

— J'en suis fière, moi. Cela me prouve que j'existe encore, pour vous.

Il eut un rire sec :

— Soyez encore plus heureuse si possible : vous êtes la seule à exister. L'autre m'a balancé comme une épluchure.

— Je ne puis être heureuse, Mike, si vous ne l'êtes pas.

Il grommela :

— Marjorie, ou vous vous foutez de moi, ou vous êtes idiote, ou vous êtes une sainte.

— Il y a une quatrième possibilité.

Il fit, glacial :

— Je ne vous aime pas. Je ne vous aimerais jamais. J'aime une autre saleté que vous. Une vache. Une catin. Je l'aime et j'ai mal. Très mal.

Elle murmura :

— Tout est bien ainsi, Mike. Vous êtes là. Mais je ne veux pas que vous ayez mal.

— Que vous le vouliez ou non...

— Il ne faut pas. Buvez.

— J'ai bu. Cela ne m'a rien fait, que de me mettre à vif.

— Il faut boire davantage.

— Cela n'a pas l'air de tellement vous réussir, à vous. Vous me conseillez vos médicaments, et ils sont inefficaces.

— Oui, mais c'est mieux que rien. Comme moi, Mike. Je suis mieux que rien, n'est-ce pas ?

— C'est exact, admit Michael. Je vous remercie.

Elle eut la volonté de rire :

— C'est moi qui vous remercie. Vous me laissez le droit de vous aimer.

— Donnez-moi à boire.

Pendant qu'elle emplissait deux verres avec empressement, il rêva :

— Elle s'appelle Cerise.

— C'est très joli.

— Mais elle me déteste.

— Cela s'arrangera, vous verrez.

— Pourtant, avant-hier, Marjorie, elle m'a embrassé. Elle m'a embrassé...

— Elle vous embrassera encore.

— Avant-hier vendredi, elle m'embrassait. Aujourd'hui dimanche, elle me tue. Vous comprenez cela, vous ?

— C'est une femme.

— C'est ce que je me dis...

— C'est une femme. Ce n'est pas sérieux, une femme. Elle reviendra. Prenez ce verre, Mike.

— *Cheers*, Marjorie!

— *Cheers*, Mike! Couchez-vous dans le lit, vous serez mieux. N'ayez pas peur de moi, je dormirai sur le divan.

Il hésitait. Maternelle, elle le pria :

— Si vous rentrez chez vous, vous aurez trop mal, tout seul.

— On voit que vous le connaissez, ce mal-là.

— Assez bien.

— Pas moi. Est-ce qu'on s'habitue?

Elle ne répondit pas.

Il lui obéit et se coucha.

Elle éteignit toutes les lampes, sauf une.

— Parlez-moi d'elle, Marjorie. Parlez-moi de Cerise.

— Je ne la connais pas.

— Inventez. Elle est blonde. Elle a de grands yeux bleus.

Elle lui parla de Cerise, lui raconta, pour le calmer, pour l'endormir, qu'elle le regrettait, ce soir, qu'elle reviendrait, qu'elle l'aimerait, qu'il coucherait avec, et que ce serait tout miel et tout soleil, et qu'il serait en elle comme dans une gerbe de fleurs, comme dans la mer.

— Mettez-vous nue à présent, Marjorie, tout à fait nue, et dansez devant moi. Quand je vous le dirai, vous vous arrêterez de danser et vous viendrez à mes côtés. Soyez plus nue qu'une femme nue, qu'une femme ordinaire. Soyez toutes les femmes. Toutes. Et, s'il vous plaît, faites-moi plaisir, très plaisir. Prenez la perruque que je préfère. La perruque blonde.

CHAPITRE VII

— Amis ! Elle vous a dit : « Amis ! » Une jolie femme qui vous offre son amitié, mais c'est Rockefeller qui vous fait cadeau d'un sac de pommes de terre !

La « renarde argentée » haussa ses belles épaules nues. Les robes d'été n'allaient pas encore trop mal à cette chère *old lady*.

— Quelle bêtise, mon pauvre Mike, quelle erreur funeste que cette lettre ! Je ne vous l'aurais pas écrite, moi, même un couteau sous la gorge. Vous êtes gâteux !

Il se piqua :

— Craig, mesurez vos expressions.

Elle salua militairement :

— Je les mesure : gâteux, gâteux dix fois. Mais signalez-moi, quand je vous parle, si je parle à Mike ou à Mr Huggins, j'aimerais être au courant et cela m'évitera les impairs. Si vous êtes Mr Huggins, il va de soi, tenant à ma place, que je vous félicite chaudement pour avoir fait écrire par Junkie une lettre qui a obtenu des résultats aussi inespérés. Si vous êtes Mike, je vous traite de gâteux pour avoir effrayé un moineau qui venait de picorer dans votre main. Choisissez.

— Appelez-moi Mike, et posez vos fesses sur ce bureau.

Elle « posa ses fesses » sur le bureau, considéra Michael avec sévérité et commisération :

— Mon pauvre ami! Mais comment avez-vous pu séduire votre dévouée secrétaire, cette admirable Marjorie et j'en oublie cinquante, et des plus grandes, des plus petites et des meilleures. L'amour a fait de vous ce canard sauvage égaré dans une basse-cour. Vous ne pourriez plus charmer que des fillettes à la sortie des écoles, et encore vous faudrait-il beaucoup de bonbons, un camion de bonbons!

— Vous êtes adorable, Jill, grinça Michael de toutes ses dents.

Elle frappa le bureau de son poing menu :

— Mais enfin, Mike! Écrivez donc une lettre d'amour à Marjorie, et vous verrez se redresser la tête de l'esclave, comme celle d'une vipère! Écrivez-m'en une, à moi, et je vous force à m'épouser avant un mois. Vous embrassez la Française, et vous l'épouvantez le lendemain. Oui, oui, épouvantée, n'ouvrez pas ces yeux de hulotte! Vous vous présentez en aventure discrète et peut-être agréable, puis vous apparaissez sans transition drapé dans la cape de l'amoureux romantique broyant tous les obstacles, renversant toutes les barrières, cassant tous les meubles, jetant partout en l'air des flèches à la façon de l'Éros de Piccadilly, sans nul souci des retombées. On l'a pour vous, ce souci, par contre, Mike, je suis mariée, j'ai deux enfants, j'habite tout près de vous, qui m'appelez Cerise, voulez-vous savoir ce que Cerise pense de vous?

— S'il vous plaît.

— Je pense que vous ne me déplaisez pas trop, puisque je vous ai laissé prendre mes lèvres. Mais depuis votre lettre au pétrole enflammé, je vous déclare irresponsable et dangereux. Si je vous cède, je vais vous voir dresser des échelles de corde au 42 Smith Terrace et vous irez demander ma main à mon mari. Vous oubliez que moi, Cerise, je ne suis ni une passionnée ni une folle, que ma vie est ce qu'elle est mais que j'y tiens, et que je n'ai aucune envie d'introduire un éléphant sur les étagères où je range, soigneusement étiquetés, mes bocaux de haricots verts. Voilà. La voyez-vous mieux, à présent, la Cerise qui vous a exécuté face aux Coldstream Guards

Abattu, Michael jouait avec son coupe-papier :

— C'est une explication plausible.

— Je n'en vois pas d'autre.

— Que puis-je, que dois-je faire, maintenant?

Elle rit :

— Je ne suis pas Don Juan, moi. C'est à vous de fouiller dans vos méthodes et techniques. Ne vous plantez pas ce coupe-papier dans le cœur, c'est tout ce que je puis vous conseiller. Cela, et puis aussi d'apprendre un peu de français plutôt que de remonter et descendre la gamme des soupirs désolés. En quelque temps, vous pouvez baragouiner quelques mots, assez pour vous défendre et attaquer, au lieu de sourire niaisement à cette petite qui ne saura jamais dire autre chose que *Very well*. Évitez-la pour le moment, vous n'êtes pas en état de la voir, et battez-vous, Mike. Battez-vous!

Il se battit. On ne vit plus que lui tous les après-midi sous le casque d'un institut audio-visuel pour l'étude des langues, ânonnant avec héroïsme des syllabes barbares qui, plus tard, lui ouvriraient, il refusait d'en douter, les grands chemins blonds qui menaient à Cerise.

Il étonna ses professeurs par la fureur sacrée qu'il apportait à son travail. Chez lui, le soir, où qu'il allât, un magnétophone dans chaque pièce lui débitait du français à jet continu, à hautes doses, jusqu'à l'obsession, et quand il se couchait des phrases absurdes, des dialogues entiers se couchaient avec lui, l'entretenant jusque dans ses rêves d'un Mr Brown qui visitait le Louvre à tour de bras, d'un Mr Smith qui escaladait la tour Eiffel sans répit, d'un « Mr Jones va au bistrot », d'un « Mr Wilson est dans le métro ». Au bureau, il s'évertuait toutes les matinées à ne converser qu'en français avec Jill. Il transpirait sur chaque mot. Cet élève méritant n'était pas fort doué, mais ne se décourageait jamais, se répétant qu'au bout du long tunnel clignoterait quelque jour une comète à cheveux de champagne.

Il ne tenta pas de rencontrer Cerise dans les rues de Chelsa. Il n'en voulait pas, de son amitié, ni des « bonjour, milord ! » dont elle n'eût pas manqué, par gentillesse, de le saluer. Il n'en voulait pas, de sa gentillesse, elle pouvait se la mettre dans un bocal, avec des haricots verts par-dessus.

Certes, il souffrait de ne pas la voir, les souffrances du tiers monde ne venaient-elles pas de ce qu'il n'avait jamais vu Cerise, ce monde-là ? Mais comme Michael eût encore plus souffert de la voir indifférente et le temps d'un passage de *shopping basket*, il s'abstint de jouer à cette roulette russe qui lui eût fait éclater en pleine figure une tomate en provenance des *Greengrocers*.

Il serrait parfois les poings, se galvanisait, se fouaillait, luttait contre toutes les idées de renoncement, les repoussait du pied :

— Je la veux. Je l'aurai. J'ai obtenu de la vie tout ce que je lui ai réclamé d'important, et je n'aurais pas la seule femme que j'aurais aimée ? Ce n'est pas possible. Je l'aurai. Elle criera dans mes bras. Je lui ferai l'amour comme personne ne lui a fait. Avec qui l'a-t-elle fait, d'ailleurs ? Combien d'hommes ? Un ? Deux ? Trois ? Quatre ? Elle a quand même dû tromper son mari, non ? Elle est française.

Un matin, il eut un choc en ouvrant son courrier. Une main maladroite avait griffonné sur une enveloppe : « *Milord* Michael Huggins, 27 ½ Smith Terrace. » La lettre avait été postée. Elle se mit à frémir entre les doigts de Michael. Cerise lui avait écrit. C'était inespéré, insensé, plus que Dieu n'avait jamais donné à une de ses créatures. Il loua Dieu. S'il avait été à bord d'un navire, il fût tombé à genoux aux côtés des autres marins en suroît criant leur gratitude au Seigneur qui venait de les sauver de la tempête. Dieu était un sacré bon bougre, un brave petit champion doué — par qui, au fait ? — d'une méchante droite et d'un jeu de jambes de danseuse. Michael ouvrit délicatement l'enveloppe. Il n'y avait pas de feuille de papier à l'intérieur, rien d'autre que la photographie que Cerise lui avait, l'autre jour, refusée. Elle avait dû en faire tirer d'autres épreuves. Michael compta précipitamment sur ses doigts. Neuf jours s'étaient écoulés depuis le sombre dimanche de la caserne. Neuf jours pendant lesquels Cerise ne l'avait pas chassé en entier d'elle. Neuf jours donc pendant lesquels Cerise avait pensé à lui, assez pensé à lui pour lui envoyer cette photographie.

Michael se rua à son bureau, appela Jill auprès de lui.

— Jill, voyez ce que j'ai reçu tout à l'heure. Qu'est-ce que vous en dites ?

Old lady hocha ses boucles argentées :

— J'en dis : « Bravo, Mike, vous avancez ! » C'est une garce, mais c'est une garce exquise. J'aime ce geste.

— Pourquoi la traitez-vous de garce ?

— De femme, si vous préférez.

— Oui, je préfère.

— Vous avez bien agi en ne vous montrant plus. Si vous aviez été chanter sous ses fenêtres, vous n'auriez certainement pas cette photographie. A mon avis, Phryné vient de se déshabiller, et vous l'avez devant vous, nue et seulement vêtue de ses longs cheveux blonds.

— Ne vous moquez pas, Jill.

— Je suis sincère. L'oiseau revient à portée de fusil. Mais ne tirez qu'à coup sûr si vous voulez le manger.

— Un peu moins de métaphores, voulez-vous ?

— Bref, ne l'approchez pas comme un dément, un diable, un singe hurleur. Rampez. Abritez-vous derrière toutes les aspérités du terrain.

— J'en connais une très belle, d'aspérité. Allez donc travailler, Craig. Vous m'ennuyez à être toujours là, plantée sur vos deux talons hauts. Demandez-moi plutôt Mr Charlton, à IBM, Duke Street.

Elle siffla :

— Oh, oh, je vois! Mr Huggins, chassé par la porte...

— ...va rentrer par la fenêtre, c'est exactement cela. Je n'aime que vous, Jill. Dites-le moi en français : chassé par la porte...

Il avait raconté sa fable à son client Charlton, et Charlton lui avait donné rendez-vous à six heures 10 *a* Strathearn Place, non loin de Marble Arch, dans la Victoria Tavern, un pub que fréquentaient volontiers les électroniciens du quartier. Ils appréciaient là une atmosphère désuète qui devait les changer agréablement de celle qui règne dans les salles d'ordinateurs. La Victoria Tavern était la réplique d'un ancien théâtre de l'ère victorienne, avec loges et baisser de rideau en guise de clochette annonçant l'heure de fermeture.

Michael s'était installé à une table, dans une des loges, et attendait de pied ferme le mari de Cerise.

Il songea, amusé, à une publicité pour l'eau de vétiver de Carven, publicité qu'il avait vue ces temps derniers : *Beat a Frenchman at his own game* [1] *!*

1. « Battez un Français à son propre jeu! »

Eau de vétiver ou pas, eau de vétiver ou eau bénite, l'eau du baiser de Cerise venait à la bouche de Michael.

— Oui, *Frenchman*, vous serez battu. Battu et cocu. Mais nous avons besoin de vous pour cela. Nous allons devenir d'excellents camarades. Vous ne pouvez quand même pas refuser de donner un coup de main à un gentleman qui veut faire l'amour avec votre épouse! Vous voilà, d'ailleurs. *Frenchman*, attention à votre femme, je vais vous la cueillir au ras des moustaches. Hello, Charlton!

Charlton était accompagné par Desremeaux et Maxwell, un troisième employé d'IBM. Charlton fit les présentations et Michael serra avec effusion la main que lui tendait, comme tous les Français, le Français.

— Ne lui dites rien, avait recommandé Michael à Charlton, j'ai besoin de lui pour une affaire.

— C'est entendu, avait acquiescé Charlton, je vous l'amène, et vous vous débrouillez.

Desremeaux tint à aller chercher des consommations.

— Ah, vous êtes français, dit négligemment Michael, vous avez bien de la chance.

Desremeaux s'étonna :

— Pourquoi cela?

— Parce que vous parlez le français.

« Monsieur Cerise » éclata de rire :

— Encore heureux! Vous ne manquez pas d'humour, Mr... Mr?

— Huggins. Michael Huggins. Ce n'était pas spécialement de l'humour. J'apprends en ce moment le français, je me déchire affreusement sur votre langue, et je vous envie de la parler sans effort.

— Je me suis déchiré autant que vous sur l'anglais, Mr Huggins.

— Mais vous le parlez parfaitement, aujourd'hui.

— Oh, parfaitement! Merci quand même.

La conversation dévia sur le football, jugé plus universel et surtout plus palpitant que l'étude des langues étrangères. Maxwell était supporter de l'équipe d'Arsenal, et Michael ironisa :

— Parlons-en, d'Arsenal! Comment avez-vous pu, Maxwell, survivre à cet affront : Arsenal, battu chez lui, à Highbury par Chelsea, un à zéro!

Maxwell se rebiffa :

— Cringle était hors-jeu quand il a marqué ce but! Accorder un but pareil, c'était un scandale, Mr Huggins. Le scandale du siècle, et je pèse mes mots.

Michael protesta :

— Cringle n'était pas hors-jeu, sur ma vie! Vous êtes chauvin!

Charlton s'amusait beaucoup :

— Vous êtes chauvins tous les deux, oui!

Il confia à Desremeaux :

— Huggins est d'aussi mauvaise foi que l'autre, il habite Chelsea.

— Ah, oui?

— Tout s'explique! triompha Maxwell.

Michael grommela :

— On peut habiter Chelsea et reconnaître quand un joueur, de Chelsea ou non, est hors-jeu ou non.

— Parce que moi je ne le reconnais pas?

— Apparemment non.

Ils disputèrent sur ce point sans se mettre d'accord. Charlton intervint :

— Allons, les fanatiques, calmez-vous. Je propose une partie de fléchettes. Deux contre deux. Chelsea, puisque Chelsea il y a, contre le reste de Londres.

— Qui habite encore Chelsea? fit Michael, intrigué à la perfection.

— Notre ami Desremeaux, expliqua Charlton.

— Ah, bien, approuva Michael, cette fois détaché à la perfection.

— Je ne joue pas très bien aux fléchettes, Huggins, avoua Desremeaux. J'ai peur de déshonorer notre quartier.

— Mais non, mais non, dit en souriant Michael. Je suis très fort à ce jeu, et ce ne sont pas des supporters d'Arsenal qui nous feront battre la poussière.

Le noble sport des fléchettes, dans les pubs, est un exercice grave et de bonne compagnie. Desremeaux ne s'était pas vanté. Il jouait fort mal, mais, par contre, s'extasiait à chaque joli coup que réussissait son partenaire :

— Vous êtes formidable, Huggins. Si je jouais comme vous, nous les pulvériserions!

— Vous jouez comme on doit jouer, répondait Michael, très flegmatique tout en songeant : « Mon cher Desremeaux, je n'espère que ceci : que vous fassiez l'amour comme vous envoyez vos fléchettes. Voilà qui servirait assez mes modestes projets. »

Grâce à Desremeaux, Chelsea fut battu après une empoignade farouche. Michael fut intérieurement satisfait. La défaite, surtout avec la part du lion qu'y avait prise Desremeaux, les rapprochait mieux que ne l'eût fait une facile victoire.

— Vous avez raison, Maxwell, s'inclina-t-il, Cringle était hors-jeu.

Les quatre hommes rirent très fort et prirent d'autres bières.

— Où habitez-vous, dans Chelsea, Huggins? questionna Desremeaux en ajoutant : si ce n'est pas indiscret.

C'était là que Michael l'attendait patiemment. Il répondit, très neutre :

— Pas du tout. J'habite Smith Terrace.

L'autre bondit, avec cette manie de tout extérioriser propre aux continentaux :

— Pas possible! Moi aussi!

— Vraiment! fit Michael froid et courtois.

— Je suis au 42, vers la synagogue. Et vous ?
— A l'autre bout. Au 27 ½.
L'énoncé du numéro produisit son effet habituel. Desremeaux s'étonnait encore :
— Et nous ne nous sommes jamais rencontrés, c'est drôle ! Il est vrai que je ne suis pas là depuis longtemps. Mais j'ai peut-être vu votre voiture ?
— Jaguar, fit Michael, laconique.
— Moi, DS Citroën.
— Je l'ai vue. Effectivement, c'est amusant d'habiter une petite rue comme la nôtre, et de ne s'en apercevoir qu'à Victoria Tavern autour d'une cible de fléchettes.
Desremeaux s'enthousiasmait :
— Quand je raconterai cela à ma femme, elle ne voudra jamais me croire.
— Pourquoi non ? fit Michael indifférent, elle a dû voir des choses plus extraordinaires.
— Elle ? Certainement pas ! s'esclaffa Desremeaux qui le dévisagea avec sympathie. Michael fit semblant de ne pas y prendre garde. Il regardait, lui, sous sa chope, les mains du Français. Ces mains savaient tout de Cerise, absolument tout de son corps, de ses cuisses, de son ventre, de sa gorge. Ces mains couraient comme des rats dans la chevelure de Cerise. Ces sales mains familières claquaient, les soirs de bonne humeur gauloise, les fesses de Cerise. Il dut en détourner les yeux, car il commençait à en souffrir.
Le plus pressé des quatre, Maxwell, s'en alla tout en s'excusant, hilare, pour cette histoire de hors-jeu. Ce fut ensuite à Charlton de prendre congé. Il se croyait obligé de les laisser tous les deux, afin que Huggins pût parler affaires. Il lui fit un discret clin d'œil en partant.
— Très brave type, apprécia Michael, n'est-ce pas ?
— C'est un collègue charmant. D'où le connaissez-vous ?

Toujours cette rage de questionner...

— Il a un portefeuille chez moi. Je suis Estate Agent.

— Nous reprenons un verre, Huggins ?

— Si nous le prenions chez nous, à Chelsea ? Vous connaissez l'Admiral Codrington, Mossop Street ?

— Non, mais c'est une excellente idée ! proclama Desremeaux, ravi de ne pas se séparer si vite d'un homme d'aussi bon commerce que Mr Michael Huggins.

Ils gagnèrent ensemble en conversant le parking de Marble Arch, où étaient leurs voitures.

— J'aime beaucoup Londres, expliquait Desremeaux, c'est une ville merveilleuse...

« Quel génie descriptif ! » songea méchamment Michael.

— Vous voyez, cela me fera presque de la peine de rentrer à Paris fin novembre. Je suis en stage jusque-là. Ah, moi, je m'y suis très vite habitué, à Londres.

Il s'esclaffa encore :

— Ce n'est pas comme ma femme. La pauvre, ici, elle s'ennuie à périr. Il est vrai qu'elle ne sait pas un mot d'anglais. Vous ne devineriez pas ce qui l'a le plus surprise, en Angleterre, ce qu'elle n'a jamais pu admettre ?

— Non..., fit Michael enfin intéressé.

— Les gants de toilette ! pouffa Desremeaux qui précisa, Huggins n'ayant même pas souri : elle était furieuse de ne pas trouver un seul gant de toilette à Londres. « Ils ne se lavent pas, tes Anglais ? » me demandait-elle.

Desremeaux finit par comprendre que Huggins ne le comprenait pas. Il dut lui expliquer qu'en France on ne se lave pas avec des carrés de tissu éponge mais que l'on confectionne, dans lesdits carrés, de petits sacs où l'on introduit la main. Et Michael fut aussi étonné que Cerise. C'était, en somme, cet accessoire, le grand fossé qui séparait leurs deux civilisations.

Les deux hommes montèrent dans leur voiture et, la DS suivant la Jaguar, filèrent sur Chelsea. Michael ne roulait pas vite. Desremeaux n'osait pas le doubler, qui eût été taxé — en silence — de prétention automobile. Deux comportements s'offrent pour un Français à Londres. Le premier est de manifester une latinité hargneuse, du genre : « Comment peut-on vivre dans un pays où on ne mange pas de bœuf bourguignon ? » Le second consiste à renchérir sur l'indigène, à raffoler de la pluie, à se passer systématiquement de pain et de vin, à ne boire que du thé à tous propos, à jouer les gentlemen là où un gentleman n'en a aucun souci.

L'Admiral Codrington était un pub intime et chaud décoré par cent pots à bière en céramique représentant les héros — ceux de Dickens entre autres — de la mythologie britannique. Il est des pubs style gueuloir, d'autres du type « bonbonnière à bitter », le Codrington appartenait à celui-là.

Histoire d'affirmer la générosité de la France à l'égard des pays sous-développés, Desremeaux voulait toujours régler les consommations. Huggins — qui ne circulait pas encore en espadrilles — le fit se rasseoir.

— Je parie, lui dit-il, que vous ne connaissez pas les whiskies blancs ?

— Blancs ? s'exclama l'autre, béant. Cela existe donc, des whiskies blancs ?

— Certainement. Mais ne faites pas frissonner les « réguliers » des pubs en y ajoutant de l'eau ou de la glace. Il est des hérésies qui les font vieillir avant l'âge.

Huggins revint avec deux Glen Fiddich.

Desremeaux perdait peu à peu ses affectations de

technicien sérieux, de garçon qui exige de lui-même de paraître davantage que ses trente ans. Le deuxième Glen Fiddich lui tira un sourire satisfait d'accordéoniste toulousain.

— Je suis content, fit-il naïvement, que nous ayons lié connaissance.

« Pas tant que moi », songea Huggins en hochant vaguement la tête pour un très vague signe d'approbation.

— A part mes collègues, je ne vois pas grand monde. De plus, j'ai une femme qui n'aime pas sortir.

Il s'animait dès qu'il parlait de sa femme, l'animal.

— Peut-être l'avez-vous entrevue, elle adore faire elle-même ses courses dans Chelsea, avec un *shopping-basket*.

Il rit :

— Ah, ce panier! Elle ne s'en sépare pas depuis qu'elle l'a acheté. Vous ne l'avez pas croisée? Elle est blonde...

— Desremeaux, je ne regarde jamais les femmes dans la rue. Jamais.

— Ah, c'est vrai, pour cela, vous n'êtes pas comme nous autres, je l'avais déjà remarqué. Ma femme...

Il en avait plein la bouche, de sa femme. Michael entrevit clairement qu'il n'avait, obnubilé par ses études, pas dû en connaître beaucoup, des femmes. Il avait probablement engrossé la première sotte de seize ans qui s'était présentée à lui, et avait dû s'en tenir là, ravi d'avoir, comme papa et maman, une vie de famille et une situation d'avenir.

Il eût été fort étonné d'apprendre que la photographie de son épouse se trouvait dans le portefeuille de son vis-à-vis. Il devait d'ailleurs avoir la même dans le sien.

— Si j'osais, fit Desremeaux, je vous demanderais bien quelque chose...

« Non, mon vieux, se dit Michael, inutile d'y compter, je ne vous rendrai pas la photo de votre bonne femme. »

— Je vous écoute? répondit-il poliment.

Desremeaux se mourait d'embarras :

— Je ne sais pas comment vous le dire. Vous avez sûrement tellement mieux à faire. Enfin, voilà. Je voudrais un jour, une fois, comme tout le monde à Londres, donner une petite *party* chez moi. Malheureusement, une *party* avec Maxwell et Charlton, c'est un peu trop IBM, un peu trop officiel pour ma femme. Si j'osais, je vous inviterais avec des amis à vous... Entre voisins...

Il en bafouillait.

Michael vint à son secours, ivre d'orgueil de constater que son visage à lui, Michael Huggins, ne reflétait absolument aucun sentiment, aucune onde de la joie sauvage qui lui parcourait tout le corps :

— Ce serait avec plaisir...

— Vous n'êtes pas libre ce samedi? s'exclama Desremeaux déjà désolé.

— Je ne le sais pas encore. Téléphonez-moi dans la semaine. Mais je viendrai si je le puis.

— Oh, merci, Huggins, merci!

— C'est moi qui vous remercie pour votre aimable invitation, lâcha distraitement Michael avant d'ajouter, sur un ton égal : si je suis en mesure de l'accepter, me permettez-vous de venir accompagné par une dame?

— Mais je vous en prie!

— Je dois vous préciser qu'il ne s'agit pas de ma femme légitime. Je suis divorcé.

— Mais je vous en prie! répéta Desremeaux enchanté, avant de lancer ce qu'il croyait sans doute être une fine plaisanterie : venez avec trois femmes, si vous le voulez!

Michael le regarda froidement :

— En ce cas, merci encore. Je viendrai avec trois femmes.

Desremeaux en tomba muet d'admiration. Michael jeta un coup d'œil à sa montre :

— Il faut que je rentre. Marjorie m'attend.

Il eut un sourire :

— Marjorie vous plaira beaucoup. Elle est très « Swinging London ».

Il savait que n'importe quelle allusion au « Swinging London » ébahirait Desremeaux, et celui-ci, ébahi, battit des ailes :

— Vous devez connaître des femmes fantastiques, Huggins. Vous serez déçu par la mienne. Elle est très, comment dites-vous cela en anglais, très « pot-au-feu ».

Dans la rue, Michael fit, avant de reprendre sa voiture :

— Eh bien! téléphonez-moi, comme convenu.

— Faites tout pour pouvoir venir, supplia Desremeaux.

— J'essaierai.

L'autre ne voulait plus l'abandonner :

— N'avez-vous pas le temps de venir prendre un apéritif chez moi, maintenant?

— Je regrette, mais Marjorie...

— Elle ne peut pas attendre? Seulement cinq minutes?

Il en devenait même envahissant, un comble! Une chance!

— N'insistez pas, Desremeaux. Un Anglais ne fait pas attendre une femme.

Cela, c'était tout à fait faux, mais les prétendues manières des gentlemen ne pouvaient qu'impressionner l'ingénieur commercial.

Michael ajouta, avec une feinte modestie, avant de claquer sa portière :

— Si nous les faisons attendre, elles ne nous attendent plus. Nous n'avons pas vos pouvoirs de séduction...

Sur cet élégant coup de chapeau, il démarra. Il n'attendait personne, et surtout pas Marjorie. Il préférait être seul pour savourer la réussite de son plan. Ainsi jubile un général en chef dès qu'il s'aperçoit que l'armée ennemie se dirige, la fleur au fusil, vers son piège.

— Cerise, Cerise, ironisa-t-il, vous êtes bien mal gardée. Vous êtes forte, mais c'est quand même votre époux qui vous amènera par la main dans mon lit, en m'affirmant que je lui fais beaucoup, beaucoup d'honneur.

Il s'épatait dans un fauteuil, extasié :

— Bientôt, Cerise, bientôt l'épée du matador va s'enfoncer entre vos deux yeux bleus, entre vos *big blue eyes*. Belle image, et décente. Vous serez revêtue de l'habit de lumière, vous, pas moi. Quel plus bel habit de lumière, Cerise nue, je vous le demande, que vos cheveux ?

Comme il ne faut pas jouer avec le désir, cette chose sacrée des gens pour qui rien n'est sacré, il compulsa son carnet d'adresses, eut le choix, fit son tri, et téléphona à Myrna Simmons, ce qu'il n'avait pas fait depuis trois mois.

Myrna, doctoresse, avait cette particularité de posséder la poitrine d'une fillette de douze ans, et cette absence de poitrine emplissait tout à coup Mike d'une troublante et impure nostalgie.

Cette poitrine qui n'en était pas une exhala au bout du fil un cri de bonheur, ce cri de bonheur que Michael cataloguait d'office dans les « il n'y a vraiment pas de quoi ». On sautait dans son Austin, on arrivait.

Michael prépara les flambeaux, les quatorze chandelles, Dom Pérignon et Mozart. Myrna méritait, ce soir, après trois mois d'oubli, qu'on lui prouvât qu'on ne pensait qu'à elle.

Cerise était accablée.

Le chagrin la glaçait devant son four. Elle dut se comprimer le cœur d'une main.

Ses côtelettes panées étaient ratées, sa vie avec, pour le coup.

Elle se mit à pester, à maudire cette Angleterre, son beurre suspect, qui n'était ni fermier ni normand, sa mie de pain qui n'était pas de la mie de pain puisque ce pain, en aucun cas, n'était du pain. Elle cria même : « Merde et merde! », ce qui fit délirer d'aise ses enfants.

Et l'autre qui ne rentrait pas! Il n'était pourtant jamais en retard. Un peu trop exact, même. Ce n'était pas qu'elle tînt à des fantaisies débridées, mais il était malgré tout trop sérieux. Au vrai, quand il prétendait vouloir s'amuser, cela ne l'amusait pas, elle, mais sa mauvaise foi féminine ne pouvait une seule seconde l'entrevoir et l'admettre. Sa religion était faite, Jean-Claude était ennuyeux comme cette Angleterre, sa pluie, son beurre australien et son pain à la gomme.

Elle fit pivoter ses ressentiments vers une cible plus aisée à atteindre, et rabroua les gosses :

— Partez de là, vous deux! Je ne veux plus vous voir dans la cuisine. Un chien n'en voudrait pas, de ces côtelettes de veau, mais vous les mangerez quand même, puisque votre père nous traîne dans des pays de fous!

— *She is crazy* [1], fit Corinne pour Olivier, et Olivier se tordit.

Ceux-là apprenaient l'anglais bien mieux qu'ils ne se lavaient les dents. Cerise grommela :

1. « Elle est folle. »

— C'est ça, moquez-vous encore de moi dans votre charabia, et je vous flanque au lit!

— *Shut up* [1] *!* répliqua Olivier pour faire hurler de rire sa sœur. Il esquiva une gifle avec dextérité.

— Ah, le voilà quand même! soupira Cerise en entendant se garer la DS.

Les gosses regagnèrent en courant le rez-de-chaussée pour accueillir leur père.

— Tu es à la cuisine, chérie? cria peu après Desremeaux.

— Où veux-tu que je sois? rétorqua-t-elle avec humeur.

Il la rejoignit, l'embrassa sur la joue qu'elle lui offrait non sans brusquerie.

— Oh, oh, fit-il, ça n'a pas l'air d'aller.

— Non, ça ne va pas. J'ai raté mes côtelettes, à cause de leur beurre à la noix.

Conciliant, il jeta un œil indifférent sur les accusées :

— Elles sentent pourtant bon.

— Oh, toi, ragea-t-elle, drapée dans son mépris, drapée dans ses cheveux, tes Engliches, ils finiront par te faire manger de la crotte, et tu t'en lécheras les babines!

— Ne te fâche pas, chérie.

Elle n'acceptait qu'avec agacement ce « chérie » que rien ne justifiait plus, ou si peu.

— Je ne me fâche pas. Il y a que j'en ai assez de cette vie.

— Quelle vie? A Londres?

— Cette vie, c'est tout.

Il jugea utile et urgent de créer une diversion :

— Je te comprends, chérie. Tu ne sors pas, nous ne recevons personne, tu t'ennuies. Samedi, nous donnerons une *party*.

1. « Ferme ta gueule. »

— Qu'est-ce que c'est que ça, encore? Une partouse? Jamais, tu m'entends, jamais tu ne me mèneras dans une partouse.

Il bondit, violet d'indignation :

— Mais tu es folle, ou quoi? Une *party*, ce n'est pas une partouse!

Elle bondit aussi, l'œil bleu virant au noir :

— Oh, on ne sait jamais avec vous! Tous des cochons! Tous des malades!

Il se calma, désorienté par ces fureurs nouvelles :

— Qu'est-ce qu'il te prend, toi? Je ne t'ai jamais vue comme ça.

Elle ne répondit pas, revenue, hypnotisée, au désastre national de ses côtelettes.

— C'est au contraire très comme il faut, très distingué, une *party*.

— Eh bien! tant mieux.

— Tu mettras une robe du soir.

— J'aurai l'air fine, là-dedans.

— Mais enfin, tu n'es plus dans ta campagne!

— Je le regrette tous les jours!

Tendre, il se colla, équivoque, dans son dos :

— Ne sois pas dure, chouchou. Elle sera très bien, cette *party*. J'ai rencontré tout à l'heure un Anglais, un type charmant, qui y viendra avec des amis à lui. C'est pour ça que je suis un peu en retard.

Il se fit mystérieux :

— Tu ne devinerais jamais où il habite.

— Comment veux-tu que je le sache? C'est grand, ce pays de cons.

Il alla du mystérieux au sévère :

— Je t'en prie, ne sois pas vulgaire. Je te l'ai dit souvent, tu es la femme d'un ingénieur commercial, pas d'un garçon boucher.

— Bon. Bon. Alors, où il habite, ton ami?

Il articula, satisfait de son effet bœuf :

— 27 ½ Smith Terrace.

Elle n'avait pas, elle, un *self-control* de *Horse-guard*. Elle poussa un cri. Desremeaux s'inquiéta :

— Quoi ? Tu t'es brûlée ?

— Bien sûr que je me suis brûlée ! Tu me pelotes pendant que je tiens la poêle !

— Comment, je te « pelote », comme tu dis ! Je ne te touche pas.

— Tu es trop près de moi, voilà tout.

— Enfin... Tu ne trouves pas ça drôle, toi, que j'aie passé une heure avec un monsieur que je ne connaissais pas et qui habite près de chez nous ?

Elle répliqua, avec un semblant de logique :

— Parce que, toi, tu connais tout le monde, dans la rue ?

— Non, avoua Desremeaux. Mais... et tu m'embêtes ! Bref, il est très comme il faut, très anglais, très sympathique. Il doit venir samedi soir. Mais ce n'est pas sûr.

Elle faillit lui rire au nez, lui crier qu'elle en était, elle, absolument certaine, qu'il viendrait, son gentleman, et plutôt deux fois qu'une. Elle n'en fit rien, ravie de mesurer la profondeur de l'étendue marine, saline et iodée où mijotaient ces mollusques d'hommes. Le sien la touchait d'encore un peu trop près. Elle l'éloigna d'un mouvement de hanches.

— Tu n'as pas l'air contente ?

— Oh, je suis enchantée. Rien que des gens que je n'ai jamais vus, et qui ne parlent pas une broque de français, je vais me faire rire comme une bossue !

Il se fit dominateur et, sèchement :

— Il n'est pas question de toi. Ou, du moins, il n'est pas question que de toi, ma petite. Tu vis en recluse, ici. Entre parenthèses, pas plus qu'au Vésinet. Ça te regarde mais moi j'étouffe, j'en ai assez de ne voir personne. Toi, tu as tes gosses, ton ménage, ta cuisine. Moi je n'ai rien, que le travail. Pour une fois qu'une soirée m'amuse, laisse-la-moi ! C'est compris ?

Elle lui décocha un sourire menaçant :

— Tu as raison, mon Jeannot. C'est moi qui ne suis qu'une bête.

— J'en suis certain. Encore un mot, et on n'en parle plus. Si Mr Huggins...

— Qui ça, Mr Huggins ?

— C'est le nom du voisin. Tâche de le retenir.

— Je le retiendrai.

— Si Mr Huggins vient avec ses amis, champagne et vins français. Ça nous crée des responsabilités, d'être français. Gâteaux au fromage, c'est ta spécialité. Les gosses au lit à huit heures. Et fais-toi aider, bon sang ! Je t'ai trouvé des femmes de ménage, des gardes d'enfants, et depuis qu'on est là tu ne t'en es pas servie.

Elle s'attendrit, se laissa aller sur son épaule.

— Tout sera très bien, Jean-Claude. On dirait que tu ne le sais pas, que tout est toujours très bien.

— Si, chérie. Je le sais.

Ils se sourirent.

L'obstination de Michael finissait par l'amuser. C'était à lui qu'elle souriait de toutes ses jolies dents de joli nuisible. Jean-Claude fut enfin content :

— J'aime mieux te voir comme ça, chouchou.

Jill fit, pontifiante sur les bords :

— Mes petites, du haut de mes trente ans je ne peux vous affirmer qu'une seule chose, mais je vous la crie sur les toits : les hommes sont effroyablement bêtes !

Janet et May rirent d'une seule gorge. Jill éleva un doigt :

— Mais ils sont effroyablement attendrissants ! Il ne faut pas rire d'un chat qui réclame à manger. Il n'a pas cinquante façons pour le faire : il miaule. De plus n'oubliez pas, fillettes, que les hommes sont bêtes, toujours, mais qu'ils ne sont pas obligatoirement idiots. Si cette nuance vous échappe, vous ne leur échapperez pas.

Michael entra. Jill constata aussitôt qu'il allait bien, que ses vêtements n'étaient pas faits de peau de chagrin. Il les salua, d'ailleurs, gaiement :

— Craig ! Toujours en train d'amuser le personnel. De lui saper le moral. D'induire ces jolies filles à se dépraver, à perdre leur âme, à se consacrer au saphisme plutôt qu'à s'exposer aux barbaries des hommes.

D'un signe, il attira Jill dans son bureau, lui narra les événements de la veille.

— Ce n'est pas mal joué, reconnut Jill, cette confidente innée de tragédie.

— Vous n'êtes pas la seule de cet avis, dit Michael en jetant sur la table une feuille de papier, feuille sur laquelle était écrit un seul mot, un mot français : « AMUSANT ».

Jill sourit :

— Sportive, notre Française.

— Elle a glissé cela ce matin sous ma porte. Naturellement, Jill, vous êtes de la cérémonie, ce samedi soir.

— Moi ?

— Évidemment. Ne serait-ce qu'au rang primordial d'interprète. Vous serez une des trois femmes de mon harem. Nous aurons Myrna Simmons, doctoresse de son état. Je parie qu'elle ne vous plaira pas parce qu'elle n'a pas de seins. Entre nous, *old lady*, les seins ne sont pas tout, dans la vie. Une fois qu'on les a vus, à quoi servent-ils, sauf en cas d'hypertrophie ? Il y en a généralement deux, rarement davantage. Ne répudiez pas Myrna et son doigté tout médical. Elle compense ses absences par des présences qu'un gentleman ne doit pas préciser.

Elle lui sourit, excédée :

— Je ne vous demande pas de détails.

— C'est dommage, je voulais vous en gaver. Vous convoquerez également Marjorie. Il faut bien qu'elle s'amuse.

— Pas d'accord, Mike. Vous l'appellerez vous-même.

— Et pourquoi ? éclata Michael.

— Je pense que vous n'avez pas le droit d'outrepasser certaines limites, Mike, même si Mr Huggins doit me flanquer à la porte douze fois par jour comme tous les jours. Vous êtes horrible, avec cette gosse. Horrible et odieux. Vous allez à présent la mettre en face de celle que vous aimez. Je ne vous ai jamais connu ainsi avec un être.

Michael rit, fixa Jill dans les yeux :

— Je comprends très bien vos préoccupations humanitaires. Comprenez-moi aussi : j'aime, c'est un dur combat, et vous êtes la seule à savoir combien. Si je n'aimais pas, je verrais Marjorie et ses histoires de poulpe d'un autre œil, le caressant. Là, Jill, je n'ai pas de temps ni de pitié à consacrer aux mendiants. Je suis mendiant moi-même.

— Elle partira.

— Je me fiche qu'elle parte et je me fiche qu'elle reste, encore qu'elle puisse me rendre quelques services stratégiques. Enfin, Jill, soyez honnête. Vous avez vu les journaux ? Ce répugnant numéro d'Albert Hall ! Cette ivrognesse montrant ses fesses au peuple ! C'est vraiment pour vous être agréable, Jill, que je les reverrai. Qu'on les reconnaisse à mes côtés, et je n'ai plus qu'à me couvrir le chef de cendres chaudes. Tout est en ordre, je pense ? Nous avons bien trois femmes ce samedi soir ?

— Le compte doit être juste.

— Trois femmes pour en cueillir une quatrième, on ne dira pas que je fais des économies d'effectifs.

Naturellement, soyez superbe, Jill. Vous me ferez une note de frais. Vous prendrez ce Desremeaux au téléphone. Ne lui dites surtout pas avant vendredi que nous sommes d'accord pour aller baiser sa femme. Qu'il marine, lui aussi!

Il leva les yeux sur Jill et lui sourit car elle était sa sœur, car elle était lui :

— *Old lady!* La vie est belle! Imaginez une seconde que cette petite m'ait déjà cédé. L'appellerions-nous encore Cerise? Non. Elle aurait aujourd'hui un prénom, comme vous et moi...

— Et puis arrête de m'appeler chouchou! J'ai un prénom!

— Tu es très belle, chérie...

Robe noire. Talons hauts. Collier de perles.

— ...tu seras la plus belle, tu verras.

— Je m'en fous.

— Pas moi! Tu représentes la France.

— Alors, je vais me mettre un camembert sur la tête.

Ils attendaient leurs invités. Cerise avait passé une excellente journée à préparer des monceaux de petits gâteaux au fromage. Jean-Claude avait passé une excellente journée à penser à cette excellente soirée.

— Je trimbale, moi, sur ces talons hauts. On va bien rigoler, tout à l'heure, quand je me casserai la fiole avec une assiette de petits gâteaux.

Cette image l'égaya. Jean-Claude bougonna :

— Chez IBM, on ne se casse pas la fiole, on trébuche. Quand tu fais le ménage, tu ferais bien de passer ton langage à l'aspirateur.

Cerise pinça les lèvres :

— Je me surveillerai, mon trognon.

— Mon trognon...

— Quoi! C'est encore un gros mot, trognon?

— Non..., fit Desremeaux en un soupir.

Maxwell et Charlton arrivèrent les premiers, pourvus de femmes pâlotes et fripées.

— Ça, gloussa discrètement Cerise pour son époux, je ne vais pas peiner pour être la plus belle. Tes Anglaises, on dirait du mou.

— Tais-toi.

— Elles ne comprennent pas.

— Ce n'est pas une raison.

— Ça ne me dérangerait pas, moi, qu'on me traite de tombereau en chinois.

Le heurtoir frappa deux fois à la porte.

Cerise alla ouvrir. Son regard plongea longuement dans celui de Michael. Elle souriait. Ses yeux ne souriaient pas. S'il entrait ici, ils le lui rappelaient, ce n'était que par effraction.

Il était accompagné par Jill et Myrna, la plus plate doctoresse du Royaume, mais aussi la plus harmonieuse de visage, la plus souple de taille. Jean-Claude accourait :

— Chérie, je te présente Mr Huggins, notre voisin, qui nous fait l'honneur... et ne serre pas les mains à tout le monde, ça fait français...

— Tu le fais bien, toi.

Cerise esquissa une révérence :

— Enchantée, Mr Huggins.

— Vous êtes charmante, chère madame.

— Qu'est-ce qu'il a dit?

— Que tu étais charmante.

Huggins nomma son escorte parfumée. Tous se retrouvèrent dans le salon, et Cerise annexa Jill qui lui avait d'entrée adressé la parole en français, soulageant ainsi Desremeaux d'un lourd fardeau de traduction.

— Je vais vous aider à passer les gâteaux, dit Jill.

Cerise lui confia :

— Ça ne lui est donc pas sorti de l'idée, à votre patron ?

— Il faut croire que non.

— Ça me fait drôle de le voir ici avec mon mari.

— Cela ne vous fait rien d'autre ?

Cerise s'arrangea pour, en disposant ses gâteaux, dissimuler ses yeux à Jill. L'Anglaise était femme et aurait trop bien su y cueillir un rayon de plaisir.

— Que voulez-vous que ça me fasse ? Il ne me dérange pas.

— Pourquoi me cachez-vous vos yeux ?

Cerise rit. Sa beauté impressionnait même Jill.

— Vous êtes d'une beauté folle, ce soir. Ce noir, ce blond...

— J'aime mieux marcher en sandales. Et ça m'est égal d'être belle.

— Je vous crois. Mais savez-vous pourquoi cela vous est égal ?

— Non.

— Parce que vous n'aimez personne.

Cerise éclata de rire pour toute réponse, et cela pouvait tout signifier, y compris qu'elle n'était pas femme à se poser tant de questions oiseuses.

Michael s'approcha d'elle, suivi de Jean-Claude qui ne le quittait pas d'un pouce.

— Voilà qui m'intéresse, fit Huggins, on parle français, par ici.

— Mr Huggins apprend le français, commenta Jill pour Cerise.

— Ah, s'exclama Cerise, *very well !*

— J'ai mis une semaine à lui apprendre *very well*, dit Jean-Claude enjoué. L'idéal serait que vous lui appreniez l'anglais et elle le français.

Michael hocha la tête, amusé par cette proposition, et Jean-Claude fut ravi de l'avoir amusé.

« Je lui apprendrai même autre chose », songeait Michael.

Il contempla Cerise, en eut toute une série d'éblouissements, songea encore :

« Peut-être n'a-t-elle, hélas! plus rien à apprendre. Et si le Français lui faisait superbement l'amour, malgré ou à cause de leurs huit ans de lit ? »

Il demeurait rivé à ce visage, incapable de s'en détacher. Desremeaux passa un bras autour de la taille de sa femme, avec une impudence de propriétaire qui choqua Michael :

— Je vais te parler anglais. Je parie que tu comprendras. Écoute : *How do you love me*, *chérie* [1]? Tu as compris?

— Oui : chéri.

On en rit beaucoup. Michael serra les poings dans ses poches. Il lui demandait, lui, intensément, ardemment, avec les yeux : « *How do you make love, Cherry* [2]? »

Il s'aperçut enfin qu'il la regardait avec trop d'insistance. Pour faire écho au propos de Desremeaux, il enlaça Jill et fit gaiement :

— *How do you make love*, chérie?

Jill protesta. Desremeaux fut secoué d'hilarité :

— Comme il y va, votre patron!

— C'est une brute, dit Jill en se dégageant.

— On ne boit rien, ici! cria le mari.

Mrs Maxwell était pétrifiée dans son coin. Comme elle avait voulu soutirer une consultation gratuite à Myrna, la docteresse, gentiment, lui avait trouvé coup sur coup les symptômes de plusieurs maladies mortelles.

Plusieurs bouchons de champagne claquèrent au plafond. Desremeaux porta une coupe à Michael :

— Dites-moi, Huggins, vous m'aviez parlé de votre amie Marjorie. Aurait-elle eu un empêchement?

1. « Comment m'aimes-tu, chérie? »
2. « Comment fais-tu l'amour, Cerise? »

— Elle est en retard, tout simplement. La femme dans toute son horreur. A part cela, création des arts somptuaires, vous verrez. Et somptueuse.

— Je n'en doute pas.

Michael lui posa, familier, la main sur l'épaule :

— J'ai même l'inquiétude d'avoir introduit, avec Marjorie, le loup dans la bergerie. J'ai peur, mon cher Desremeaux, que vous n'en tombiez amoureux.

Desremeaux sourit :

— Impossible. Je le suis déjà, amoureux. De ma femme.

La locomotive Marjorie, par ordre de son chef de gare, ne ferait son entrée qu'à onze heures précises.

« Amoureux de sa femme. » La main de Michael se fit plus lourde sur l'épaule de Desremeaux. Comme il aurait aimé broyer cette noix...

Cerise, de l'œil, désigna à Jill les deux hommes.

— Les voilà copains comme cochons, à présent, murmura-t-elle, vaguement énervée.

Elle dut transcrire à Jill ce gallicisme.

— Il est malin, votre patron. Si, si, très malin. Plus malin que le mien.

Gamine, elle fourra dans la bouche de Jill un petit gâteau au fromage.

— Et nous aussi, Jill, nous sommes très copines, n'est-ce pas ?

— Certainement.

— Cela ne vous embête pas un peu que votre patron ait envie de coucher avec moi ?

— Mais, Cerise, pourquoi cela m'embêterait-il ?

Cerise riait, la bouche pleine. Elle put enfin dire :

— Pardi ! Parce qu'il couche avec vous, milord. Je m'en étais un peu doutée, en bas, dans la cuisine. A présent, j'en suis sûre.

Jill eut un sourire sibyllin. Cerise insistait, s'amusait beaucoup :

— Je suis une cruche, Jill. Si, si, je suis une cruche. On me le reproche assez, de ne pas lire, et de mal parler. Ça ne me déplaît d'ailleurs pas du tout. C'est reposant, de ne pas avoir une grosse tête. Mais j'ai des yeux!

— De grands yeux bleus.

— Bleus ou pas bleus, ils voient. Ils voient que vous le couvez, votre patron.

— Je l'aime bien.

— Il couche aussi avec la grande limande, là-bas, qui n'est pas vilaine. Elle le regarde d'une drôle de façon, et ça se voit.

— Vous voyez tout.

— Il a une belle collection, mon milord. Je suis bien méchante avec lui. Occupez-vous un peu de mon mari, moi, je vais donner à boire à votre Jules.

Ce prénom laissa Jill perplexe.

Cerise s'approcha de Michael, bruissante de soie de robe et de soie de cheveux, lui tendit une coupe. Il murmura en français :

— Vous êtes très jolie.

Il réussit, en cherchant ses mots, à ajouter :

— Plus jolie que tout le monde.

Elle murmura à son tour :

— Plus jolie que Jill? Plus jolie que...

D'un geste de la main, elle s'effaça la poitrine pour indiquer qu'elle parlait de Myrna. Il fit, gravement :

— Oui. Plus jolie.

Rosse soudain, elle lui expliqua à l'aide d'une mimique éloquente qu'il dormait avec elles. Il jura que non. Elle se tapota le menton :

— Menteur, milord, menteur!

Jill retenait savamment Desremeaux auprès du buffet.

Sous le prétexte de lui faire choisir le mieux cuit de ses gâteaux au fromage, Cerise frôlait Michael de si près qu'il en frissonna. Elle s'en aperçut et rit :

— Oh, oh, milord! Vous avez froid?

Il ne se soucia pas de ce qu'elle avait dit. Sa main toucha la cuisse de Cerise. La jeune femme ne broncha pas, s'assura simplement que de nulle part on ne pouvait voir cette main qui, maintenant, lui caressait et lui palpait avec douceur la cuisse.

— Vous avez chaud, milord, vous transpirez, chuchota-t-elle d'une voix sourde.

Cette complicité grisait Michael.

— Je ne déteste pas ta main, soupira Cerise en trempant ses lèvres dans son champagne.

— Ne parlez pas, souffla Michael.

Sous la soie, la chair était tendue, brûlante, des muscles se crispaient et bougeaient comme sous les poils luisants d'un cheval.

— Arrêtez, milord, pria Cerise.

Elle lui saisit la main mais ne l'enleva pas, au contraire l'appuya davantage encore sur sa cuisse, l'appuya de toutes ses forces.

Le fracas du heurtoir contre la porte arracha brutalement Cerise à ces minutes singulières.

Suivie par Desremeaux, elle se rendit dans le vestibule, ouvrit. Marjorie leur apparut, spectaculaire, hiératique et fantomatique dans un uniforme de satin blanc. Ce curieux duc de Reichstadt portait deux étoiles d'argent dans ses cheveux courts, noirs et bouclés. Sa bouche, ses paupières étaient du blanc de ses vêtements, mais de larges cernes d'or les détachaient du visage.

Cerise la contempla sans parler, abasourdie. Jean-Claude l'écarta :

— Fais entrer Mademoiselle, voyons!

— Je suis Marjorie.

— Jean-Claude Desremeaux. Et voici ma femme. Excusez-la, elle ne sait pas l'anglais.

Marjorie pénétra d'un seul regard jusqu'aux os de

la jeune Française qui rougit violemment sous le viol de ces yeux gris et glacés.

— Suivez-nous, s'empressait Desremeaux, nous vous attendions.

Maxwell, Charlton et Michael applaudirent l'entrée de cette transparente créature bottée.

— Félicitations, Marjorie, apprécia Michael tout bas. Belle trouvaille, l'uniforme autrichien. Mieux que celui que vous portiez à l'Albert Hall.

Il fit, plus haut :

— Buvons à l'Aiglon!

Sans un mot, rêveur l' « Aiglon » but trois coupes de champagne l'une après l'autre avant d'éclater d'un rire fou et de retomber dans son exubérance :

— Ah, qu'on m'ouvre la gorge! Je suis un pigeon blanc! Je suis l'abominable femme des neiges! Musique! Vous n'avez pas de musique, monsieur Desfourneaux?

— Desremeaux, mademoiselle. Desremeaux.

— Appelez-moi Marjorie.

— Je vous donne tout de suite de la musique, Marjorie. Je n'avais pas pensé à la musique.

Il se précipita sur le pick-up, y déposa une brassée de slows.

— Morceau sublime, glissa Charlton à Michael. On dirait du Bach. C'est à vous?

— De temps à autre, oui.

— Bravo. La Française n'est pas mal, dans le genre soleil, mais, là, le soleil vient de se cacher.

— Vous croyez?

— C'est sûr. D'ailleurs, on ne la voit plus. Elle n'est plus là.

Cerise, en effet, n'était pas revenue dans la pièce, et Michael sourit à Jill.

Myrna s'approcha de Marjorie :

— Monsieur l'Officier pourrait inviter une dame à danser.

Adorable, Marjorie fit, sur le même ton gracieux :

— Monsieur l'Officier n'aime pas les gousses.

Myrna minauda :

— Je ne suis pas ce que vous dites. Jazz-tango tout au plus.

— Cela change tout. Dansons. Comment vous appelle-t-on, jolie mi-chair mi-poisson ?

— Myrna.

Elles dansèrent. Marjorie conseilla, civile :

— Ne vous frottez pas trop, Myrna. Du cheptel Huggins, sans doute ?

— Épisodiquement. Très épisodiquement. Un coup de fil tous les trois mois. Je ne suis pas dangereuse du tout. Mais où est passée — Dieu ! que vous sentez bon — où est passée notre hôtesse ?

Jill avait rejoint Cerise à la cuisine :

— Que faites-vous donc ? On vous cherche !

— Vous voyez bien que je prépare des assiettes de gâteaux, il n'y en a plus, en haut.

— Vous avez l'air prêt à mordre.

— Moi ? Vous vous trompez. Pourquoi aurais-je cet air ? Regardez-moi, je suis très calme.

Le visage était serein, en effet. Mais les mains tremblaient, et Jill comprit que Cerise attendait là que ce tremblement cessât, qui l'horripilait.

Jill jugea plus diplomate de s'abstenir de tout commentaire, et revint au salon avec des assiettes de gâteaux.

— Que fait ma femme ? s'inquiéta Desremeaux.

— Elle arrive. Elle garnit des plateaux.

— Ah, bon !

Cerise réapparut peu après, souriant à tous. Après avoir joué les maîtresses de maison, elle rejoignit son mari :

— Dis donc, qui c'est, cette timbrée ?

— Qui ça ?

— La bonne femme qui vient d'arriver déguisée en zouave ?

— Ne parle pas si fort. On peut te comprendre. C'est Marjorie, l'amie de Huggins.

— Encore une ! s'exclama Cerise effarée.

— Comment ça, encore une ?

— Les deux autres aussi, elles couchent avec lui.

Desremeaux leva les yeux et les bras au ciel :

— Tu es folle, ma pauvre vieille, folle à lier !

— Tu parles, Charles.

— Oh, et puis tais-toi. Tu vois le mal partout.

Il lui tourna le dos, hors de lui. Cerise sourit et acheva pour elle-même :

— Et toi nulle part, con-con.

Desremeaux vint s'asseoir sur un canapé aux côtés de Michael.

— Eh bien ! Desremeaux, qu'en pensez-vous, de mon « Aiglon » ?

— Elle est extraordinaire.

— N'est-ce pas ? Il faut l'inviter à danser.

— J'aurai une scène avec ma femme.

— Pas du tout. Je vais l'inviter à danser, moi, votre femme, pendant ce temps-là. Avec votre permission.

Desremeaux, colère, haussa les épaules :

— Elle ne sait même pas danser. Le pot-au-feu, je vous dis, le pot-au-feu. A part cela, elle ne sait rien faire.

Michael ferma les yeux. Comment fais-tu l'amour, Cerise ? Comment fais-tu l'amour ? Comme le pot-au-feu ?

Desremeaux bougonnait encore :

— L'autre soir, je suis arrivé à la traîner au Raspoutine, vous savez, cette boîte, New Bond Street...

— Je connais.

— Cela n'avait pas été une petite affaire que de la faire bouger. Naturellement, elle n'a pas dansé.

Et il a fallu repartir au bout d'une demi-heure. Madame étouffait, Madame avait les oreilles cassées. Elle est comme ça.

Comment fais-tu l'amour, Cerise?

— Dites-moi, Desremeaux. Venez donc chez moi, samedi soir. J'aurai quelques espèces de hippies, des amis à moi et à Marjorie.

Desremeaux était tenté par les hippies. C'était de la couleur locale, ça.

— D'accord?

— Oh, moi, c'est d'accord. Mais il faut que j'en parle avant à ma femme.

Comment fait-elle l'amour, votre femme?

Michael fit, comme déjà pensant à autre chose :

— Eh bien! vous me téléphonerez.

Desremeaux s'accrocha :

— Je vous appellerai, bien sûr. J'espère que ce sera oui.

— Tant mieux.

Les bottes de Marjorie vinrent se ranger tout près des hauts talons de Cerise. Marjorie modula de sa voix la plus exquise, ses yeux gris au fond des yeux bleus étonnés :

— Alors, pauvre petite bécasse sans intérêt ni relief, c'est vous, l'incolore, l'inodore et la sans saveur qui êtes aimée, c'est vous qui êtes assez bête pour ne pas l'aimer? Je vous hais. Je voudrais vous voir crevée. Pourrie.

Cerise répondit à ce sourire radieux par un bon sourire :

— Je ne vous comprends pas, mademoiselle. Jill! Jill! Elle me parle, et je ne sais pas ce qu'elle me veut.

Jill vint, écouta Marjorie.

— Elle veut à boire.

— Ah bien, dites donc, il en faut, des mots, en anglais, pour réclamer un verre. Le voilà, votre verre. Déjà sifflé! Elle a une méchante descente. Elle va rouler sous la table.

— Il lui en faut plus que cela.

Cerise emplit une seconde coupe, et Marjorie la vida.

— Encore? fit Cerise.

— *Please.*

Deux secondes plus tard :

— Encore une? Ça te finira, guignol.

— *Please.*

Marjorie ne buvait jamais moins de trois coupes. Cerise amusée cria à son mari :

— Dis donc, ton Aiglon, je vais le faire boire dans un vase, ça ira plus vite!

Michael aimait voir côte à côte ces deux femmes en tous points contraires, inverses, opposées, ces deux étoiles à contrepied qui n'avaient pas une chance sur des millions de se rencontrer dans leur ciel et s'étaient pourtant rejointes ici.

Il sentait encore bouger sous sa main la dure, la forte cuisse de Cerise. Il se rappela, à ce propos, ce que lui avait dit Junkie après l'avoir vue King's Road :

— Elle a des cuisses d'étrangleuse.

Il considéra tour à tour Marjorie, Myrna, Jill, ces brillantes représentantes de son « harem ».

Il savait tout d'elles et rien de Cerise, que le goût lointain de ses lèvres, que la chaleur de sa cuisse recouverte de soie. Rien que cela.

Des autres, tout, nudités, sueurs, cris, larmes, langueurs, prières.

But you, Cherry, how do you make love? How? How?

Mais toi, Cerise, comment fais-tu l'amour? Comment? Comment?

Ces trois-là étaient écroulés sur le divan. Kenneth jouait de la guitare. Lee, américaine, Hildegarde, allemande, fredonnaient près de lui un succès de Joan Baez, chanteuse et égérie de toutes les contestations, *Plaisir d'amour*. Junkie, assis en tailleur à leurs pieds, roulait des cigarettes.

Michael n'avait pas lésiné sur les chandelles. Elles éclairaient de toutes parts le salon bleu du 27 ½ parsemé de coussins et de peaux de mouton, jetaient leurs flammes blanches sur le verre des bouteilles de whisky et l'argent des seaux à champagne.

Cette mise en scène impressionnait Desremeaux. L'ingénieur commercial IBM était plongé jusqu'aux épaules dans le monde des artistes et croyait humer là l'odeur musquée de toutes les dépravations. Il rougissait à retardement du côté « bourgeois » qu'avait dû revêtir, aux yeux de Marjorie et de Mike, la *party* donnée chez lui.

Marjorie, par goût du contraste, portait ce soir-là un fourreau lamé d'or, avait abandonné bagues, colliers, colifichets et, totalement démaquillée, offrait l'image d'une sobriété que, toujours verre en main, elle ne partageait guère au sens propre.

Cerise, qu'étourdissait ce théâtre aux armées des ombres, Cerise en robe rouge, Cerise costumée en cerise s'était sagement installée dans un fauteuil, fauteuil que gardait, à demi allongé sur le tapis, un Michael aux allures nonchalantes puisées dans le répertoire du puma sur sa branche. Jill, enfin, remplissait l'office de maîtresse de maison.

L'évanescente Marjorie avait coincé Desremeaux contre un mur :

— Jean-Claude, mon garçon, enlevez donc votre cravate. Nous ne sommes pas chez les pécores. Laissez, laissez, je vais vous l'enlever moi-même. Et ne regardez pas toujours du côté de votre femme, vilain Français, ce n'est pas du tout gentil pour moi.

Il mourait d'embarras. Les doigts de Marjorie s'attardaient à loisir sur son cou, s'achevaient en caresse, le souffle de Marjorie l'enveloppait de tiédeurs.

— Ne regardez pas non plus Michael, est-ce que je le regarde, moi ? Ai-je besoin de le regarder pour savoir qu'il ne regarde que cette Américaine ? Voilà. Vous êtes mieux sans cet oripeau. Plus séduisant. Une Américaine ! N'importe quoi ! Vous connaissez l'histoire, petit Jean-Claude. Écoutez : un promeneur, sur une plage, trouve un cadavre de femme. Il court chercher la police. Lorsqu'il revient avec le coroner, que voient-ils : un homme en train de faire l'amour avec la morte. Cris d'horreur : « Vous n'avez pas honte de profaner un cadavre ! » L'homme se redresse, épouvanté : « Un cadavre ! Excusez-moi, je croyais que c'était une Américaine ! »

Elle renversa la gorge pour rire, et cette gorge tout contre lui ne fit pas rire un Desremeaux tout pâle.

— Plaisir d'amour ne *doure* qu'un moment..., psalmodiaient Hildegarde et Lee en français, sans grand souci de la prononciation, ce qui fit pouffer Cerise.

— ...*doure* toute la vie, rectifia tendrement Michael en rapprochant sa tête des jambes de la blonde.

— Thé ! grogna Kenneth en ne grattant plus sa guitare que d'une main, étendant l'autre vers Junkie. Sherwood alluma une cigarette, la lui colla au bec. Il en offrit de même aux deux chanteuses mélancoliques, et ne s'oublia pas dans la distribution. Une odeur douceâtre envahit, entêtante, le salon.

— Qu'est-ce qu'ils fument ? demanda Cerise, intriguée par ce lourd parfum d'eucalyptus.

Ravi d'avoir compris, Michael murmura :

— Rien. Ils fument.

Sa nuque s'appuya machinalement contre un mollet de la jeune femme. Elle ne bougea pas, de crainte de le vexer. Elle était chez lui, quand même, il ne faisait pas de mal, et c'était très amusant, chez lui.

Les yeux mi-clos, il surveillait le manège de Marjorie, une Marjorie télécommandée ainsi qu'un jouet d'enfant. Le jeu brûlant de la conquête exaltait Michael, était le seul qui pût lui accélérer le cœur jusqu'à un certain paroxysme. Le poker, auprès de cela, n'était que bulles de savon.

Cerise était chez lui, c'était sa jambe qu'il touchait de la tête. Le mari était là, pauvre petit rat tremblant fasciné par un boa lamé d'or.

Il ne convenait pas qu'ils se vissent trop en pleine lumière, les Desremeaux pris au piège, et Jill, sans avoir l'air d'y toucher, changeait l'ordonnance des chandeliers, toujours située par hasard entre les deux Français. S'ils voulaient se voir, ils devaient se pencher, et Michael chuchotait :

— Ne bougez pas, Cerise...

et Marjorie s'alanguissait :

— Vous ne buvez pas, Jean-Claude. Tenez, buvez dans mon verre...

et elle lui offrait ce verre de façon qu'il ne pût boire ailleurs qu'aux endroits où s'étaient posées ses lèvres.

— Jean-Claude ! Vous allez connaître mes pensées. Il ne faut pas. Vous allez me faire rougir.

Elle se collait à lui, chaude et froide à la manière d'un *Irish Coffee* :

— Je sais, je ne suis pas aussi belle que votre femme. Ne la regardez pas, vous dis-je. Vous êtes odieux. Chagrin d'amour *doure* toute la vie. Ne me faites pas de chagrin. Buvez à mes lèvres. Pardon, je voulais dire : buvez à ce verre.

Junkie avait ramassé la guitare que Kenneth, las, avait jetée entre les cuisses d'Hildegarde. Il chantonnait *Memphis blues again* de Bob Dylan, et lorgnait parfois du côté de Marjorie.

— J'ai mal aux pieds, soupira Cerise. Elle retira ses chaussures.

Michael tourna légèrement la tête, sans pour autant perdre le contact précieux du mollet de la blonde. Cerise fixait la jupe de Jill, jupe dont l'écran l'empêchait d'apercevoir un mari perdu là-bas dans la pénombre. Des gouttelettes, une rosée de sueur luisaient aux coins de la bouche de la Française. Les lèvres de Marjorie se posèrent, en papillons, sur celles de Desremeaux. Les dents de Michael saisirent un orteil de Cerise. Elle tenta faiblement de se dégager. Michael la mordit pour ne pas la lâcher. Elle réprima un gémissement, se livra à cette caresse obscure qu'elle avait recherchée, abritée derrière le rideau d'une Jill immobile.

C'étaient, cette bouche, ces dents, cette langue, cette salive sur son pied, au travers du nylon, ce qu'elle aimait, ce qu'elle tolérait, ce qu'elle comprenait.

Kenneth n'avait pas de ces subtilités qui, la main dans la chemise d'homme entrebâillée de Lee, lui tripotait les seins.

Plus tard, Marjorie, violente, plaqua ses paumes sur les joues de Desremeaux, le maintint, l'embrassa avec une fureur sacrée de bon aloi.

Junkie vit cela, vit aussi les doigts de Michael crispés autour d'un genou de Cerise.

La guitare tomba avec fracas, rompant tous les charmes, brisant le cristal de ces troubles.

Jean-Claude repoussa Marjorie, Cerise se mit debout d'un bloc en s'étirant :

— Il est tard, Jean-Claude. J'ai sommeil.

Michael fit d'une voix bizarre :

— Oh, restez encore, on commence seulement à être bien.

Desremeaux vint s'accouder au fauteuil que venait de quitter sa femme :

— Non, Huggins. Il est une heure. Nous avons promis à la *baby-sitter* de la libérer à ce moment-là.

Cerise s'étonna :

— Qu'est-ce que tu as fait de ta cravate, toi?

Il bredouilla :

— Je ne sais pas. J'ai dû l'ôter...

Marjorie s'approcha, souriante, la cravate pincée entre le pouce et l'index. Elle la présenta à Cerise non sans envelopper d'un long regard hostile cette silhouette rouge et blonde :

— La voilà, madame.

— Faut-il que tu sois soûl, mon poulet, s'esclaffa Cerise.

Mais son rire sonna si faux que Desremeaux en releva la tête. Il salua Michael :

— Excusez-nous, Huggins, et merci. C'était très bien.

Les pieds de Cerise se glissèrent dans ses chaussures, furtifs ainsi que des regrets.

Les Desremeaux partis, Junkie réaccorda sa guitare. Michael s'assit dans le fauteuil encore tiède du corps de Cerise. Marjorie s'allongea à ses pieds, accompagnée d'un verre et d'une bouteille. Les ombres de Lee et de Kenneth glissèrent dans la pièce voisine. Jill moucha quelques chandelles qui fumaient.

— Quel drôle de silence, tout à coup, dit Marjorie.

D'un coup de talon nonchalant, Michael lui renversa son verre.

Un silence semblable régnait dans la chambre des Desremeaux. Les époux se déshabillaient dans l'épaisseur inhabituelle de la gêne. Jean-Claude eût apprécié à son prix le médiocre bonheur de se coucher sans dire un mot. Il était, hélas! marié avec une femme. Une femme qui jugeait fort bénin le fait d'avoir laissé vingt minutes son orteil droit entre les lèvres d'un monsieur, fût-il de nationalité britannique. Au vrai, elle n'avait songé à rien en retirant ses petits souliers. Elle savait simplement qu'il allait résulter de ce geste quelque chose d'exceptionnel, quelque chose que nul n'avait jamais tenté sur elle. L'amour, même méconnu, même repoussé, touche toujours de son laser le coin le plus sombre de ce qu'il vise. Bref, Cerise venait de retirer ses bas, de contempler avec hébétude son pied nu délivré du sortilège. Elle allait à présent, soulagée, faire payer à son mari cet instant de panique.

— Jean-Claude!

— Quoi?

— Essuie-toi la bouche, tu as du rouge.

Desremeaux piqua une tête dans cette trappe primitive et, de la manche, s'essuya fortement les lèvres.

Cerise triompha, amère :

— Que tu es bête, mon vieux, mais bête! Elle n'a pas de rouge, elle se peint la gueule en blanc, votre catin!

Furieux de s'être laissé berner aussi stupidement, Jean-Claude bégaya, ridicule en chemise :

— Qu'est-ce que tu veux dire?

— Rien. Tu viens d'avouer, c'est tout.

— Tu rêves ou tu débloques, un des deux! trépigna l'époux pris dans les mailles du filet.

— Exprime-toi correctement, veux-tu? dit-elle avec superbe.

Il n'avait plus d'issue que dans la contre-attaque, que dans la mauvaise foi :

— Au lieu d'inventer des trucs, tu ferais mieux de te regarder! Tu t'es laissé peloter toute la soirée par ce Huggins. Si tu crois que je ne vous ai pas vus! Tu mériterais des gifles!

Il n'avait rien vu du tout. On ne l'attrapait pas, elle, avec ses propres armes. Elle haussa ses épaules nues, des épaules à napper toutes vives de baisers :

— Huggins a été tout le temps couché sur le tapis. A mon avis, la position se prête moins au pelotage, comme tu dis vulgairement, que celle que tu avais avec la follingue, à la verticale contre un mur.

— Tu m'embêtes, hurla-t-il.

— Toi aussi, fit-elle avec calme puisqu'il perdait le sien. Ce n'est quand même pas moi qui suis allée ramasser tous ces gens. C'est moi, ou c'est toi ? Dis ? Toi ou moi ?

Il ne répondit pas, touché par cette pointe de fleuret. Elle poursuivit, égale :

— Oh, je ne t'en veux pas. Mais ne t'étonne pas. En supposant qu'on m'ait fait la cour, tu l'as bien cherché. Si tu te fais bécoter contre les murs par une pouffiasse, ce n'est pas de ma faute, tu peux au moins le reconnaître.

Jean-Claude, que ce ton paisible dégrisait, s'assit, vaincu, sur le lit.

— Je le reconnais. Tu as raison. Je ne me suis pas fait bécoter, tu t'es très bien conduite, mais il ne faut pas recommencer. Cela pourrait être dangereux. J'ai été idiot.

Il conclut avec satisfaction, ébloui par ses grandeurs d'âme :

— J'avais cru bien faire. J'avais cru qu'il était bon de nous distraire un peu, je me suis trompé. Je te demande pardon, chérie. Là, tu es contente ?

— Je préfère ça à une scène de ménage.

Elle ajouta en saisissant sa brosse à cheveux :

— De plus, tout ça, ce n'est pas de notre monde. Ou on n'est pas du leur, comme tu voudras. Il faut rester dans notre coin, bien tranquilles.

Jean-Claude décida, énergique :

— On ne les reverra plus. Je t'interdis de parler à ce Huggins. Et que je ne le voie pas rôder par là!

— Et Marjorie? Elle peut, elle?

— Personne! Je t'aime, moi!

Il se déplaça pour lui baiser les épaules. Elle murmura en se brossant la chevelure avec lenteur :

— Pourquoi pas?

Il ne releva pas ce manque d'enthousiasme. Elle n'avait jamais été une passionnée. Il avait très mal à la tête. Il se coula dans les draps et fit, un peu lâche, avec du remords, quand même, dans la voix :

— Tu lui diras, toi, chérie, à la secrétaire de Huggins?

— Quoi?

— Ben... qu'on n'a plus à se revoir. Il faut être juste, il n'y est pour rien. C'est moi qui l'ai invité le premier. Tâche d'arranger ça poliment...

Il n'avait jamais été très courageux, en paroles. Elle acquiesça :

— Entendu. Je me débrouillerai.

Avant de se coucher, elle regarda encore avec attention ses pieds nus :

— Dis, Jean-Claude? Tu ne m'as jamais embrassé les pieds.

Il sursauta :

— Pourquoi tu me dis ça?

— Pour rien. Je trouve ça marrant, moi, que tu ne m'aies jamais embrassé les pieds.

— Éteins la lumière au lieu de dire des âneries.

Elle éteignit et ferma à double tour ses grands yeux bleus.

CHAPITRE VIII

Ils dînaient au Whistler, un bon restaurant de Chelsea. Marjorie toucha le bras de Michael :

— Il n'y faut plus penser, Mike.

— Je n'y pense plus. Je ne l'ai jamais revue, ni cherché à la revoir. Je me demande même si je ne vais pas vous épouser.

Elle eut une moue incrédule :

— Vous voulez m'épouser, mais vous n'avez pas cessé un seul jour d'apprendre d'arrache-pied le français. Ce n'est pas pour parler avec moi. Vous ne pensez qu'à cette petite conne.

— C'est exact, fit-il sèchement, mais cela n'empêche pas les sentiments affectueux, que j'ai pour vous. Et finissez de sourire à ce type, là-bas. Vous lui souriez depuis le début du repas. Si vous croyez me rendre jaloux avec des ficelles pareilles, vous vous trompez lourdement.

— Si vous n'êtes pas jaloux, je peux bien sourire à cet homme si cela me plaît.

— Je ne suis pas jaloux. Mais je ne veux pas être ridicule. Nous ne dînerons plus ensemble, Marjorie.

Fatiguée de tout, elle enfreignait même, ce soir-là, ses règles de docilité. Elle se paya le luxe de ricaner :

— Mon pauvre Mike! Ridicule, vous l'êtes depuis que vous êtes épris de ce *shopping-basket*. Elle vous a chassé. Le mari vous a chassé. Vous êtes grotesque. Il ne vous reste rien. Que moi. Je sais que ce n'est pas grand-chose, mais c'est là, à côté de vous.

Il ne répondit pas. Ce qu'elle pouvait lui dire lui était indifférent. Il s'était, depuis la *party* chez lui, recroquevillé sur la vraie, la seule chose qui lui restait — et qui n'était pas Marjorie — qui était indestructible et fou, et portait le nom dérisoire d'espoir.

Il était en lui, cet espoir irraisonné, aussi bien attaché, aussi secret que la perle dans l'huître. Il ne parlait plus de Cerise, ni à Jill ni à Junkie. Il lui suffisait d'y songer, il lui suffisait de ne pas l'oublier. Il ne fallait surtout pas qu'il l'oublie. D'autres que lui s'y seraient efforcés. Il s'y refusait de tout son être. Il rejoignait par là les mystiques amoureuses de l'idiote qu'il avait à ses côtés présentement : mieux valait en souffrir mille morts que de flotter en méduse dans les grands vides d'une vie soumise à l'appesanteur.

Il considéra Marjorie avec ressentiment. Elle avait une part qu'il était loin de posséder. Elle couchait parfois avec l'homme qu'elle aimait, du moins. Là, ne dînait-elle pas avec lui, lui qui eût tout donné pour seulement baiser encore les pieds de Cerise, ce qu'il n'avait jamais fait à une autre femme? Il enviait Marjorie, et la haïssait d'avoir à l'envier. Il ne lui donnait rien, mais elle se servait. Il se reprocha de ne pas la faire suffisamment souffrir. Ce n'était pas juste, qu'elle souffrît si peu, alors que lui...

L'homme à qui elle souriait se rengorgeait, sur ses gardes, mais flatté. La blondasse décolorée qui grignotait face à lui ne pouvait se rendre compte des agaceries de Marjorie. Marjorie fit, sans regarder Mike, ni interrompre ses manigances :

— Vous avez parlé de m'épouser, mon cher Mike?

— N'y pensez plus. Ce n'était qu'une minute d'égarement, une minute de charité chrétienne.

— C'est dommage. Pour vous. Vous auriez rendu jalouse votre petite conne. Ne vous y trompez pas, il n'est pas nécessaire d'aimer pour se sentir frustré, atteint dans sa propriété.

— Si nous partions, Marjorie?

— Partons. Mais je rentre chez moi, ce soir, Mike. Sans vous.

— Je m'en fiche.

Marjorie se leva, Michael l'imita, la fit galamment passer devant lui. Il lui fit brusquement un magistral croc-en-jambes et la jeune femme s'envola, les bras en croix, en poussant un grand cri.

Elle s'aplatit avec fracas sur le plancher ciré et parcourut ainsi dix mètres sur le ventre, ne s'arrêtant qu'aux pieds de l'homme auquel elle avait tant souri.

Michael se précipita, consterné, pour l'aider à se remettre debout. Il s'accroupit auprès d'elle en s'exclamant :

— Oh pardon, ma chérie, pardon! Je suis véritablement désolé!

Il posa une main décidée sur la cuisse de la blondasse en fixant durement l'homme dans les yeux. La blondasse se trémoussa. Michael se fit piteux :

— Excusez-moi, madame. Je suis vraiment d'une maladresse!

Des garçons accouraient pour seconder Michael. Marjorie parvint enfin à se redresser. Quelqu'un lui rendit son sac, quelque autre son briquet qui avait dévalé l'escalier.

— Je suis navré, Marjorie, vous savez, navré...

Elle se mit à rire doucement, et ce rire soulagea les clients impressionnés par ce plongeon spectaculaire :

— Ce n'est rien, Mike. Rien qu'une femme qui tombe.

Dehors, il lui donna le bras, car elle boitait bas.

Elle était lourde contre lui, lourde et tendre. Elle murmura, éperdue :

— Je vous aime, Mike. Je vais tomber encore. A vos genoux. Pour vous aimer. Oui, Mike. Pour vous aimer King's Road. Même si c'est un attentat à la pudeur.

— C'en serait un, n'en doutez pas. Je n'ai pas envie d'aller passer la nuit dans les locaux de la police.

— Moi, j'ai envie de la passer chez vous.

— Ce n'est pas ce que vous disiez tout à l'heure.

— Tout à l'heure, je n'avais pas une entorse, une luxation, ou une foulure. J'ai toujours été sensible à vos façons de parler aux femmes.

Ce couple dépareillé, vaguement lamentable, à l'enseigne du *broken heart*, le cœur brisé cher aux Français, se traînait dans Chelsea, toutes misères mises en commun. « L'aveugle et le paralytique », songea Michael. On lui avait appris cela aujourd'hui, au cours audio-visuel. L'aveugle, c'était lui.

Dans son appartement, il offrit sans rancune un Glen Grant à sa victime.

— Marjorie, je voudrais vous demander — dans la paix — si vous avez une raison précise, en dehors de votre haine bien naturelle, pour traiter Cerise de petite conne. Moi, je ne vois pas. Je prétends m'y connaître en yeux. Si ces yeux bleus étaient des yeux de veau, soyez sûre que je le saurais. Or, je les trouve plutôt pénétrants. Expliquez-moi cela.

Marjorie tourna, clopin-clopant, dans la pièce avant de répondre, amicale :

— Quand on n'aime rien, dans la vie, on est une petite conne, une pauvre petite conne. Je l'ai été, je peux en parler savamment. Elle n'aime rien. Tenez, ce n'est même pas une égoïste. C'est un sentiment, l'égoïsme, et elle n'en éprouve aucun. Ce qui bat dans sa poitrine, ce n'est pas un cœur. C'est un aspirateur.

Le lendemain midi, comme sa femme de ménage, Mrs Berdean, lui avait préparé du haddock, Huggins prit sa voiture pour rentrer déjeuner chez lui.

Le dernier haddock de Mrs Berdean, Michael s'en souvenait. Il ne l'avait mangé que du bout des dents. Ce jour-là, il avait rencontré King's Road une blonde inconnue qui poussait devant elle un *shopping-basket*.

Il était écrit dans le ciel que le haddock de Mrs Berdean était un animal maudit, une variété d'hippogriffe fumé. Devant la poste, Cerise et son *shopping-basket* attendaient.

A la vue de la Jaguar, la jeune femme leva la main comme une auto-stoppeuse. Michael freina, baissa à la hâte sa vitre :

— Bonjour, Cerise.

Elle riait, elle riait toujours, elle riait même quand elle le tuait, cette heureuse nature :

— Bonjour, milord! Je vous guettais. Je vous guette depuis dix minutes. Je peux monter? Monter... Voiture... Avec vous?

Il ne comprenait pas. Elle ouvrit une porte arrière, fit mine d'y installer son panier. Il comprit, alors, et se précipita. Il coucha le panier vide sur la banquette. Cerise s'assit aux côtés de Michael. Elle portait un chemisier d'été bleu transparent, sous lequel se devinait un soutien-gorge du même bleu, une jupe bleue, de grands yeux bleus, et ses éternelles sandales. Elle riait de la surprise de Michael, qui ne pensait plus même à démarrer. Un policeman dut lui conseiller d'avancer.

— Pas Chelsea. Pas Chelsea, répéta avec sérieux la jeune femme. De la tête, Michael lui signifia qu'il l'avait entendue. Elle ne voulait pas qu'on les vît ensemble dans le quartier. Il prit la première rue à gauche. Elle le remercia d'un œil malicieux. Ils allaient tenter de s'exprimer en petit nègre. Ce fut Cerise qui commença, car il avait comme une balle de golf dans la gorge :

— Hier...

— Oui, hier? parvint-il à dire.

— Hier, vous dormir avec Marjorie.

Il la regarda avec stupéfaction. En quoi cela pouvait-il la contrarier? Marjorie ne s'était donc pas trompée en affirmant que, même détachée de tout et surtout de lui, la Française pouvait avoir le sens de la propriété, comme ces gosses qui dédaignent un jouet mais ne le prêteraient pour rien au monde à un autre gosse?

Qui plus est, la blonde insistait :

— Oui, vous avez dormi avec Marjorie. J'ai vu lumière, hier. Lumière. J'ai vu Marjorie passer devant la fenêtre.

Il comprit encore, et murmura, de plus en plus ahuri :

— Oui, Marjorie, hier. Et alors?

Il prononçait mal ce banal « et alors? », s'en rendit compte et, à un feu rouge, l'écrivit sur le bloc-notes aimanté fixé au tableau de bord.

Elle se renfonça, boudeuse, dans son siège, et livra le fond obscur de sa pensée :

— Vous avez dit à moi : je vous aime. Vous m'aimez. Vous dormez avec Marjorie. Je ne comprends pas. Compris?

Du doigt, il lui souligna le « Et alors? » du bloc-notes. Elle grimaça :

— Et alors! Et alors! Alors, vous ne m'aimez pas. J'ai toujours dit à vous : vous ne m'aimez pas. J'avais raison.

Une extase s'éleva ainsi qu'une aurore en Michael. Marjorie n'était pas toujours dans le vrai en ce qui concernait Cerise. Cerise n'était pas le monstre d'indifférence qu'elle lui avait dépeint la veille.

Il prépara avec soin sa phrase avant de la lancer sur le marché :

— Non, Cerise. Vous n'avez pas raison. Je vous aime. Mais... mais je suis un homme.

Cette fois, elle parla pour elle seule, avec une pointe de rage qui n'échappa pas à Huggins :

— Un homme! Un joli coco, oui, comme tous les hommes! Vous ne pensez vraiment qu'à ça. Des brutes. Des coqs. Même si on n'aime pas le cocorico. On aurait pu être bons copains, milord, mais tu es comme les autres, et enlève ta sale patte de là!

Elle retira violemment la main dont il venait de lui recouvrir le genou.

— Qu'est-ce... que vous dites? interrogea-t-il comme s'il ne s'était pas aperçu du brusque congé qu'on venait de donner à sa main. Elle soupira :

— Rien. Tu ne peux pas comprendre. Même si tu parlais français comme père et mère, d'ailleurs. Personne ne peut comprendre. Personne excepté moi, et encore! Pas tous les jours.

Elle le toisa avec pitié. Il devait pourtant se vanter, celui-là, de connaître les femmes, puisqu'il avait dû en connaître beaucoup — plus que Jean-Claude, en tout cas — et en connaissait encore, apparemment, quelques-unes. Il lui manquait d'en connaître une seule. Rien qu'une, et pas forcément elle. Cerise ne le détestait pas, ce grand « Engliche », depuis qu'il avait renoncé à porter la foudre et le feu dans sa maison. Il était exact qu'elle n'y croyait pas, à son amour. Elle ne croyait à aucun amour. Cela la dépassait. Les hommes vivaient avec les femmes. Les femmes vivaient avec les hommes. Pour des tas de côtés pratiques, de part et d'autre. Par crainte de l'effrayante solitude, on choisissait du moins la solitude à deux. On faisait des enfants, aussi, parce que c'était là une vieille coutume, une duperie qui, paraît-il, assurait le bonheur, non pour l'immédiat, mais pour les vieux jours. On faisait l'amour ensemble parce qu'il s'agissait d'une fonction naturelle et qu'on utilisait pour cela ce qu'on avait sous la main. Mais c'était tout. Absolument tout. Rien d'autre. Et voilà.

— Et voilà, fit-elle, évidente.

Il lui sourit, reconnaissant à cette femme d'avoir apporté son soleil personnel dans une journée grise. Il la tenait. Elle ne pouvait pas, matériellement, lui tourner le dos pour rentrer chez elle. Elle ne pouvait dire : « Il est tard » à un mari. Elle était seule avec lui pour la première fois depuis le baiser aux haricots verts. Elle y songeait peut-être, qu'elle n'était pas libre de tout faire, en cette voiture où elle était montée de son plein gré.

Il prit par Hammersmith. Il voulait sortir de Londres. Il extirpa de sa poche son paquet de cigarettes, le lui tendit.

— Merci, fit-elle, je ne fume pas.

— Moi, je fume. Allumez pour moi, s'il vous plaît.

Elle hésita, puis obéit. Comme elle ne savait pas s'y prendre, elle mouilla beaucoup l'extrémité de la cigarette. Michael dégusta cette Benson and Hedges au goût particulier d'amour et de salive. Cerise parla :

— Je vous ai attendu pour vous dire au revoir. Moi partir, partir.

Il faillit encadrer un autobus et cria :

— Partir !

Elle eut pitié de cette détresse qui n'avait pas la pudeur de mentir.

— Partir, oui. Mais pas longtemps. Vacances.

Vacances ? Il ignorait ce mot. Il lui désigna le bloc-notes. Elle écrivit. Il aimait son écriture d'enfant. Vacances. Il réfléchit. Cela se rapprochait de *vacancy* qui signifie place vacante, vide, lacune, mais aussi loisir, distraction. Comme le mois d'août approchait, il comprit que les Desremeaux, tout londoniens qu'ils fussent, avaient droit à des congés d'été. En France, probablement.

— En France? articula-t-il.

— Oui.

— Combien?

— Un mois.

Certes, il ne la voyait que rarement, trop rarement, mais il était assuré pendant ce mois de ne pas la voir du tout, et il se mordit les lèvres avec fureur car il sentait renaître en lui l'imbécile de larme.

— Ne soyez pas triste, pauvre petit milord.

Il lui sut gré de cette douceur dans sa voix et, distraitement, il lui tapota le genou comme pour dire « ce n'est rien ». Gentille, elle garda d'elle-même cette main sur elle en posant une des siennes par-dessus.

— Moi, pas voulu partir sans vous dire au revoir.

— Merci.

Il avait saisi l'intention. Il n'y avait pas de vraie méchanceté en cette petite mère de famille, en cette petite bonne femme qui n'avait que le tort d'être trop belle, d'être, en somme, *belle au-dessus de ses moyens*.

Il dit : « Pardon », et dut retirer de lui-même, un comble, sa main, car il roulait à présent très vite sur l'autoroute M 4. Cerise s'effara :

— Milord! Ce n'est plus Londres. Plus Londres! Où allons-nous?

Il ne désirait pas qu'elle crût qu'il abusait de la situation pour l'entraîner dans une forêt. Il essaya de s'expliquer :

— Nous... Campagne. Déjeuner campagne. Vous partez un mois. Je veux déjeuner avec vous.

Jean-Claude l'appelait, parfois, au téléphone. Tant

pis, elle lui dirait qu'elle était sortie. Qu'elle avait été bavarder avec Colette, au Chelsea Potter, comme cela lui arrivait parfois. S'il râlait, ce soir, elle bondirait :

— Bien sûr, toi, tu parles toute la journée. Tu t'amuses. Moi, pour une fois que je vais voir quelqu'un, c'est l'interrogatoire. J'en ai marre de vivre avec un jaloux, avec un flic. Quand on est jaloux, on épouse un laideron, pour être tranquille!

Elle s'amusait déjà à ruminer son texte de défense. Michael la vit sourire. Il aurait donc cette joie de déjeuner avec elle, joie qu'il avait pensé lui être à jamais refusée.

— Merci, Cerise, murmura-t-il. Elle toucha du doigt le bracelet-montre de Michael et, pour plus de sûreté, écrivit sur le bloc : « 3 h 30 Chelsea. » Il approuva hautement, étendit le bras pour prêter serment.

La Jaguar s'engouffrait dans le vent à près de cent miles à l'heure.

« Ce serait bien, songeait Huggins, ce serait bien de mourir ensemble. Ils le seraient enfin, enchevêtrés, nos corps, dans la ferraille. Une manière funèbre et grandiose de faire l'amour. L'un sur l'autre, Cerise et Michael, l'un sur l'autre comme ils auraient pu, comme ils auraient dû l'être de leur vivant. Oui, ce serait bien... »

Il faillit plonger sur ce camion qui arrivait, là-bas. Il se contint à temps.

— Et le mari! Malade, le mari! Personne pour le persuader que nous n'étions même pas amants. « Elle avait un amant. Elle est morte avec lui. Je reste seul avec mes deux petits. »

Il en rit tout seul, ce qui intrigua Cerise. Il lui exposa ses folles idées, elle parvint à en capter le sens et fit la moue pour indiquer qu'elle ne trouvait pas cela très drôle. Et Michael se dit qu'elle avait davantage peur du qu'en-dira-t-on que de la mort, car le premier survit et traîne en ricanant le long des épitaphes.

Il lui demanda, en la surveillant du coin de l'œil, n'entendant rien perdre de ses réactions, si elle avait déjà eu un — ou des — amants. Il dut surmonter bien des difficultés linguistiques pour, enfin, la voir rougir et faire « non », tout un tas de « non », avec le doigt. Si elle disait la vérité, cela ne facilitait rien, bien sûr. Mais la disait-elle ? Quand bien même il eût parlé un français impeccable, eût-il tiré davantage de ce front de fille ? Il savait que non, qu'elle était scellée sur son mystère — si toutefois il y avait mystère — comme un couvercle de verre sur ses précieux bocaux.

Elle répétait pourtant, butée :

— Pas d'intérêt. Pas d'intérêt.

No interest, traduisit Michael. Pourquoi, *no interest ?* Elle n'aimait pas les femmes, il en était sûr. Alors, pourquoi *no interest* cette éventualité d'un amant ? Ce pessimiste — ou optimiste ? — écartait *a priori* l'obstacle de la fidélité des femmes. Même de celle-là, qui n'était pas facile. Aurait-il obtenu d'une fidélité farouche et absolue seulement un baiser ?

Il s'arrêta à Maidenhead, sur la Tamise, à une quarantaine de kilomètres de Londres. Il connaissait là une *inn*, une auberge dont la terrasse fleurie de glycines s'ouvrait sur le fleuve, où ramaient des canotiers. La jeune Française riait en s'asseyant à une table. Si Jean-Claude l'avait vue, là, au diable vauvert, en compagnie de son voisin !

Elle dit, les yeux au ciel : « Jean-Claude ! », et Michael sourit. Il lui prit la main :

— Nous deux, vous et moi, comme... comme...

— Oui, comme des amoureux, compris.

Une nuée glissa dans les yeux bleus :

— Seulement voilà, milord, on n'est pas amoureux. On n'est pas dans les chansons, ni dans les magazines ni dans les films. On est dans la vie.

Pour exprimer que « ce n'était pas de la tarte, la vie », elle exposa que la vie n'était pas un *apple-pie* [1]. Il était certes du même avis, mais pas en ce moment, pas en cette minute inespérée. Il lui baisa la main, longuement.

— Sage, milord, fit-elle, couché, milord!

Il haussa les sourcils. Elle le gronda :

— Oh, toi, dès qu'on parle de coucher, tu dresses l'oreille. Tu serais bien avancé, après.

Il l'écoutait avec délices, écoutait cette voix « pleine de monnaie ». On les servit. Il vivait dans un souvenir, déjà dans le souvenir que lui serait plus tard ce déjeuner ensoleillé, émerveillé, sur les bords d'une Tamise heureuse. Il avait déposé ses quarante ans avec sa veste, sur le dossier d'une chaise. Il était jeune et ses genoux touchaient, parfois par inadvertance, parfois sciemment, les genoux de la femme qu'il aimait, de la seule femme qu'il avait jamais aimée, de la seule femme qui avait pu le blesser — oh, proprement, avec un bon sourire, comme maintenant — mais blessé. D'elle seule il se souviendrait, oui, plus tard, et de ce déjeuner.

Elle avait bu un doigt de vin et riait en le regardant, riait, riait. Elle ne se moquait pas de lui, il l'amusait, tout simplement, comme l'amusaient la périssoire, le chien de l'auberge, un vieux sur une bicyclette, n'importe quoi. Ainsi vivent les oiseaux, gaiement, en petits fous, sans penser à l'hiver, qui est si loin, si loin. Vingt-quatre ans. Elle n'avait que vingt-quatre ans. Enceinte, mariée à dix-sept. Du fond de lui, il la plaignit de n'avoir pas eu de jeunesse. C'était triste d'avoir dû se passer de jeunesse, d'avoir vu escamotées ces années-là. C'était pourquoi elle riait, quand elle n'avait personne pour

1. Chausson aux pommes.

lui demander avec méfiance : « Pourquoi ris-tu ? »

Elle mangeait avec appétit, et Michael songea que ni lui ni Marjorie ne connaissaient cette faim depuis qu'on les avait marqués au fer. La serveuse croyait, comme l'eût cru Desremeaux, que ces deux-là n'allaient pas tarder à lui réclamer une chambre. C'était bête et désespérant de n'avoir pas à réclamer une chambre. Où elle eût été dressée, nue, dans le soleil, dressée sur la pointe des pieds pour l'embrasser.

— Qu'est-ce qu'il y a, milord ? fit-elle en lui prenant la main.

Il soupira :

— Rien.

— N'y pense pas trop, va, à ce que tu penses. Tant qu'on a la santé...

Cette sotte réflexion la fit encore pouffer. « Et si je la tuais ? » se dit-il. Cela le passionna. Il l'étranglait, là, sur la terrasse, sentait sa gorge palpiter, puis craquer sous ses doigts, voyait les *big blue eyes* tourner à l'huître. Après quoi il balançait son corps jamais vu, jamais eu, son corps floconneux de blondeur, dans la Tamise, au grand émoi des navigateurs de plaisance... Il la tuait aussi au revolver, pour changer. Toutes les balles dans le corps. « Un vrai canard aux olives », jubilait-il. Pas une dans la tête. Ne pas abîmer ce chef-d'œuvre.

— Assassin, soit, mon client, mais pas vandale ! assurait l'avocat.

Mouvements divers dans le public.

De la passion et du meurtre chez les Estate Agents.

Le mari : « Je reste seul avec mes deux petits. »

Les deux petits : « Maman est au ciel. On reste seuls avec papa. »

Il n'y eut soudain plus de Tamise, plus de voiles, ni de glycines, ni de terrasse, ni même de bonheur, Cerise indiquait l'heure, Cerise décrétait le retour, Cerise regagnait la voiture, la voiture reprenait la route de Londres, Michael celle de la nuit. « Nous aurions dû, se disait-il, nous éteindre à Maidenhead. Nous éteindre ainsi que des bougies. Nous dissoudre. Ne rien retrouver de nous. Nous, quel drôle de mot pour désigner deux êtres si éloignés l'un de l'autre. » Elle lui allumait toujours ses cigarettes. Déjà, hélas! elle les mouillait moins. Ils ne se parlaient plus beaucoup. Elle était presque en vacances. Elle s'asseyait sur une valise pour la fermer et Michael enviait la valise. Il s'assombrissait. Elle se rapprocha de lui et murmura :

— Moi, je vous envoie, de France, une carte postale.

Cela pour le consoler, ce grand gaillard, qu'elle sentait à ses côtés fondre, rapetisser.

Dès que la route le lui permit, il plaqua tendrement sa main sur la cuisse nue de la jeune femme. Cerise le regarda avec un semblant d'émotion, garda sur sa peau cette main moite et chaste. En somme, elle acceptait toujours les contacts innocents, et il parut à Michael que l'innocence la troublait, que l'immobilité lui plaisait davantage que les gestes.

Il n'en tira pas de leçon. On arriverait bientôt à Chelsea. Il ne la reverrait plus avant un mois. King's Road, loin de chez eux, près des bâtiments de la brasserie Guinness, il arrêta la voiture et tenta brusquement d'embrasser Cerise. Sa bouche rencontra les cheveux, les yeux, les joues, le nez, jamais les lèvres de la jeune Française.

Cerise luttait en silence, dure et vaillante, brisait tous les assauts idiots de l'homme. Il la relâcha, essoufflé. Il fit d'une voix blanche, en français :

— Pauvre conne!

Elle rejetait, toute rouge, ses cheveux dans son dos. Elle rit de pitié, lança :

— Merci beaucoup! Et adieu! Dès que c'est bien, vous gâchez tout, comme tous les hommes. Allez coucher avec vos filles, c'est tout ce que vous méritez.

Jamais il ne sut ce qu'elle lui avait dit avec tant de mépris.

Elle ouvrit sans hésiter la portière, et descendit. En marchant vite, elle serait Smith Terrace avant les enfants.

Il la rattrapa en deux pas rageurs, lui lança dans les jambes son *shopping-basket*. Le panier roula sur quelques mètres, avec des zigzags d'ivrogne, avant de s'effondrer les roues en l'air. Sans un mot ni un regard, la blonde releva soigneusement le panier et s'éloigna avec lui. Et se hâta. Et sa silhouette décrut, King's Road. Puis disparut.

Michael revint à la voiture. Il n'avait qu'à démarrer pour la revoir encore, cette imbécile, cette vache, cette salope. Il ne la suivit pas et gara la voiture n'importe où Ramsay Street.

Il dut baisser ses vitres. Il ne pouvait plus respirer. Il revit la Tamise, le soleil sur l'eau et les voiles bleues et vertes. Il allongea son bras sur le volant, posa la tête sur son bras. Il se débattait. Il ne voulait pas. Ah, non, toutes les faiblesses, toutes les déchéances, mais pas celle-là. Il était un homme. Un homme qu'on respectait et qu'on aimait, que d'autres aimaient, parfaitement. Il fut le moins fort. Une larme tomba sur sa main, puis deux, puis trois, puis tout un flot lamentable, une coulée répugnante, un effrayant jaillissement de larmes. Il n'avait pas pleuré depuis au moins vingt ans. Jamais il ne pleura autant. Avec des reniflements, des sanglots, des hoquets. Sans même penser que c'était là superbement souffrir, sans même admirer ce spectacle rare, sans même ironiser sur ce problème de robinets. Le seul bruit perceptible, en sa tête gorgée d'eau, était celui, irréel, des petites roues mal graissées du *shopping-basket*. Il eût tout donné pour une goutte d'huile, une seule toute petite goutte d'huile.

CHAPITRE IX

Au Gaiety, Fulham Road, les quatre girls se succédèrent sur la scène. De bonnes filles maladroites, mal assurées du désir que pouvaient susciter, chez les buveurs de bière, leurs corps mal préparés, dans leurs faubourgs natals, aux complicités érotiques.

La première, teinte en blonde, incarna, contre toute vraisemblance, le Brésil, aux sons d'un cha-cha-cha ; la seconde, des castagnettes sur les fesses, donna de l'Espagne une image peu chaleureuse ; la troisième fut une Russe à faire éclore des crocodiles dans un pot de caviar ; la dernière, enfin, déguisée en mousmé de Mille et Une Nuits n'aspirait, lasse, qu'à l'aurore.

Michael ricanait, assis à une table dans le recoin le plus sombre de la salle :

— Des boudins ! Des veaux ! Des bourriques ! Ça, des femmes ? Pas à moi ! J'en ai déjà vu. On me prend pour un laboureur irlandais !

— Taisez-vous donc, Mike, fit Jenny qui se tenait debout derrière lui dans sa tenue noire et rouge de « petit lapin ». Les oreilles de son bonnet se balancèrent avec grâce :

— Vous avez trop bu, Mike.

— Peuh ! Six pintes de bitter ! La moindre des choses, pour un Anglais de vieille souche.

Il avisa Jenny Murphy, toujours aussi grande — elle était de sa taille — les cheveux toujours courts et dorés, toujours appétissante tout au bout de ses longues jambes, et lui dit en français :

— Comment fais-tu l'amour, poupée?

— Arrêtez donc de parler français. Je ne vous ai pas vu de trois ou quatre mois, et vous rappliquez ce soir pour me parler français.

Michael reprit, dans sa langue étrangère préférée :

— Comment fais-tu l'amour, mademoiselle? Debout? Couchée?

— Vous m'ennuyez, Mike.

Il vida avec énergie sa chope. La bière coula sur sa chemise, sur sa veste. Jenny le gronda en l'épongeant :

— Vous êtes un enfant, Mike.

Comme elle lui parlait avec douceur, il se mit sans vergogne à ruisseler de chagrin :

— Je suis malheureux, Jenny Murphy. Je suis amoureux. Elle ne m'aime pas. Avez-vous entendu la radio, aujourd'hui? Il a plu en Auvergne, il a plu en Bretagne, il a plu sur toute la France, elle est toute nue sous la pluie, et je n'y suis pas pour l'envelopper dans mon imperméable.

— Elle est en France?

— Elle est française, et blonde comme la Suède. Des yeux bleus, Jenny, comme la robe de la Vierge.

— Ne mêlez pas la Vierge à cela.

— Vous avez raison, elle est putain et française. Pas la Vierge, l'autre. Putain et française, parfaitement.

— C'est pour elle que vous apprenez le français?

— Exact. Quand elle reviendra, je pourrai lui dire que je l'aime.

— Vous ne le lui avez jamais dit?

— Si. Mais elle n'a pas compris, forcément.

Jenny sourit. Elle avait été étonnée, aussi, qu'il ne

lui fasse pas la cour, ce soir. Il était charmant, attendrissant, ainsi perdu dans un rêve banal qu'il devait considérer comme fabuleux. Il bégayait :

— Sans ce corset noir, Jenny, vous seriez toute vêtue de rouge comme une cerise, vous seriez une immense cerise de un mètre quatre-vingts de hauteur.

Il lui confia à l'oreille :

— Elle s'appelle Cerise.

Elle le dévisagea avec attention et puis se décida. Elle passerait la nuit avec lui. Il lui était sympathique. Il ne fallait pas l'abandonner à ses bêtises. Elle ressentit à l'avance la chaleur de sa tête entre ses seins. Peut-être serait-il capable, malgré ses bitters, de faire l'amour, ce qui le consolerait, ce qui la distrairait après cette soirée passée debout à bâiller dans ce costume de luxure pour provinciaux.

Les quatre girls envahirent à nouveau la scène pour exécuter un french cancan à peine plus endiablé que le déplacement d'une colonie de palourdes. Les os des malheureuses craquaient à chaque grand écart. C'était, cet écho poussif du Moulin-Rouge, comme la musique des Beatles interprétée par l'Harmonie des Gardiens de la Paix parisiens.

Ce final laissa Michael sur le sable de ses rivages inconnus. Il se mit debout, se pencha sur Jenny, mystérieux :

— Elle s'appelle Cerise, mais chut! Ce n'est pas son vrai nom : elle s'appelle Exquise.

Jenny se dressa à son tour, lui donna un coup de langue amical et furtif sur les lèvres :

— Attendez-moi, petit Mike. Vous êtes soûl. J'ai ma voiture, je vais vous raccompagner chez vous.

— Si ça vous amuse, Murphy...

— Oui, ça m'amuse beaucoup.

Ce qui l'eût transporté d'aise la veille de ses quarante ans lui parut normal et commun fin août. Il consomma Jenny comme il eût consommé un hamburger.

Chaque matin, il espérait trouver sur son tapis, jaillie par la fente de la boîte aux lettres, la carte postale que lui avait promise Cerise. Mais Cerise n'avait ni pardonné ni oublié et n'envoyait jamais cette carte postale qui lui eût retourné le cœur ainsi qu'un doigt de gant. A quoi bon les cuisses de Jenny, les reins de Marjorie, toutes les cuisses et tous les reins du monde, puisqu'il n'avait pas dans les mains une simple carte postale de France, puisqu'il n'avait entre les mains que de l'eau et de la poussière ?

Les rideaux du 42 étaient tirés, la DS ne stationnait plus Smith Terrace, le *shopping-basket* ne grinçait plus King's Road.

Jenny montrait ses belles fesses de belle géante à Michael, et Michael ne flattait ces fesses qu'avec l'entrain — limité — du bébé repu qui jongle avec le sein de sa nourrice.

— Vous n'aimez pas mes fesses, Mike, reprochait Jenny.

— Je les adore, répliquait Michael qui se souvenait que, même dans l'adversité, un gentleman doit demeurer un gentleman. Et il touchait ces fesses avec urbanité.

Au vrai, il préférait d'assez loin se promener seul dans l'été de Hyde Park, encore que s'étalassent sur l'herbe verte du parc les dactylos et les vendeuses en maillot de bain, toutes exhibitions qui l'intéressaient moins que l'an passé.

Bref, son mois d'août fut triste. A son image, car il ne pouvait pas n'y plus penser. Il ne comprenait pas comment un homme pouvait garder, aussi vive en lui, la sensation, somme toute ordinaire, de sa main sur une jambe, et rien que cela, quand le même homme en pouvait écarter d'autres, non moins belles, pour entrer dans un corps, non moins beau, et ouvert et offert, celui-là. Il n'était pas comme chez lui dans ces subtilités. Il ne comprenait pas non plus comment un homme, comblé de toutes parts, pouvait être, pour un grain de sable blond qui manquait à sa plage, plus pauvre que les plus pauvres proies de l'Armée du Salut. Il ne comprenait plus rien, d'ailleurs, sauf l'évidence : il était sans désir et sans goût. Junkie lui eût dit, citant Stendhal : « L'amant arrive à douter du bonheur qu'il se promettait; il devient sévère sur les raisons d'espérer qu'il a cru voir. Il veut se rabattre sur les autres plaisirs de la vie, il les trouve anéantis. »

Mais Junkie n'était pas à Londres, qui traînait ses oripeaux et sa moto du côté de Saint-Tropez. Michael avait refusé les cinq livres que lui devait Jill à la suite de leur pari sur Jenny. Jill, alors, lui avait offert un atlas, et Michael s'attardait sur ces cartes, fouillait de l'œil et de l'âme cet hexagone français exultant sous la botte. Où, là-dedans, était Cerise, unique parmi cinquante millions d'habitants, unique et au-dessus de tout, au-dessus de trois ou quatre milliards de prétendus êtres vivants ? En Champagne, où elle était née ? En Alsace, terre de blondes ? Sur le bord de quel Atlantique, de quelle Méditerranée, à demi nue, livrée jeune et fraîche au vent, à la lumière, au beau milieu d'un tas de chairs molles et blêmes ?

Son corps blond luit de crèmes. Michael voit ses lèvres rouge sang, rouge cerise, s'entrouvrir pour murmurer :

— Jean-Claude ! Pendant que je bronze, fais attention aux gosses. Tu peux les garder, pendant que je bronze. Ils sont capables de se noyer, ces petits cons, ou de faire des conneries. Surveille-les.

— Tu pourrais surveiller ton langage, toi !

— Ah, Jean-Claude, ça va! Laisse-moi respirer cinq minutes, tu veux. Je bronze. Laisse-moi profiter de la vie, pour une fois qu'on n'est pas chez les Engliches et qu'on peut manger proprement...

Michael la voit s'étendre dans l'eau du bleu de ses yeux, s'étendre dans l'eau salée qui la pénètre et lui fait l'amour de partout.

Il refermait l'atlas, épuisé. La vie se payait sa tête. Cela, rien que cela, ce n'était pas vivre.

Parfois, gagné par les euphories suspectes de Marjorie, il s'enivrait avec elle et se laissait prendre par elle qui avait, pour cela, des lenteurs et des façons de pieuvre jamais pressée de le délivrer. Force lui était de saluer en elle, sur ce chapitre, des habiletés de prestidigitateur jointes à des raffinements de petite danseuse cambodgienne experte en « cent mille papillons ». Mais le lendemain l'ivresse était de charbon, la chair de cendres, le cœur de plomb.

— Vous n'êtes qu'une pute, Margie, lui disait-il dans ses moments de tendresse.

Elle sentait de plus en plus le whisky, de moins en moins le « Femme » de Rochas. Elle susurrait, de sa jolie bouche de pâtre et de plâtre :

— Vous vous trompez, Mike. Je suis une femme. Je suis la femme dont rêvent tous les hommes quand ils ne rêvent pas à des pantoufles ou à des filles entrebâillées comme ces mêmes pantoufles.

Aux tout premiers jours de septembre, alors qu'il s'extirpait un matin de chez lui d'un pas traînard pour se rendre aux corvées — de plus en plus atroces — qui l'attendaient à son bureau, il vit Cerise, passer sans un regard devant le 27 ½, se diriger, *shopping-basket* en main, vers Radnor Walk.

Il jeta sa serviette dans son jardinet, s'élança à la

poursuite de la jeune femme. Dès qu'il l'eut rejointe, il l'attrapa par son bras nu. Elle se retourna. Jamais elle n'avait été plus belle. Toute la surface de peau qu'elle montrait sortait du four, et sur cette peau de cuivre clair frisaient tous ses duvets, toutes ses toisons d'or. Jamais, certes, elle n'avait été plus belle sous sa moisson de cheveux blonds, mais jamais plus farouche, pas même au jour de la caserne des Coldstream Guards. Elle fit avec autorité, dégageant son bras sans ménagement :

— Laissez-moi, monsieur Huggins, laissez-moi, ou je vous gifle dans la rue.

Elle ne faisait aucun effort pour qu'il la comprît. Il suffisait qu'il saisît ses intentions, et ce n'était pas difficile. Tant de froideur déboussola Michael, le cloua au sol. Il balbutia :

— Cerise... il faut que je vous parle. Je parle mieux français. Il faut que je vous dise...

Elle devint moins belle, mâchoires serrées :

— Vous n'avez rien à me dire. Rien. D'ailleurs, vous m'embêtez, je rentre chez moi. Je ferai mes courses à un autre moment.

Elle l'écarta et les roues du *shopping-basket* lui grimpèrent sur les pieds. Elle rebroussa chemin et il la vit remonter vers le 42 à vive allure. Il n'osa pas la suivre pour ne pas ameuter toutes les femmes de ménage de Smith Terrace.

Cela n'avait pas duré trente secondes. Pitoyable, il songea que ce dragon, bien sûr, n'avait pas pu écrire une carte postale espérée un mois durant.

Il récupéra sa serviette, alla à son bureau. Il tituba un long moment dans son cabinet, s'aspergea d'eau au lavabo avant de retrouver un semblant de calme et d'appeler Jill.

— Jill, murmura-t-il sans lever les yeux de son buvard, ne me dites rien, je vous prie. Je pars pour Craigellachie, en Écosse, cet après-midi. Vous me ferez suivre le courrier important chez mon ami Gordon Weylan.

— Combien de temps durera votre absence, Mr Huggins? s'enquit-elle d'une voix parfaitement professionnelle.

— Je ne sais pas. Vraiment pas.

Il quitta son ton neutre pour soupirer :

— Ce n'est pas un voyage d'agrément. C'est une fuite.

— Très bien, dit Jill de la même voix stricte.

— Voilà. C'est tout. Soyez gentille de m'appeler Mrs Sampson et de me la passer.

Seul, Michael ricana. Ah, non, par exemple, il ne pleurerait pas. Pourquoi pleurer, alors qu'on peut se mordre le poing jusqu'au sang? Elle l'avait tout à fait oublié. Il l'oublierait. Ce serait, pour lui, plus difficile, puisqu'il avait un cœur, elle un aspirateur ainsi que l'avait affirmé Marjorie. Elle avait été à la mer. Quelle ignominie, qu'une telle beauté, et quelle insulte...

Il balança un coup de pied à un classeur, se meurtrit un orteil. Ce fut en sautillant, grotesque, qu'il alla décrocher le téléphone :

— Allô, Marjorie? Pas trop soûle? Je vous dis cela par amitié pure car vous tournez à l'ivrognesse type populaire, ma chère, à la poivrote de Whitechapel. Ce n'est d'ailleurs pas pour vous prêcher la sobriété que je vous appelle. Je pars en Écosse. Je ne sais pas. Huit jours, quinze jours, trois semaines. Cela n'a pas l'air de vous être agréable? Ma parole, mais vous pleurnichez. Mais non, je ne vous assassine pas. Tout de suite les grands mots, les excès. Ah, je comprends! Excusez-moi! J'aurais dû vous dire en premier que je vous emmenais dans mes bagages, si toutefois cela vous amusait. Vous êtes extraordinaire. Ne riez pas comme une folle que vous êtes. Vous voulez bien venir? Parfait. Mais vous savez, là-bas, à part la pêche, c'est sinistre, et vous ne pêchez pas. C'est la campagne, horrible et désolée. Pas de groupes pop, rien que de la cornemuse. Préparez vos affaires, je passe vous prendre vers trois heures. Ne vous encombrez pas d'une caisse de whisky. En Écosse, on en trouve. Quoi, vous pleurnichez encore ? C'est la joie ? Eh bien ! ma vieille, il ne vous faut vraiment pas grand-chose. Je voudrais posséder votre caractère folâtre.

Il oublierait. Greffe du cœur, si nécessaire. C'eût été trop beau, trop facile. Cerise ne siégeait pas dans ce malheureux muscle. Elle était partout, comme ce vantard de Dieu. Partout en Michael, par tous les pores de sa peau, en toutes ses fibres et cellules. Ainsi qu'elle l'avait si drôlement dit, la vie n'était pas un *apple pie*, et l'oublier, elle, était encore moins de l'*apple pie*.

Elle avait été à la mer. Que s'était-il passé là-bas ? Quelque maître-nageur basané à biceps avait dû la tringler derrière une dune. Quelque ou quelques. Il l'imagina, un bellâtre sur et dans le ventre jusqu'à la garde. Puis elle riait, souillée, polluée, elle riait, infectée, riait, maculée, riait, profanée, riait, riait, riait. Elle s'étirait, animale et comblée. *Comment fais-tu l'amour, salope ?* Et cette poubelle merveilleuse se renversait dans la mer, et l'innocente mer la purifiait. Elle revenait, Cerise, s'étendre auprès de l'époux béat au soleil. Le soir, à l'hôtel, dans les draps crissants de sable, il la sauterait à son tour, légalement.

Michael étouffa dans ses mains jointes un hurlement de douleur. Des visions de jambes en l'air, de seins tendus, tout un cinéma anatomique, toute une bande sonore obscène d'invites et de râles l'écorchaient vif. Ils étaient vingt, trente, à la baiser, la culbuter. Le monde entier sauf lui défilait sexe au poing sur ce corps, partait pour cette chair promise en une ordurière croisade. *Comment fais-tu l'amour, putain?* Comme les lapins? Comme les truies? Comme les chats? Et tu ris! Ta tête d'ange bascule pour mieux rire, et tes longs cheveux blonds balaient le sable. Toi. Toi que j'aime. Toi que j'aime, toi qui *t'en fous comme d'une cerise*, ma Cerise...

Rien ne lui fut épargné ce jour-là. Il la vit une seconde fois alors qu'il rentrait chez lui en voiture. Elle ne le vit pas, ou fit semblant de ne pas le voir. Elle parlait, King's Road, avec un de ces Bretons qui, depuis les temps les plus reculés, s'en vont vendre des oignons à Londres. Celui-là, comme tous ses pareils, poussait à ses côtés une bicyclette surchargée de bottes et de chapelets d'oignons. Le Breton riait, Cerise se tordait, la même Cerise tout à l'heure glacée pour signifier à Michael qu'elle ne voulait plus de ses pauvres hommages. Oui, la même, à présent bruyante et joyeuse. Les deux Français riaient si fort autour de leurs saletés d'oignons que Michael en fut gêné. Le Breton devait proposer à sa compatriote des choses immondes, pour qu'elle en rie d'aussi bon cœur. Michael eut encore le temps de la voir croquer à belles dents, sans souci de son haleine, dans un oignon que lui offrait galamment le rustre. Michael en fut dégoûté. Allons, il préférait encore à cette atroce santé l'éthylisme distingué de Marjorie.

Il rechercha son matériel de pêche et soupira, désolé par l'indifférence qu'il apportait à ces préparatifs. Autrefois, il y mettait une impatience juvénile, se promettait des moments d'exception. Là, il savait que les plus belles truites du Spey ne seraient que du poisson, rien d'autre. Et il ferma des rideaux, qui, au 42, s'étaient rouverts. Remarquerait-elle seulement qu'il était parti? En éprouverait-elle du soulagement, ou un ennui encore plus léger que sa cervelle?

Il passa devant la maison bleue sans dévier la tête.

Marjorie l'attendait en bas de chez elle, ses deux valises sur le trottoir. La grise mine de Michael ne l'incita pas à poser des questions. Il l'emmenait, c'était pour elle le principal. S'il l'emmenait, n'était-ce pas le signe qu'il ne pouvait se passer d'elle ? Il n'emmenait pas la nouvelle, cette grande bringue du Gaiety, ni Jill ni Myrna, il emmenait Marjorie.

« Je pars sans me retourner, pensait Huggins avec fierté, ainsi qu'un homme doit le faire. Je vais m'arracher cette épine de la patte, sans crier, comme un lion. Je n'en parlerai plus. Surtout pas à Gordon. Deux gentlemen ne sauraient entre eux converser sur des sujets indécents et superficiels, sur d'autres sujets que les chiens, les chevaux, la pêche et la chasse. Après tout, ces hameçons parés de plumes de coq redeviendront peut-être mouches, les poissons, truites, l'été finissant, un été, la vie, pourquoi pas, la vie ? »

Marjorie se doutait qu'un incident avait dû éclater Smith Terrace, que Michael souhaitait oublier. Elle se devait de l'aider. De lui apporter le repos. Elle serait ombre auprès de lui, attentive et muette. Il pouvait guérir. Elle tenterait, de son côté, de boire moins. Elle l'aimait. Il était sa dernière balise au sein d'une existence veule, gâchée au fil des nuits.

Ils arrivèrent chez Gordon Weylan à l'heure du dîner. Le sage Gordon ne vivait qu'avec des chiens, pointers, setters, spaniels, ce qui lui évitait de gaspiller ses nerfs et ses mots. Une négresse égarée en Écosse le servait en silence. Blessé à Chypre, pensionné de l'armée, il boitait avec élégance. Il apprécia celle de Marjorie en tenue de campagne et débarrassée, au profit du tweed, de ses franfreluches de chez Biba ou du Kensington Market. Il dispersa d'un geste sa meute, et fit à ses hôtes les honneurs d'une maison de lavande, d'argents, de cuirs, de cuivres, d'une maison honnête d'où néons et plastiques seraient, lui vivant, bannis.

— Whisky? proposa-t-il, j'en ai quelques bouteilles plus couvertes de poudre et de gloire que l'Union Jack [1] lui-même.

— Je vous remercie, fit Marjorie, je ne bois jamais.

Michael la regarda sans surprise et dit, en prenant place dans un fauteuil :

— Gordon, je dois vous confier que je vais sans doute épouser Marjorie.

— Je vous en félicite, *old man*, murmura gravement Weylan en lui tendant un verre.

Après une minute recueillie, Gordon morigéna son ami :

— Vous êtes bien coupable de n'être pas venu en juin, comme convenu. Vous avez raté le meilleur de la saison.

— J'en suis persuadé, dit Michael qui ajouta, comme pour lui-même, vous ne pouvez savoir combien je le regrette.

— Mais ne désespérons pas. Septembre voit généralement un renouveau.

— Je le souhaite.

— Les truites ressortent de leurs caches et remontent dans les courants. Nous ferons des paniers corrects.

Un panier sur roues bourré d'oignons jusqu'à la gueule grinça dans la pièce. Gordon s'inquiéta :

— Vous m'avez l'air fatigué, Mike, usé. L'air de Chelsea ne vous vaut rien.

— Aussi, Gordon, si vous le permettez, je pense que nous resterons plusieurs jours chez vous. Peut-être deux semaines?

— Trois, quatre, si vous le désirez. Ici, le temps n'a pas d'importance, le temps est gratuit.

1. Drapeau anglais.

Ils allèrent dès le lendemain sur le Spey. Marjorie et quinze chiens les suivirent. Michael retrouva avec ivresse les gestes lents de la pêche à la mouche, l'émotion de la prise, celle que diffuse, ample et secrète, la « grande rivière au cœur double » chère à Hemingway. Il crut s'être sauvé. Ses yeux recherchaient avec sympathie sur la rive la silhouette familière de Marjorie. La jeune femme était jolie, fraîche enfin et sereine. Elle et Gordon l'entouraient des prévenances sans égales de la tendresse et de l'amitié.

Le huitième jour, estimant la bataille en voie d'être gagnée, il écrivit à Junkie :

« Vieux Junkie. J'ai vu ce soir, sur ce beau plat d'étain du Spey au crépuscule passer la charogne de quelque chose qui fut blond. Il vous faut oublier ce que j'ai pu vous dire de Marjorie. Je pense l'épouser avant la fin de l'année. Je vieillis, j'ai beaucoup vieilli cet été. J'ai peur, tout seul au 27 ½. Je pense qu'il me faut renoncer aux femmes, et la meilleure façon d'en porter le deuil dignement est d'en épouser une. Il m'apparaît correct de vous signaler ce petit changement dans mes projets. Il nous faut écraser certains rêves sous le talon, avant qu'ils deviennent des monstres pour toutes les heures et tous les usages de la nuit. Amitiés, etc. »

Le neuvième jour, Marjorie s'occupa des fleurs du parc et Michael piqua une truite d'un kilo.

Le dixième, promenade en groupe, chiens compris, dans la campagne.

Le onzième, Gordon entraîna ses invités au ball-trap, et Marjorie, exécrable tireuse, ne cassa une assiette qu'à sa quarantième cartouche.

Le douzième, les murailles tombèrent, avec cinq jours de retard sur celles de Jéricho. Michael reçut une lettre de Junkie, perdit sourire et sang-froid, chuta dans une mélancolie subite. Il ne répondit que par des mouvements d'humeur aux sollicitudes de Marjorie. Gordon se dit que son ami avait dû recevoir des mauvaises nouvelles de son bureau. Il murmura, en bourrant sa pipe de Navy Cut :

— Ces Londoniens, avec leurs affaires!

Michael, ce soir-là, donna même de la botte dans le flanc d'un setter qui voulait l'embrasser.

Marjorie, alors que Gordon apportait comme d'habitude la bouteille et deux verres, lui dit :

— S'il vous plaît, Gordon, un verre pour moi.

Elle avait une drôle de voix. Malgré le doux de la soirée, son visage était comme bleui de froid. Michael ne sourcilla pas. Elle étonna Weylan, ce qui n'était pas si simple, en buvant à elle seule une demi-bouteille de whisky.

Les Tangerine Peel — « pelures de mandarine » — jouaient au Raspoutine et la musique de ce groupe convenait à Junkie. Il vint l'entendre un samedi à une heure du matin. D'entrée, il dut se débarrasser d'une immense tante hollandaise portant lunettes et perruque à étages. La tendre lope lui attrapait les mains, les couvrait de baisers de mollusques. Junkie lui expédia sans sommation un coup de genou dans le bas-ventre, et tata Wilhelmine s'en alla pleurer dans un coin obscur. Il n'avait pour ce faire que l'embarras du choix car toute la salle du Raspoutine, à l'exception d'un projecteur braqué sur l'estrade des musiciens, était plongée dans une accablante pénombre.

Le bruit était tendu comme une bâche au-dessus des danseurs, un bruit supérieur encore à celui qui régnait au Revolution. Boîte moins en vue que celle-là, le Raspoutine tâchait de compenser ses manques par une multiplication d'amplificateurs. On s'attendait à voir le sang gicler des oreilles de ces filles et garçons transformés en plongeurs sous-marins.

Junkie fendit ces nappes de bruit avec sérénité. Le bruit était le cinquième élément, et le plus naturel, de sa génération. Junkie, étourdi par les « sticks » qu'il avait fumés coup sur coup après la lecture de la lettre de Michael, Junkie sentait son estomac s'emplir délicieusement de bruit. Il l'avait, cette lettre, dans une poche de son costume de garde-chasse, un seyant costume de velours noir dont la veste n'était qu'à demi boutonnée sur son torse nu. Ce qui avait dû émoustiller la folle aux tulipes.

Il trouva une place sur la banquette la plus rapprochée de l'orchestre. Le chanteur, plus chevelu qu'un lévrier afghan, arborait des côtelettes d'empereur autrichien. Cet être mâtiné de Brunehaut et de François-Joseph se dandinait sur ses chaussures de basket, s'enroulait autour de la tige du micro, mimant sans équivoque aucune sur cette maîtresse improvisée les mouvements d'une copulation frénétique. Ses hurlements déchirants mettaient en cause une nommée Rita soupçonnée de ne plus l'aimer, ce qui, de prime abord, paraissait excusable de la part de la jeune personne.

Aux côtés du chanteur, un guitariste roux, à force d'exubérances du système pileux, s'était composé — barbe, moustaches, cheveux, sourcils compris — une tête de lion, ressemblance qu'il cultivait en rugissant des accords imitatifs sur son instrument. Le préposé au piano électrique jouait debout, fier sans doute des pièces de cuir qui émaillaient le fond de son blue-jean. Le batteur négroïde, enfin, marquait le tempo à coups de talons peut-être un peu hauts pour un homme.

Ballotté par le bruit ainsi qu'une paille dans un torrent, Junkie se perdit dans la contemplation des pieds des danseurs. Leurs traits lui importaient peu.

Seuls les bonds et les glissades de ces pieds revêtaient un sens. Les drogués prétendaient voir « Dieu en face ». Junkie l'avait tant vu, celui-là, qu'ils n'avaient plus grand-chose à se dire d'autre que « Bonjour — Bonsoir ». Il préférait, cette nuit, voir les pieds en face.

— Merde!

Cette interjection typiquement française le contraignit à lever les yeux. On venait de marcher sur le pied de quelqu'un. En ce quelqu'un en robe noire, Junkie stupéfait reconnut Cerise, Cerise et son collier de perles, et toutes les lumières de sa chevelure étalées en pierreries, en frissons, sur son dos.

L'auteur de la maladresse s'excusa. Cerise rit et reprit sa danse face à son partenaire, un dadais aux paupières lourdement rabattues sur des inspirations d'En Haut. C'était bien elle, Junkie dut s'y reprendre à plusieurs fois pour s'en persuader, puis s'en étonner à loisir. Cela le tirait de ses torpeurs. La jeune femme, qu'il n'avait pas vue danser lors de la *party* chez Michael, la jeune femme sage qui n'avait guère quitté son fauteuil ce soir-là, la jeune femme qu'il avait trouvée un peu terne et endormie, celle-là même dansait un jerk, les bras, les jambes, le corps projetés en tous sens, les cheveux éparpillés, quelques-uns collés par la sueur sur ses joues et son front. Elle dansait à plaisir, souple, illuminée, libérant en un flamboyant jaillissement toute une masse de forces et de désirs inconnus.

« Voilà qui sort de l'ordinaire », se dit Junkie, cherchant toutefois du regard le mari. Par pur acquit de conscience, car il savait déjà que le mari n'avait jamais eu l'occasion de voir sa femme sous cet angle, une femme qui n'était pas sa femme mais une autre, une évadée.

Ce mystère, à la réflexion, réveillait tout à fait Sherwood. Quoi, c'était là, devant lui, surexcitée, batifolante et luxuriante, la mère de famille, la fabricante assidue de conserves de haricots verts, l'inaccessible pousseuse de *shopping-basket*, l'intouchable que lui avait pieusement décrite Michael?

Nez à nez, au cours d'une figure, avec le dadais, elle riait, pire que cela, elle criait de bonheur, la bonne petite ménagère. Elle était mieux que belle, explosive, sensuelle à être prise là, debout, par des Anglais qui semblaient ne pas regarder les filles, d'habitude, mais s'oubliaient jusqu'à manifester de l'intérêt pour cette statue tombée en transes.

La musique cessa, Cerise, du bras, ramena ses cheveux sur ses épaules, et, sans un coup d'œil pour son cavalier, alla s'asseoir à une table d'où elle éloignait, par la vertu de quelques souriants *I do not speak English*, les prétendants au prochain rock.

Junkie se glissa jusqu'au bar, se fit servir deux bières, s'installa sans hésiter aux côtés de la Française. Elle s'épongeait le visage avec une pochette.

— Junkie! s'exclama-t-elle, quelle surprise!

Il lui avait parlé français, chez Michael. Elle paraissait enchantée de le retrouver. Il lui serra la main. Entre Français, on se serrait la main.

— Oh, que vous êtes gentil, poursuivit-elle en saisissant le verre qu'il lui offrait, je mourais de soif.

Elle but, essuya la mousse sur ses lèvres.

Comme la musique éclatait à nouveau, Cerise protesta :

— Ah, non, je ne les danse pas toutes, je ne suis pas un cheval!

Elle causait beaucoup, sans laisser à Junkie le temps de placer un mot :

— Je suis contente de vous voir, Junkie. Je ne m'attendais pas à tomber sur vous ici.

— Moi non plus.

Elle posa un doigt sur la bouche du jeune homme, et rit de toutes ses dents si blanches :

— Chut, Junkie, chut! C'est un secret. Ils ne savent pas que j'aime bien m'amuser, moi, tous ces hommes. Et ils ne le sauront jamais. Je suis venue là une fois avec Jean-Claude. C'est mon mari, Jean-Claude, vous l'avez vu. Pas le mauvais diable, non, mais rasoir! Rasoir!

Elle se fit comprendre d'un geste éloquent, car Junkie ne saisissait pas toutes les subtilités de son babillage.

— Quand je sors avec lui, c'est toujours : « Tiens-toi bien, chérie, ne dis pas de gros mots, ne montre pas tes cuisses. » Alors je me tiens bien, je ne dis pas de gros mots, personne ne voit mes cuisses...

Elle conclut, comique :

— ... Et je m'emmerde.

Elle se pencha sur lui, complice :

— Moi, ça m'avait beaucoup plu, ce « Raspoutine », mais je ne l'ai pas dit, pas folle la guêpe! Ma petite, j'ai pensé, tu y reviendras toute seule.

Clignant de l'œil :

— Ça fait la deuxième fois que j'y viens toute seule. La première, il allait à une soirée chez des types de l'IBM. J'ai raconté que j'avais mal à la tête. Mais c'était risqué. J'ai eu la chance de rentrer avant lui et de renvoyer la gardeuse d'enfants à temps. Là, je suis bien tranquille, il est à un congrès à Rochester pour deux jours.

Tapant des mains, brusquement éblouie :

— La vie est belle, Junkie, je danse! Je danse! Même quand je ne danse pas, toute ma tête danse! Et il croit que je ne sais pas danser! Je ne suis pas encore une vieille. Pas vrai, Junkie?

— Vous dites que la vie est belle, Cerise, vous êtes plus belle qu'elle.

Elle devint sérieuse :

— Ah, non, Junkie! On est copains, pas de salades entre nous. Vous n'allez pas me sortir des boniments comme votre ami. Ce qu'il peut me bassiner avec son amour, celui-là. L'autre jour j'ai dû le rembarrer. Dans un autre genre, il est aussi rasoir que Jean-Claude.

— Il est en Écosse.

Elle pouffa :

— Ah, bon ? Il va nous revenir en tutu. Comment vous appelez ça, vous autres, la jupe à carreaux ?

— Le kilt.

— Il sera chouette, en kilt.

Il dut lui tapoter le dos, car elle s'étranglait.

— Mike m'a écrit qu'il allait épouser Marjorie.

Elle eut une moue dédaigneuse et qui choqua Junkie :

— Ah, oui, le clown triste ! La poivrote ! Eh bien ! tant mieux pour lui. Qu'ils aient beaucoup d'enfants ! Ils sont marrants, les hommes. On fait bien de ne jamais les croire. Il m'aimait à la folie, celui-là. Total, il épouse la première roulure enfarinée qui se ramène.

Elle se leva, joyeuse :

— Allez ! Je vais montrer mes cuisses. Et mes fesses, si ça m'amuse ! Personne pour me casser les pieds, ce soir. Vous dansez, Junkie ?

Il acquiesça. La vitalité inattendue de la femme aux haricots verts le délassait. Elle avait bien retenu ce qu'elle avait vu. Elle dansait un peu à la façon de liane des Noires. Avec la grâce de Marjorie, la touche suprême de nonchalance en moins. Marjorie avait ce bon goût de toujours paraître s'ennuyer. Cerise n'avait pas de ces élégantes hypocrisies, riait à en montrer ses seins sous son collier de perles, ses seins libres de tout soutien-gorge, ses seins dorés à même la robe. Junkie en apercevait par éclairs les pointes tendres.

Le couple ne pouvait plus échanger un mot, en pleine zone des amplificateurs. Mais dans les grands yeux bleus Junkie voyait courir des rafales de pluie comme sur un trottoir, des galops de nuages comme sur un lac. Il eut une seconde l'envie de plaindre Michael égaré, voyageur incertain, dans les trombes de ces yeux-là. Certes, elle était de sable, en apparence, mais de ce sable-là on devait davantage extraire de sables mouvants que de pâtés.

Son élan de pitié tourna court. Michael avait Marjorie. Junkie n'avait qu'une moto. En panne, de surcroît. Il avait, cette nuit, emprunté la 2 CV de Kenneth, au moins pubère puisqu'elle avait douze ou treize ans d'âge.

Il contemplait Cerise, sa bouche humide. Quand ils se rapprochaient l'un de l'autre, il sentait monter d'elle, mêlées à celles d'eaux de Cologne, une vertigineuse odeur de chair chaude, une odeur de femelle. Et il ne comprenait pas pourquoi Michael, cet expert, avait dû reculer devant cette suave, cette voluptueuse, cette animale, cette fourrure, ce fruit prêt à être mangé. L'amour l'avait à ce point mutilé qu'il n'était plus, en somme, qu'un bateau désarmé dans un dock.

Face à Cerise, Junkie ne ressentait pas ces catalepsies. Il ne voyait, lui, aucune trace de déesse en cette belle bête blonde. Michael avait dû tout compliquer à plaisir. Cette fille était simple, lumineuse, sa tenue et son langage ne la situaient pas dans les éthers où planaient les anges noirs de Marjorie. Marjorie qui était en Écosse, entre les bras d'un homme indifférent, nue près d'un homme qui la pensait vêtue.

Les Tangerine Peel, bientôt, cessèrent de jouer et disparurent, détachés de tout dans leurs habits évoquant *fifty-fifty* l'époque du western et le XVIIIe siècle. On passa, moins bruyamment, des disques sur un électrophone.

Cerise et Junkie regagnèrent leur table. Le garçon

alluma une de ces cigarettes qui intriguaient Cerise. A cette heure-là, l'odeur de « Mary Jane » était tolérée. Le jeune homme ne fumait pas comme tout le monde, tétait sa cigarette sans qu'elle touchât ses lèvres.

— Qu'est-ce que ça vous fait, ces trucs-là? demanda Cerise.

Il sourit, supérieur :

— Ça me repeint ma pièce en blanc. Ça met des fleurs dans les vases. Ça me fait voir vos seins au travers de votre robe. Dans cinq minutes, je les verrai comme je vous vois.

Joviale, elle esquissa une gifle :

— Ne dites pas d'imbécillités. Quel âge avez-vous, Junkie?

— Vingt-sept.

— Et vous êtes ami avec Michael? C'est un vieux, Michael, un croulant.

— Vous êtes vache avec lui.

Il lui tendit sa cigarette :

— Vous voulez y goûter?

Elle rougit. Ces histoires-là lui semblaient indécentes.

— Oh, non!

— Vous savez, ce n'est pas l'enfer.

Il ajouta, piteux :

— Ce n'est même pas le paradis. En fait, ce que je vous disais, la pièce en blanc, les fleurs, ce n'est pas avec ces petites gâteries qu'on les a. Il faut de la dynamite, pour faire sauter la banque.

— Vous êtes fou. Vous allez vous abîmer la santé, le gronda-t-elle, maternelle.

— Mais non, Gertrude, mais non! On se marre, comme on dit à Saint-Trop, on se marre, et c'est tout.

— Vous m'avez appelée Gertrude?

— Excusez-moi, Henriette. Oh, pardon, Raymonde, Raymonde ou Gabrielle.

Elle le bourrait de petits coups de poing :

— Est-il bête ! Vous êtes un rigolo, Junkie. Plus rigolo que Michael.

— Comment voulez-vous qu'il soit rigolo avec vous ! Moi, je peux, je ne vous aime pas. Lui, quand il vous voit, il tremble.

— Il n'y a pas de quoi.

— Mais si, Berthe, il y a toujours de quoi. J'ai connu un type qui était amoureux d'un arrosoir en plastique. Il s'appelait Pétulia, l'arrosoir en plastique, oui, oui, Pétulia.

Elle ne le croyait pas. Elle n'avait pas de ces imaginations. Elle riait, alors qu'on ne doit surtout pas rire, se disait Junkie, des choses de ce monde-là.

Il fit, très sérieux :

— Marie, ne soyez pas vache (il affectionnait ce mot français) avec Michael. Promettez-moi que vous le reverrez quand il rentrera d'Écosse.

Elle s'insurgea :

— Ça non ! Quand je suis toute seule avec lui, il me saute dessus comme une bête.

— Il vous aime.

Elle boudait :

— Je ne l'aime pas, moi.

— Qu'est-ce que vous aimez ? Réfléchissez ?

Elle réfléchit, puis murmura :

— J'aime que ça soit propre chez moi. J'aime danser en cachette, comme cette nuit. J'aime être pieds nus dans des sandales. J'aime l'eau. C'est peut-être parce que je suis Poissons, dans les horoscopes. J'aime aussi mes cheveux quand je viens de les laver.

Elle se tut. Il remarqua qu'elle n'avait mentionné ni son mari, ni ses enfants, ni la vie.

— Et en amour, Germaine ? Qu'est-ce que vous aimez, en amour ?

Les grands yeux bleus s'agrandirent encore. Elle souffla :

— Je ne sais pas.
Elle haussa les épaules :
— Je m'en fous.
Elle but une gorgée de bière :
— Il n'y a pas que ça.
Elle regarda ailleurs :
— C'est dégueulasse.
Puis elle se leva :
— Oh, Junkie! Un slow!
Il ne bougea pas :
— Je veux bien. Mais à une condition : que vous acceptiez de rencontrer Mike à son retour.
— Oui, là. Mais pas dans une pièce, ni dans sa voiture. Dehors.
— Ça marche. Je peux lui dire de vous appeler quand il reviendra?
— Si vous voulez.
— Juré?
— Juré.
— O.K! Simone, on danse.
Il l'enlaça, et ils se mirent à glisser sur la piste avec lenteur. Depuis la retraite des Tangerine Peel, le Raspoutine s'était dégarni.
— Vous sentez bon. Cerise.
— Vous parlez, je suis en sueur.
— Vous sentez très très bon, Cerise.
— Vous n'êtes pas difficile.
— Si.
Il ne dansait pas le slow comme un pasteur. Il pressait tout le corps de Cerise contre le sien, fourrait sa tête dans ses cheveux. La jeune femme rougit brusquement.
— Vous n'êtes pas convenable, Junkie, chuchota-t-elle.
Il chuchota de même :
— Si. Cela veut dire : « Trois douzaines de roses, avec ma carte. »

Il sourit :

— Mais je n'ai jamais eu de carte.

Il avait entièrement déboutonné sa veste de chasse, et serrait la Française, la tenait ferme à même sa peau. Cerise soupira, puis respira plus fort. Ses dix ongles longs et pointus se crispèrent sur la nuque de Junkie.

— Salaud!... souffla-t-elle, les yeux clos.

Elle dut s'agripper à ses épaules, ses jambes se dérobaient, filaient sous elle qui gémit :

— Lâchez-moi...

Il grogna :

— Mais taisez-vous donc, idiote. Laissez-vous vivre, pour une fois.

Elle se *laissa vivre pour une fois.*

Des gouttes tièdes sur sa joue étonnèrent Junkie. Elle pleurait. La bonne petite ménagère pleurait tout doucement, les yeux toujours fermés, à cent miles de son *shopping-basket.*

C'était un spectacle surprenant, et Junkie songea que Michael eût donné cher pour assister à cela.

Il dut, quelques secondes, la coller à lui, car elle ne dansait plus et titubait. Le slow s'acheva ainsi.

Junkie raccompagna Cerise à leur table. La jeune femme était livide et une épingle à linge invisible lui pinçait les ailes du nez.

— Je ne me sens pas bien, bégaya-t-elle en s'essuyant les paupières, je suis fatiguée. Je n'ai pas l'habitude de danser autant.

— Voulez-vous un whisky ?

— Je ne bois pas.

— Cela vous remettra.

— S'il vous plaît, alors.

Il lui ramena un whisky du bar, et elle le but en grimaçant :

— C'est mauvais.

— Oui, mais vous allez mieux. Vous êtes rosse. Toute rosse.

Elle sourit enfin :

— Pas rosse, Junkie! Rose!

— Vous en buvez un autre?

— Je vais être soûle. Je vais ressembler à Marjorie.

— Mais non, mais non.

— Bon. Je veux bien...

Elle avala son deuxième whisky, se relâcha :

— Je vais puer l'alcool. Après la sueur, c'est le bouquet.

— Un joli bouquet, fit galamment Junkie.

Elle sortit un miroir de son sac et cria, effarée :

— Junkie! Je suis fripée, c'est affreux. Il va falloir que je couche sur ma planche à repasser. Voyez ces rides, là, au coin des yeux. Je suis déjà grand-mère. Si seulement j'avais du rouge à lèvres... Quelle heure est-il?

— Bientôt quatre heures. Ils vont fermer.

— Déjà...

Elle s'étira, et sa poitrine tendit durement la robe :

— Pourvu que je trouve un taxi.

— Mais je vous ramène, protesta Junkie. Moi aussi, j'habite Chelsea.

Elle fit la moue :

— Ce n'est pas prudent.

— Pourquoi? Je conduis très bien.

— Vous serez sage?

— Comme un sage hindou, et on brûlera des bâtonnets d'encens pendant tout le voyage.

Ils quittèrent le Raspoutine à présent silencieux. La nuit de septembre avait des tendresses pour ce Londres endormi.

— Marquise, mon carrosse! s'exclama Sherwood en désignant la 2 CV dont la capote étoilée de ruban adhésif était fixée à la tôle par tout un entrelacs de ficelles. Cerise rit :

— Il vous ressemble.

Kenneth avait dû revendre les sièges un jour de famine, car des caisses les remplaçaient. La jeune femme agrafa sa cape et s'assit tant bien que mal. Junkie s'installa au volant, exécuta un simulacre de prière burlesque et la voiture s'ébranla après toute une série de soubresauts.

Junkie recula sa caisse pour prendre une position de motocycliste et piloter à bout de bras sa Citroën de course. Pour ne pas aller voltiger sur le plancher, Cerise dut s'accrocher à un bras du jeune homme. Junkie s'amusait à prendre tous les virages sur deux roues en d'abominables hurlements de pneus, hurlements auxquels il répondait par de démentiels éclats de rire.

— Vous êtes fou, criait Cerise en riant elle aussi, complètement fou.

— C'est la vie, braillait Junkie en anglais, la vie sous les bombes! La révolution! La fin du monde! La terre va trembler! L'univers va éclater comme une grenade dans un tas de flics! Gare à vos gueules, Russes, Américains, il va y avoir des éclaboussures!

Au coin de Royal Hospital Road et de Tite Street, il se mit à moitié debout et freina de tout son poids. La 2 CV fit une embardée avant de s'immobiliser, l'avant au trottoir, l'arrière au milieu de la rue. Cerise, effrayée, s'était retenue à la taille du jeune homme.

— Qu'est-ce qu'il y a, Junkie?

Elle cherchait des yeux le piéton qu'ils venaient sans doute d'écraser.

— Rien. Il n'y a rien, fit Junkie avec calme.

Et, sans hésiter, brusque, il osa le plus précis des gestes sur la personne de la jeune femme.

Humiliée, elle poussa un cri de stupeur et de colère, leva la main et l'abattit à toute volée sur la joue de Junkie.

— Vache! s'exclama-t-il, à demi suffoqué, assis à même le sol car il était tombé de sa caisse.

Il n'eut pas le temps de la rattraper, déjà elle sautait à terre, claquait la portière, s'enfuyait en courant.

Junkie parvint à se relever en jurant, puis à s'extirper à son tour de la voiture. Il ne vit pas Cerise. Les rues étaient désertes. Aucun pas ne résonnait. Elle ne pouvait être loin. Elle n'avait pu se volatiliser ainsi dans la nuit en dix secondes. Elle devait s'être tapie dans un coin.

Il haletait de rage. Il s'aperçut alors qu'il se trouvait à la lisière d'un vaste terrain vague. Elle s'était cachée là-dedans. Il longea la palissade, découvrit une ouverture, s'introduisit dans cette friche encombrée de démolitions et d'ordures ménagères.

Le grand amour de Michael Huggins était réfugié quelque part dans cet étrange « no man's land » sous la lune.

Junkie progressa avec prudence, évitant, ici, une brique, là, un vieux seau.

— Cerise, appelait-il, Cerise, revenez! Il y a des rats! Je ne vous toucherai plus. Je vous demande pardon.

Ses yeux s'accoutumaient peu à peu à l'obscurité, la fouillaient avec méthode. Rien ne bougeait. Le silence d'aquarium qui pesait sur ces ruines impressionnait Junkie.

Il entendit soudain, par là-bas, sur sa droite, rouler le tonnerre d'une boîte de conserves.

Sans souci des gravats et des ronces, il se rua dans cette direction. Il atteignit ainsi un porche, une entrée de tunnel découpée dans un mur affaissé. Sous cette voûte noire devait se tapir le chevreuil Cerise, la proie frémissante, et Junkie ressentit en tout son corps une sombre envie de cette femme.

Michael allait lui payer, à un penny près, le prix de Marjorie.

Il avança de quelques pas dans le boyau, craqua une allumette.

Une bouteille vide projetée avec vigueur lui ronfla tout près de la tempe avant d'aller se pulvériser, derrière lui, sur une pierre.

— Vache! répéta-t-il, indigné. Elle aurait pu le tuer.

Elle ramassait encore quelque chose, un pavé peut-être. Il s'élança à la façon d'un rugbyman, eut la chance de happer un pan de la cape de Cerise qui filait comme un poisson le long du mur.

Arrêtée net dans sa fuite, la jeune femme trébucha puis s'effondra sous le poids de Junkie. D'une main, il réussit à lui maintenir les deux poignets. Elle lui cracha en pleine figure.

— Putain, gronda-t-il en ricanant, putain!

Il coula son autre main sous la robe, pinça méchamment un coin de peau. Elle gémit :

— Non... non... non...

Il l'avait retournée sur le dos, tentait de lui arracher ses dessous. Elle ruait de tous ses membres. Il dut la pincer plus durement pour la maîtriser. Elle geignait, perdait vite ses forces sous ce corps d'homme qui l'écrasait exprès de toute sa densité. Il parvint enfin à lui dénuder les cuisses et le ventre dont il empoigna le pelage avec violence. Il râla entre ses dents :

— Laisse-toi faire, ou je t'étrangle!

Comme il tirait avec fureur sa toison, elle pleura : « Salaud! » et s'amollit entre ses bras ainsi qu'un pantin.

Plus soudain qu'un poignard, il entra en elle d'un trait, sans ménagements. Elle se cabra, toute, hérissée :

— Non! Non! Tu me fais mal!

Il la plaqua encore contre la terre, cette terre qui devait être abrupte et rocailleuse sous ses reins. Cerise sanglota, clouée, meurtrie par ce sauvage :

— Non! Trop mal! Trop mal! Tu me déchires!

Il ne l'écoutait pas, l'ébranlait de secousses, de coups de bélier qui lui arrachaient des cris. Elle lui mordit l'oreille et eut dans la bouche le goût de son sang. Dans le même temps, ses mains s'insinuèrent sous la veste, et les ongles des deux majeurs, avant de se casser, tracèrent sur le dos de l'homme deux sillons aussitôt ruisselants.

Il étouffa un hurlement et, le poing fermé, la frappa au menton, lui fit aux trois quarts perdre connaissance.

Il eut une pensée pour Mike en achevant de faire l'amour à ce sac, à cette chose inerte et tendre qui n'était plus une femme, qui n'était plus Cerise.

Il se complut en elle, en sa chaleur, en ses parfums.

Quand il l'eut jusqu'au bout savourée, après avoir bu ces plaintes qu'elle exhalait encore, il se mit debout, l'abandonna, ainsi exhibée sous le ciel noir, et rejoignit sa voiture.

Cerise écouta dans un rêve ronronner le moteur. Elle ne savait plus où elle stagnait ainsi, sous quel astre, en quelle boue. Il lui fallut longtemps avant qu'elle pût s'asseoir, rabattre sa robe et pleurer tout doucement de honte et de douleur.

Elle avait très mal à la tête et au ventre. Il l'avait écorchée et salie. Pourquoi cela, alors qu'elle aurait presque cédé pour ne pas avoir à souffrir? De quoi avait-il pu se venger aussi férocement sur elle, cet imbécile délirant?

Elle se releva, oscilla, dut s'appuyer au mur. Elle avait très mal entre les jambes. Pourquoi cette brutalité d'ivrogne? Elle les haïssait, tous, tous, tous! Elle se pelotonna dans sa cape, glacée, plus triste qu'un chien qu'on vient de battre sans raison. Elle regarda avec chagrin passer les étoiles au-dessus de sa tête.

Elle songea, et c'était drôle de songer ceci à pareille minute, que les hommes n'étaient pas gentils. Viol pour viol, il aurait pu être gentil, rien qu'un peu, qu'un tout petit peu, lui caresser un peu les cheveux au lieu de la prendre, de l'embrocher plutôt, ce barbare, comme le dernier des objets.

Elle quitta péniblement le terrain vague. Elle n'était pas trop loin de chez elle, encore heureux. Elle avait hâte de s'étendre dans sa baignoire, d'être propre ainsi qu'autrefois petite fille, avant tout cela.

— Le cochon, fit-elle, révoltée, écœurée. Le cochon. Les cochons.

La tête lui tourna. Elle vomit les whiskies, un peu de bile, et même un filet d'âme.

La *baby-sitter* se réveilla, la lorgna avec surprise. Elles ne s'ennuyaient pas, à Londres, les petites madames françaises. Celle-là venait de se laisser conter fleurette dans la poussière.

Dès qu'elle fut seule, Cerise honora d'un coup d'œil ses enfants qui dormaient du sommeil provisoire de l'innocence. Ils grandiraient et deviendraient des singes.

Elle s'enferma dans la salle de bains et se déshabilla. Elle était couverte de bleus, maculée de taches, de gouttes de sang, sale, sale, et pourrie. Elle coupa ras ses ongles cassés. La musique du slow lui revint aux oreilles, et le bruit du moteur de la 2 CV, et celui, effrayant, de la vieille boîte de conserves dévalant sur les briques.

Ses bas étaient perdus, bons à jeter à la poubelle, et cela la dépita beaucoup.

Elle s'allongea avec ivresse dans la baignoire et dans l'odeur purificatrice des sels. Le mal et ses esprits s'estompaient dans la buée.

— De la viande, soupira-t-elle, voilà tout ce qu'on est pour ces porcs, Anglais, Français ou Esquimaux, de la viande...

Elle se toucha le ventre avec précautions. Le salaud. L'idiot. Encore un qui n'avait rien compris. Elle haussa avec hargne ses épaules de velours, et fut très contrariée, car ce mouvement intempestif avait précipité de l'eau sur le carrelage. Il faudrait *aussi* le nettoyer, celui-là. On n'en finissait pas de nettoyer, dans une maison. Elle aurait voulu achever sa vie dans le baume, dans le cocon, la pureté de cette mousse. Le jour apparaissait, furtif, aux vitres. Tel un voyeur. Certes, elle recouvrerait, dans la journée, sa vertu et sa paix. Elle oublierait. Personne ne saurait. Lui, il avait déjà oublié, sans doute. Elle oublierait, bien sûr. Mais ses bas étaient perdus. Des bas tout neufs.

[illegible]

[illegible] conception d'un visage et qu'il n'est pas trop diffi-cile de [illegible] quand [illegible] à ce point le cœur. Elle [illegible] plus de [illegible] que je l'ai connue [illegible]

[illegible]

Michel [illegible]. Que faisait-il [illegible] pour lui [illegible]

CHAPITRE X

Au treizième jour de sa fuite en Écosse, dans la matinée, Michael relut encore la lettre de Junkie : « *Old man*, félicitations pour vos projets de mariage, je vous ferai un beau cadeau. Dites-vous que mes idées sur Marjorie n'étaient sans doute que la conséquence d'un sucre et qu'il n'est pas trop difficile de renoncer à des rêveries quand elles sonnent à ce point le creux. Ne parlons plus de cela. Parlons par contre de Cerise. Me croirez-vous si je vous dis que je l'ai rencontrée dans la nuit de samedi à dimanche au Raspoutine, à une heure du matin, seule et dansant le jerk ainsi qu'une diablesse (ou qu'une Marjorie) ? Croirez-vous l'incroyable ? Il le faut pourtant quand il y a autant de témoins. Voilà une facette du personnage dans laquelle vous n'avez pas dû vous mirer souvent, et le mari non plus. Rendez hommage à mon amitié pour vous : je lui ai parlé avec effusion de vos sentiments. Bref, la belle — de plus en plus — non seulement consent à vous revoir mais semble le désirer de tout cœur. Votre absence a peut-être déclenché le déclic ? Quoi qu'il en soit, je vous fais la commission et vous prie d'accepter le meilleur salut de votre Junkie Sherwood. »

Michael s'anima. Que fichait-il encore ici alors que pour lui s'agitait un mouchoir aux fenêtres de la maison bleue, qu'on le réclamait, qu'on « semblait le désirer de tout cœur »? Il aurait dû partir la veille. Cerise lui revenait, l'appelait, et il demeurerait benoîtement à la pêche un jour de plus, entouré de chiens, de lacs, de montagnes qui tout à coup lui composaient le plus insupportable des décors? Sans autres explications, il dit à Marjorie :

— Nous rentrons aujourd'hui.

— Je le savais.

— En ce cas, vos valises devraient être faites.

Puis il alla trouver Weylan :

— Gordon, mon cher, il ne me reste qu'à vous remercier de votre hospitalité sans pareille. Je dois être à Londres ce soir.

Gordon le dévisagea avec attention :

— Certainement, Mike, certainement.

Surmontant sa crainte de l'indiscrétion pour accomplir son devoir de vieux camarade, il murmura, gêné, en cherchant dans ses poches la pipe qu'il tenait entre les dents :

— Une femme?

Michael comprenait le souci de son ancien condisciple :

— Oui.

Gordon fit, en un soupir :

— Voilà qui gâche plus sûrement que la pluie le digne exercice de la pêche à la truite. J'ai fait les deux, Mike, la guerre et les femmes. J'étais plus à l'aise dans la première. On a au moins une chance d'en réchapper. Partez, Mike, et revenez-moi au printemps.

— Je serai à ce rendez-vous.

Ils prirent le chemin du retour après le déjeuner. Ni lui ni elle n'échangèrent un mot durant tout le voyage.

Cerise seule au Raspoutine et dansant le jerk, cette image insolite ne cessait de l'intriguer, de le tracasser. Invraisemblable. Cela ne correspondait à rien de sensé. Mais la femme ne l'est-elle pas, insensée, par essence ? Comment avait-il pu s'égarer de la sorte sur le compte de celle-là ? Ce n'était pas brillant, de la part du grand prêtre de la trinité flambeaux-Mozart-champagne.

Il en fit, plusieurs fois, grincer ses vitesses, ce qui, aux oreilles de Marjorie, semblait plus éloquent qu'un discours. Marjorie fixait la route ensoleillée de septembre. La nuit noire emplissait à ras bords Marjorie, qui avait cru, comme on le dit familièrement, que « c'était arrivé ». Ç'avait été un fier mirage, une tête dans la fraîcheur de l'oasis. Retombée au désert, Marjorie mâchonnait à nouveau les sables de la soif.

Il la déposa à Earl's Court.

— A bientôt, Marjorie.

Elle faillit le supplier de l'embrasser mais se contint. Il ne prisait guère les accès de « sentimentalisme imbécile » chez les autres, par contre s'abîmant sans retenue dans le sien propre. Elle fit simplement « A bientôt », et ne rentra pas chez elle directement, se souvenant qu'il n'y avait plus là-haut une seule goutte d'alcool.

Fébrile, Michael fonça vers le World's End, où habitait Junkie. Il tourna au passage dans les rues proches de Smith Terrace pour y apercevoir le *shopping-basket.* Son espoir fut déçu. Il était trop tard. La famille Desremeaux au grand complet devait être attablée autour d'un indigeste plat français.

La moto de Junkie était devant chez lui. Michael se fit ouvrir la porte, gravit quatre à quatre les escaliers. Il fut content, au troisième étage, de constater que son essoufflement était moindre qu'à sa dernière ascension, qu'il portait en somme allégrement une quarantaine mouvementée.

Junkie le fit entrer dans son repaire. Un nouveau

poster ornait avec goût un de ses murs. Il représentait, offertes sur un lit, cinq paires de fesses, et s'intitulait « Bottom up », quelque chose comme « les culs à l'air ». Était-ce par la grâce de ce paysage ou pour toute autre raison, mais Sherwood parut à Michael des plus guillerets.

— Hello, Mike! Satisfait de vos activités halieutiques?

— Il n'est pas question de pêche, Junkie, vous le savez bien. Parlez-moi vite du Raspoutine.

— Hé, je vous ai dit le principal dans ma lettre. Curieux, n'est-ce pas?

— Curieux, oui. Et... elle veut me voir?

— Oui, mais dehors. C'est-à-dire à l'extérieur d'un local clos de tous côtés. Elle doit craindre vos entreprises manuelles.

— Comme si j'allais la violer! dit Michael avec un sourire attendri.

— Elle ne doit pas beaucoup aimer ça, surenchérit Junkie, la tête pétillante de bulles de joie, bulles dans lesquelles, ainsi que pour une bande dessinée, s'inscrivit cet axiome de D. H. Lawrence : « On ne viole pas une boîte à sardines. »

Michael se renfrognait, débarrassant, pour s'asseoir, un fauteuil des branches d'arbre qui en interdisaient l'usage :

— Quand même, Junkie! Au Raspoutine! Seule! Quand j'ai lu votre lettre, j'ai eu un choc. Je me suis dit que ce n'était qu'une petite pute, une fille à nègres, une fille à Pakistanais.

— Pas de racisme, intervint, solennel, le jeune homme, pas de racisme. La révolution se fera avec tous les peuples, ou ne se fera pas.

Michael ne voulut pas le contrarier en répliquant qu'il se fichait bien davantage de sa révolution que du premier lange de Cerise. Junkie précisait d'ailleurs, dégustant ses ironies :

— Elle se tenait très correctement, je vous assure. Elle aime la danse, c'est tout. Toutes les danses, mais en cachette. Avec peut-être une préférence pour les slows.

Pour s'amuser, il éprouva le besoin de changer de chemise devant Michael. Cerise lui avait laissé un beau mais cuisant souvenir du terrain vague, deux longues et profondes plaies dans le dos.

Michael murmurait :

— J'étais sûr, au fond de moi, que je la calomniais.

Il s'étonna :

— Mais... Junkie, qu'est-ce que vous avez dans le dos ? Qui vous a griffé de la sorte ? Une panthère ?

Pour lui dissimuler son sourire vainqueur, Junkie ne se retourna pas.

— C'est la signature d'Hildegarde. L'Allemande que vous avez vue l'autre soir. Ça griffe, les Allemandes.

— Pas de main morte, apparemment. J'espère pour vous qu'il y avait des contreparties.

— Il y en avait, opinait Junkie qui, réflexion faite, remettait la même chemise, « pas encore assez sale », crut-il nécessaire de préciser.

— Eh bien, bravo ! Vous progressez, ami Junkie. Belle fille, très belle fille, votre écorcheuse !

— Assez, oui, gloussa Sherwood modeste.

Il s'assombrit pour demander tout bas :

— Marjorie va bien ?

— Moins bien depuis que vous m'avez écrit. Elle s'est aperçue d'un changement. Vous dînez avec moi ?

— Volontiers.

Il l'emmena au Whistler, où Junkie n'avait que rarement, faute de subsides, l'occasion de se rendre. Le repas fut gai, où s'avalait, entre chaque bouchée de grouse, une bouffée d'espoir.

— A nos amours, Junkie ! s'écria Michael en levant son verre de bordeaux.

— A vos amours, voulez-vous dire, rectifia le jeune homme.

— Je dis bien NOS, insista Michael en clignant d'un œil entendu, prêt ce soir à offrir à son ami Marjorie nue sur un plateau.

Le lendemain, il pria Jill d'appeler la Française. Cerise fut longtemps rétive, puis finit, de guerre lasse, par accepter un rendez-vous pour l'après-midi.

— Mais dites bien à votre patron que je ne serai pas seule. A prendre ou à laisser. Après l'école, j'emmène mes gosses à l'espèce de Luna Park, vous savez, le parc d'attractions qu'il y a de l'autre côté de la Tamise.

— Battersea Park.

— Si vous voulez. Ils aiment ça, et il y a longtemps que je ne les ai pas conduits là-bas. Milord pourra me trouver vers quatre heures et demie, cinq heures, au pied du truc, vous savez, où on se promène dans les arbres.

— Tree Walk.

— C'est quelque chose comme ça, oui. Et recommandez-lui de se tenir tranquille. Ça a des yeux, les gosses, et ils commencent à bien se débrouiller en anglais.

Elle éclata de rire :

— Il est vrai qu'on parlera français, suis-je bête! Mais raison de plus.

La présence des moutards, bien sûr, ne fit pas battre des mains à Michael. Mais du moins il la verrait, l'approcherait, lui demanderait pardon pour sa malheureuse tentative d'embrassade dans la Jaguar. Ce qui le rendait pensif n'était autre que le peu d'enthousiasme qu'avait manifesté Cerise à l'idée de le rencontrer, alors que, selon Junkie, elle n'aspirait plus qu'à cela. Faute de mieux, il finit par mettre ces tergiversations sur le compte de l'inconstance et des caprices des femmes, et ne voulut plus songer qu'à cette bizarre « promenade dans les arbres ».

Il n'était pas allé à Battersea Park depuis l'âge de douze ans. Une femme l'y ramenait par la main. Il se promit, sarcastique, de fouiller dans ses penderies pour y retrouver, et les enfiler, des culottes courtes.

— Olivier! Corinne! On ne passe pas par là!

— Mais pourquoi, maman? C'est le chemin, protesta Olivier, et il y a un chouette terrain vague.

Elle ne pouvait lui dire qu'elle le connaissait peut-être mieux que lui.

— Justement. Je ne veux pas que vous vous salissiez. C'est sale, là-dedans.

Elle s'admirait. Elle voyait « milord » tout à l'heure pour rester fidèle à un serment fait à Junkie. Fallait-il avoir le respect de la parole donnée chevillé au corps! Elle s'avoua malgré tout qu'elle se cherchait une excuse et qu'il ne lui était pas désagréable de revoir ce pauvre Michael. Il l'amusait, avec ses yeux de « merlan frit », les yeux qu'il roulait pour la dévorer des yeux.

Les gosses l'injurièrent en anglais pour les avoir ainsi privés de terrain vague. Ces vieilles étaient insupportables.

— Si vous baragouinez encore, menaça-t-elle, on rentre à la maison.

Le sort de Michael ainsi entre leurs mains, les enfants se calmèrent. C'est qu'elle en était bien capable, l'ancienne. Ils ne purent malgré tout s'empêcher, plus loin, de traiter dans sa langue un gentleman âgé d'« emmanché ». Outré, le bonhomme vint se plaindre à leur mère, qui ne put que lui bredouiller son *I do not speak English.*

— Il vaudrait mieux que ce soit eux qui ne le parlent pas, bougonna le malheureux en s'en allant.

— On n'a fait que lui demander la route, affirma Olivier.

— Il n'avait pas l'air content, fit Cerise étonnée.

— C'est qu'il était pas serviable, voilà tout.

— En tout cas, je vous défends de causer aux gens dans la rue.

— Oh, toi, tu défends toujours tout, répliqua le garçonnet, et Cerise pensa, gentille, à ce pauvre « milord » à qui elle défendait également tout, toujours. Mais elle l'imagina dans le terrain vague avec elle, et conclut qu'il aurait été aussi ignoble que l'autre. Ils étaient tous les mêmes.

Cerise et ses enfants passèrent la Tamise sur l'Albert Bridge, prirent l'avenue qui traversait Battersea Park, avenue bordée par les Pleasure Gardens.

— « Jardins du plaisir », comprit Cerise, quel drôle de nom pour des attractions...

« Jardins du plaisir », cela sonnait clair malgré tout en son tout petit cœur. C'était curieux d'avoir rendez-vous avec un homme dans les jardins du plaisir.

Ce pauvre « milord » n'était pas en retard et piétinait déjà devant l'entrée de la « marche dans les arbres ».

— Voilà un monsieur que je connais, prévint Cerise. Tâchez d'être polis avec lui ça vous changera.

— Qu'est-ce qu'il fait ? questionna Corinne.

— Il est épicier, répondit sa mère prise de court.

Elle tendit sa main à Michael :

— Bonjour, milord. Voici mes enfants, Corinne et Olivier. Monsieur Milord, épicier, acheva-t-elle en le présentant aux deux odieux marmousets.

Michael ne comprit rien à une cérémonie qui le sacrait *grocer* de charme, rien, sinon qu'il ne devait pas, pour les bambins, habiter Smith Terrace.

Comme il la voyait chercher des pièces dans son sac, il intervint :

— Non, madame. Moi.

Il ne devait pas, non plus, l'appeler Cerise. Cela eût fait rire les enfants, les eût intrigués, aussi.

Il prit les billets, et le disparate quatuor s'engagea dans la Tree Walk, qui n'était autre qu'une passerelle qui, après s'être élevée à la hauteur des arbres, courait de l'un à l'autre dans leurs frondaisons, coupait la route, la recoupait, effectuait des zigzags à quelques mètres du sol.

C'était une bizarre promenade qui ne signifiait rien et ne menait à rien, bucolique, mélancolique, fort britannique aussi quant à l'amour de la nature qui l'avait inspirée. Pour égayer le parcours, les propriétaires du stand avaient paré le faîte des arbres de ballons multicolores, de fées, de monstres et d'animaux de carton-pâte.

Corinne avait mis sa main dans celle du monsieur, ainsi qu'elle l'eût fait avec son père. Michael en fut troublé. Ces enfants auraient pu être les siens, leur mère aurait pu être sa femme. Elle y pensa, et en rit :

— Voilà toute la famille.

Elle le vit déconcerté, lui fit une moue charmante qui voulait dire : « Allons, milord, allons ! Je suis là, ne soyez pas triste. » Il avait l'air tout misérable au sommet de ce chêne, perdu dans les branches entre une Blanche-Neige et un Tarzan.

Comme les gosses regardaient à terre, elle l'embrassa furtivement sur la joue pour le dérider. Il eut un geste instinctif comme pour l'enlacer, mais laissa retomber son bras.

Elle portait ce jour-là une robe blanche serrée à la taille par une large ceinture de cuir rouge, et certes était plus belle que les fées délavées qui brandissaient leurs baguettes parmi les feuilles.

— Milord, vous vous êtes bien amusé, en Écosse ?

Malgré les gros progrès qu'il avait faits en français, à l'instar de tous ceux qui apprennent une langue, il était plus capable de s'exprimer que de comprendre. Là, il ne comprit pas.

Cerise secoua Olivier :

— Demande au monsieur s'il s'est bien amusé en Écosse.

Olivier reposa la question en anglais.

— Il dit qu'il ne s'est pas amusé du tout... Attends voir... Il dit qu'il lui manquait quelque chose de... de... très important.

Cerise menaça Michael du doigt :

— Menteur !

— Elle dit que vous mentez, fit le gosse.

— Je sais que vous devez épouser Marjorie.

— Elle dit qu'elle sait que vous allez vous marier avec Marjorie, ânonna le môme.

Michael protesta à nouveau, un Donald au-dessus de sa tête.

— Junkie me l'a dit, affirma la mère.

— Elle dit, fit le fils, que Junkie le lui a dit. Maman, il dit que ce n'est pas vrai.

— Menteur, oh, le sale menteur ! riposta Cerise en riant.

Elle le menaça encore, mais cette fois de la main ouverte, comme pour le souffleter.

Elle demeurait ainsi, la main écartée devant le visage de l'homme. Et Michael vit que l'ongle de son majeur droit était coupé au ras de la peau.

Il jeta vivement un coup d'œil sur la main gauche de Cerise. L'ongle du majeur, là aussi cassé, avait été fraîchement coupé.

Michael fit un pas en arrière, heurta de la nuque le Donald qui, pourvu d'un dispositif sonore, se mit à cancaner avec une fureur comique. Michael venait en un éclair d'établir un atroce rapprochement entre les balafres de Junkie et les ongles brisés de la jeune femme. C'était évident. A hurler!

Le Raspoutine. On a dansé ensemble. Bu, peut-être. On la raccompagne, et puis... et puis... on lui fait l'amour, chez soi, n'importe où, dehors, debout. Et on lui dit : « Revoyez-le. Amusez-le. Faites qu'il vous aime encore. Il me gêne, pour Marjorie. Oui, Cerise, nous referons l'amour, nous le referons. »

Son visage verdissait. Sidérée, Cerise abaissa sa main, sa sale main qui s'était crispée sur le dos d'un homme tant cet homme l'avait fait jouir... jouir...

— Eh bien! milord? Qu'y a-t-il? Vous êtes malade? Vous n'avez pas l'air dans votre assiette.

Elle voulait le prendre par le bras. Il reculait, reculait.

Le Donald, vint, hilare, s'interposer entre eux. Cerise l'écarta, agacée.

— Que puis-je faire pour vous, Michael?

Et elle osait l'appeler Michael. Il bégaya, oppressé, horrifié :

— *Whore*[1]*! Whore!*

Il ne savait pas le dire en français.

— *Whore!* lança-t-il une dernière fois avant de fuir l'interrogation de ces grands yeux bleus et de partir en courant sur la passerelle sans même se retourner.

— Qu'est-ce qu'il a, le monsieur? s'enquit Corinne. Pourquoi qu'il s'en va comme un fou?

De la main — à l'ongle rompu — Cerise fit un geste désinvolte par-dessus son épaule :

— Je n'en sais rien, mais je m'en fiche!

Elle ajouta, plaisante :

— On a dû lui vendre des petits pois qui ne voulaient pas cuire, à notre épicier.

Mais cela tintait faux dans sa bouche. Elle était

1. Putain.

désappointée. Il lui faudrait passer le restant de l'après-midi avec les gosses, au lieu de rire de « milord », de rire avec lui, de lui sourire, de le frôler, d'être frôlée par lui. Elle aimait sa présence, quand il était « bien sage », cet hommage sur ses talons lui produisait un peu l'émoi qu'elle ressentait lorsqu'elle étrennait un pull ou une jupe. Il lui « allait bien », ce que l'on dit d'un vêtement. Il lui appartenait. Et il s'était sauvé, là, sans raisons, après avoir tant demandé à la rencontrer. C'était incompréhensible. Peut-être avait-il eu une crise de coliques néphrétiques, ou quelque chose de ce genre? La soudaine angoisse qui avait envahi son « milord » ennuyait la jeune femme.

— Olivier, le monsieur, qu'est-ce qu'il m'a dit, en s'en allant ?

— J'ai pas compris. Ça devait être un gros mot.

Elle considéra son fils avec dédain. Un gros mot! Milord lui disant un gros mot, à elle? Impossible. Elle soupira. Seule. Elle serait donc seule, toujours seule, quand elle visiterait les Jardins du Plaisir...

En bas de la Tree Walk, Michael dut cesser de courir, étouffé par les roulements de tambour de son cœur. Face à lui, s'ouvraient à deux battants les portes de la Fun Fair, la fête foraine. Et une pancarte enluminée de têtes de massacre lui sauta à la figure :

IF YOU DON'T LAUGH, SEE A DOCTOR [1]!

Il ne sut jamais comment, conduisant sa voiture, il avait pu rentrer chez lui. Il s'abattit sur son lit, foudroyé, et les images bondirent sur lui ainsi que des couteaux se piquant à la volée dans une planche. Un impitoyable, déchirant défilé de diapositives en couleurs commença, au son des fifres des Coldstream

1. Si vous ne riez pas, voyez un docteur!

Guards. Une machine s'était mise en marche, qui le happait par un doigt, lui sciait les tendons, lui dévorait le bras, lui cardait vite toute la chair.

Une infirmière badine, penchée sur lui, dévidait du mensonge professionnel :

— Oh, mais nous allons très bien, aujourd'hui. Nous pourrons bientôt nous lever. Parfaitement, Mme Desremeaux s'est cassé les ongles en épluchant des pommes de terre. Voyons cette température. Vous êtes cuit à point. Les deux ongles des deux majeurs, eh oui, un pur hasard. Les pommes de terre ont leur mystère, proverbe guatémaltèque. Mr Huggins, *if you don't laugh...*

L'infirmière creva, ballon pour Tree Walk, avec un bruit mou.

Cerise et Junkie dansaient, entièrement nus, sur la piste du Raspoutine. Vêtu, lui, de deux complets et de deux pardessus, Michael, le chapeau sur le crâne, les regardait se tripoter, se chatouiller, se lécher, se sucer, se toucher.

Cerise sur le dos.

Sur le ventre.

Barbouillée de sueur et de cheveux, les yeux vides.

Cerise à genoux.

Cerise à quatre pattes.

Cerise sur le côté, la bouche ouverte sur un râle interminable.

A pleines mâchoires, Michael étripé se suspendit à son oreiller, tourbillonna à toute allure dans la nuit. La nuit où Junkie dur et luisant s'accouplait à la blonde, la blonde qui hurlait de bonheur, la louve en rut, la chienne en chaleur, la blonde agrippée à l'homme et qui, des deux mains, lui lacérait le dos tant l'homme, en elle émerveillé, tout au fond d'elle ainsi que dans les touffeurs d'une cave, tant l'homme l'envoyait avec rage exploser dans les jardins du plaisir.

Michael se tordait sur son lit, flambait dans ce brasier.

Maintenant, Huggins, l'affiche sur le mur de Junkie, l'affiche aux cinq paires de fesses, on peut vous l'avouer, ce sont celles de la femme que vous aimez. A présent, Michael, la femme que vous aimez retrousse sa jupe, furtive, dans une rue très sombre, et rit. Vous le reconnaissez, il n'est qu'à elle, ce rire frais, ce rire impatient. L'homme se déboutonne et la prend, puissant comme un docker sans problème, un vrai bûcheron, un amant de Lady Chatterley. Voyez comme il la prend bien, votre blonde humide et gémissante, solidement campé sur ses jambes, en elle planté tel un arbre en la terre. Elle se tend, se prête, s'écarte et s'ouvre, toute rideaux, porte, fenêtres.

Oh, elle ne rit plus. Plus du tout. Elle crie et pleure ainsi que crient et pleurent les chattes des nuits d'été sous les voitures, sur les branches et les toits.

Michael rugissait dans son oreiller, enfoncé dans l'oreiller comme lui dans elle.

Tant de souffrance l'exténua. Les visions se dissipaient, réapparaissaient avec des fulgurances de magnésium, puis retombaient dans l'obscurité, s'éparpillant en étincelles de feu d'artifice obscène. Les nudités, les morceaux choisis de nudités, les feulements, les mots cruellement précis, les ordres grossiers, tout cela finit, bribe par bribe, par s'évanouir, comme s'évanouissent à l'aube les sorcières de Shakespeare après avoir bouilli un enfant dans leur marmite.

Et Michael Huggins s'endormit, les membres noués, les muscles vrillés. Il s'endormit ainsi qu'il s'était endormi après le seul baiser de Cerise mais, là, semblait un de ces morts blancs et secs sur lesquels on a oublié de remonter la couverture aux initiales rouges de l'hôpital.

Quand il rouvrit les yeux, ce fut sur de la nuit, de la vraie nuit, moins noire en somme que l'autre. Il n'y avait plus en lui assez d'imagination pour remettre en circuit le projecteur d'images. Il avait usé la douleur, il n'en demeurait qu'une limaille grasse entre ses dents. Il resta assis, sans lumière, sur son lit. Le téléphone sonna longtemps. L'avait-il seulement entendu? Michael n'était plus là, seule son enveloppe respirait fort dans les ténèbres. A la longue, cette immobilité avait quelque chose de végétal, de menaçant. Il se dressa tout à coup, et la soudaineté de ce mouvement eût fait tressaillir un témoin. Il fit deux pas, ouvrit le tiroir de la commode, prit son revolver et le glissa dans la poche de son pantalon.

Son visage ne reflétait aucune expression. Il convenait désormais de se montrer prudent et froid.

Michael sortit, mécanique.

King's Road, son pas était régulier, sonnait en métronome sur l'asphalte.

Il allait droit, d'une marche uniforme, et ne portait pourtant pas, dans le dos, la grosse clé de fer des automates.

Arrivé devant le 482, il considéra d'un œil terne la moto garée le long du trottoir, leva le même œil vers les fenêtres éclairées, au troisième étage. Il posa son doigt sur la sonnette. Peu de temps après, le déclic de la porte joua et Michael s'engagea pesamment, lentement, dans l'escalier.

Il sursauta, sur le palier de Junkie. Il était nez à nez avec Kenneth. Il murmura, surpris par le timbre solennel de sa propre voix :

— Junkie n'est pas chez lui?

L'autre, embarrassé, ricanait :

— Il y est sans y être. Je vous ai vu, d'en haut. Je n'aurais pas ouvert si vous n'aviez pas été son ami.

Michael eut une profonde inspiration, puis reprit sur le même ton :

— Je voudrais le voir.

Kenneth marmonna :

— Vous le verrez sans le voir. Vous le verrez, mais il ne vous verra pas, je veux dire. Ce soir, il est en plein *trip* [1], il a pris un billet pour aller drôlement loin. Mais entrez, si vous voulez, je ne vous en empêche pas.

— Oui.

Kenneth n'était pas seul avec Junkie. Sous le poster aux paires de fesses, Lee, l'Américaine, tricotait on ne savait quelle pièce de layette rose.

— Elle est enceinte, commenta Kenneth.

Lee eut un sourire paisible. Sherwood, torse nu, était allongé sur le divan et, souriant lui aussi, regardait avec sympathie la jeune femme comme s'il eût été le père du futur enfant. Cette posture parut si normale à Michael qu'il appela :

— Junkie!

Kenneth eut pitié de ce *square* [2] :

— Ne gaspillez pas votre langue, Mr Huggins. Il ne vous reconnaîtra pas avant deux ou trois heures. Son ego-personnalité s'est dissoute dans la mer cosmique de l'Infini Pouvoir. Là, il ne voit pas Lee. Il doit voir une couleur qui lui plaît.

— Il ne nous entend pas?

— Parfois, il peut accrocher un mot pour faire du trapèze dessus, c'est tout.

— Ce bleu! s'exclama tout à coup Junkie, pétrifié d'admiration.

— Il parle, remarqua Michael.

— Bien sûr. Et beaucoup, quand ça le prend. Des fois, c'est amusant. Tout à l'heure, tenez, il racontait qu'il était en train de coucher avec une cerise. Il avait dû voir du rouge. Très coloré, Mr Huggins,

1. « Voyage » dans le subconscient sous l'influence de la drogue.

2. Qui n'est pas « dans le coup ».

le D [1]. Mais ça doit être une impression bizarre que de coucher avec une cerise. Parce que, dans le *trip*, c'est exactement comme avec une fille. Exactement. Jusqu'à l'aboutissement. Vous baisez une cerise.

— J'ai compris, coupa Michael ulcéré.

Il sentit alors pour la première fois le poids du revolver inutile dans sa poche. Inutile, oui. C'était raté. Il ne pourrait pas tuer Junkie, se délivrer de Junkie. Ç'aurait pu être discret, se passer le mieux du monde, avec un peu de chance. Le revolver était équipé d'un silencieux. Junkie mort, Michael serait rentré chez lui. Aucune raison de le soupçonner. Il était très déçu. Néanmoins, il sut gré à Kenneth d'avoir mentionné cette histoire de cerise : il ne s'était pas trompé. Il en souffrit comme d'une dent, et un nerf sauta sur sa joue.

Junkie s'agita. Avec douceur, Kenneth le maintint sur le divan.

— Asseyez-vous, dit-il à Michael.

Celui-ci obéit, gêné. Il n'avait plus rien à faire, ici, mais la perspective d'aller tenir le rôle du voyeur supplicié, de retourner se coucher auprès de ses deux bourreaux nus le glaçait.

Au vrai, qu'était-il d'autre, là, qu'un voyeur ajouté aux voyeurs Kenneth et Lee? C'était indécent, de veiller de la sorte ce fantôme de chair qui, présentement, grimaçait et geignait, en proie à des fantômes, authentiques ceux-là, monstres effilochés, spectres en bouillie qu'il voyait bleus et rouges.

Kenneth bâilla, relâcha Junkie. Aplati sur le ventre, le « voyageur » présentait, ironique, insolent, ses balafres à Michael comme pour lui rire au nez, lui crier : « Voyez, *old man*, voyez! Votre Cerise ne vous a jamais brisé que le cœur, comme dans *Les Grandes Espérances*, Miss Havisham, parlant de Pip,

1. LSD. Prononcer : *di*.

le conseille à Estella. Souvenez-vous, *old man*, Elle lui dit : “ Eh bien ? Tu peux lui briser le cœur. ” Cher Cœur Brisé, à moi, on me déchire le dos, parce qu'on a les jambes en l'air, le cul au vent, tout inaccessible Cerise qu'on est. Les jambes en l'air et dans le ciel, *old man*. Laquelle de nos blessures préférez-vous ? »

Malgré Lee, malgré Kenneth, Michael faillit répondre à ce dos qui l'humiliait, qui se moquait, en le transperçant de balles.

Kenneth bâilla encore et commenta :

— Je rentrerais bien chez moi. Mais vous savez ce que c'est, il faut bien s'entraider. Pendant le *trip*, c'est bien d'avoir quelqu'un qui vous aime à vos côtés, ça vous aide. Je ne peux pas le laisser tout seul. Lui aussi, il m'a assisté pendant que je me promenais avec mes valises. Souvent.

Michael fit, machinalement :

— Partez, mon vieux. Je peux rester, je n'ai rien d'autre à faire.

Kenneth, ravi, sautait déjà sur l'occasion :

— Vrai ? Cela nous arrangerait assez, Lee et moi.

— Partez, j'y ferai attention.

— Oh, pour ça, j'ai confiance. Vous comprenez, Lee et moi, on a un peu passé la ligne. On va vers une autre vie.

Il lui parut dérisoire, ce Kenneth. Il avait vidé, déjà, son verre de jeunesse. Autrefois, on le faisait plus classiquement qu'au sucre et à la révolution, voilà tout. Mais le résultat était invariablement le même : un jour la femme, l'enfant et la feuille de paie au bout.

Lee, enchantée, ramassa ses aiguilles, son tricot et son ventre. Le couple prit à la hâte congé de Michael, ne tenant pas à le voir se raviser.

— Ne le laissez pas prendre un couteau, recommanda Kenneth. On les a rangés, mais quand même...

— Ne craignez rien.

Il les entendit dévaler l'escalier.

Il ne pouvait pas davantage tuer Junkie, mais il pouvait le regarder avec curiosité.

Il prit sa chaise, l'installa près du divan, le plus près possible. Les balafres le fascinaient, qui étaient l'œuvre de Cerise. Il osa les toucher du bout du doigt, comme on touche des vipères mortes. Celles-là étaient bien mortes, qui ne bougèrent pas.

— Comme il a bien dû lui faire l'amour, soupira-t-il avec haine et tendresse, à ma petite, pour qu'elle le griffe de la sorte...

Il osa penser, mais cela lui fit mal, qu'il était content pour elle, d'avoir eu autant de plaisir, et cette gentillesse de sa part lui parut effrayante, qui lui prouvait qu'il aimait plus Cerise qu'il ne s'aimait. Il pensa aussi, empli de désespoir, aux filles qu'il avait jetées à ce Junkie trop heureux de les ramasser prestement. La seule qui avait compté ne lui avait donné qu'une fois sa bouche, entre deux bocaux de haricots verts, avait offert le reste, l'inappréciable reste à ce type. Celui-là savait comment faisait l'amour Cerise... Pareil secret valait bien quelques balles dans la peau. Impossible, hélas! de les lui coller.

D'un bloc, Sherwood se retourna, comme un poisson. On l'eût plongé dans une bassine qu'il n'eût pas été plus trempé. Il bredouillait, sévère :

— Avec vous, je veux bien. Avec vous seulement. Les autres, c'est mauve. Tout mauve. Je veux bien descendre avec vous. Oh, oui, prenez ma main...

Il offrait sa main au vide avec insistance. Michael s'en saisit. Ce que lui avait dit Kenneth lui revenait : « C'est bien d'avoir quelqu'un qui vous aime à vos côtés. » Cette drogue était geste d'amour, et rien que cela. La présence d'un ami calmait et rassurait le voyageur égaré au sein d'infinis lumineux qui toujours le dépassaient, l'affolaient souvent, le projetaient parfois dans des paniques que rien ne pouvait arrêter. Celle d'un ennemi, par contre, lui communiquait aussi sûrement qu'un courant électrique un sentiment d'insécurité.

Ce fut cette force hostile que ressentit Junkie. Michael ne l'aimait plus, Michael le haïssait. Il ne pouvait savoir qu'il s'agissait de lui, mais il comprit, ses fibres, plutôt, comprirent que l'adversaire, le danger l'avaient touché de la main.

Il se mit sur son séant, lorgna Huggins avec méfiance, comme s'il allait en sourdre des crabes ou des fourmis.

Ce comportement dérouta Michael. Revolver au poing, il arrivait pour tuer, se cognait à une ombre. Non satisfaite de n'être qu'ombre, l'ombre semblait vouloir le juger. Atterré, il parla à cet ectoplasme comme il eût parlé à Junkie :

— Junkie! Répondez-moi si vous le pouvez. Comment avez-vous fait l'amour avec Cerise?

Junkie parut intéressé :

— Cerise?

— Oui, Cerise! Comment fait-elle l'amour, Cerise?

Michael ignorait d'autres vérités, toutes les vérités du « D », entre autres celle qu'un *acid-head* — usager du LSD — ne peut, quêtant le vrai de tout son être, ne peut en aucun cas vagabonder dans le mensonge. S'il l'avait sue, comme il l'eût trouvée appropriée à sa question, cette loi des « hallucinogènes mystiques »...

Junkie marmonnait, la tête dans les mains, rencogné contre le mur pour fuir le contact de son interlocuteur terrestre :

— Cerise... Cerise...

Michael avait compris qu'il devait s'exprimer avec douceur et tendresse :

— Oui, mon vieux Junkie, mon cher Junkie, Cerise. Comment lui avez-vous fait l'amour, *old man?* Comment?

Junkie réfléchit longtemps puis, se jetant à plat ventre sur les couvertures, se mit, horrible, à mimer une violente copulation. Devant cette scène aussi tragique qu'obscène, Michael faillit encore sortir son revolver, tant ce geste lui était épouvantable. Il se contint, mais sentit, à la température de sa peau, qu'il était, des pieds aux cheveux, gelé de répulsion. Il ne pouvait garder un doute, face à cette atroce exhibition : Junkie couchait avec Cerise sous ses yeux. Junkie, s'il ne l'arrêtait pas, allait jouir en Cerise, une Cerise irréelle mais qui, pour lui Michael, était là, tellement là qu'il l'écoutait presque respirer, ahaner.

Il frappa du poing Sherwood sur les reins. Drogué ou non, il l'empêcherait toujours, fût-il devenu Dieu, de prendre la jeune Française devant lui, fût-elle devenue Sainte Vierge, Madeleine ou une autre.

Sous le choc brutal, Junkie changea d'aspect, délaissa la « femme » et, craintif, quitta le divan sur des semelles de velours.

Michael le vit s'installer le plus loin possible de lui, fixer un point quelconque sur le mur, le saluer de la tête. Junkie s'était accroupi et chuchotait, si bas que Michael dut se lever et s'approcher pour l'entendre :

— Cerise. Très belle. Écoutez là. Ce qui roule... Boîte de conserves. Cuisses, Cerise. Je serai entre vos cuisses. Je serai Dieu entre vos cuisses.

Huggins n'était plus désireux de l'interrompre, au contraire se baissait, se mettait à genoux pour être à sa hauteur.

— Cerise..., susurrait Junkie.

Il se reprit, hagard, répéta en français :

— Cerise, s'il vous plaît, Cerise! Écartez vos

cuisses, je suis l'hostie. Ceci est ma chair, ceci est mon sang.

Michael le secoua, furieux, par les épaules. Il n'avait pas compris.

— *Speak English!* ordonna-t-il.

Effrayé, Junkie crut repousser l'agresseur invisible de toute l'incommensurable puissance que, pensait-il, lui avait octroyée le ciel. En fait, sa force physique, réduite à néant, ne lui permit pas de bouger. Michael le devina, le libéra.

Aussitôt, Junkie se mit à tirer sur une cigarette imaginaire. Michael lui en offrit une de son paquet, par jeu. A sa grande surprise, Junkie s'en empara. Huggins dut la lui allumer.

Junkie s'était levé, discourait tel un avocat, tournant dans la pièce en soufflant très vite des bouffées de fumée :

— Cerise, n'est-ce pas... n'est-ce pas... Du bleu... du bleu...

— De grands yeux bleus, lui souffla Michael.

— Des yeux bleus. Très belle. La nuit. Écartez-vos cuisses, s'il vous plaît, madame. Rien vu. La nuit entre ses cuisses. La nuit. Je vais voir la lumière jaune. Jaune! Tout est jaune!

Il continua subitement en français :

— Laisse-toi faire ou je t'étrangle!

Il parlait bien trop vite pour Michael. Il ricana, l'évita, car Huggins voulait le tenir à portée de la main pour l'empêcher de s'exprimer en français.

— *Speak English!* répéta Michael.

Junkie obéit :

— Des serpents. Des milliers de serpents. Nous allons tous mourir, les amis. Mourir. Et pourrir!

Il éclata de rire, jeta sa cigarette sur le divan :

— Dites-moi, Cerise. Dites-moi comment vous pourrissez, vous? Ah... Comment pourrissez-vous, comment faites-vous l'amour, Cerise?

Il hurla en français les mains sur le visage :

— Non... Non... Tu me fais mal! Tu me déchires!

Ce cri de douleur médusa Michael occupé à éteindre le mégot balancé sur la couverture. Ce cri-là n'était pas un cri d'homme. Qui l'avait poussé dans la vie, sur la terre?

Huggins se fit suppliant :

— Qu'avez-vous dit, Junkie? Redites-le-moi en anglais, je vous en prie, *old man*, je vous en prie.

Mais déjà l'autre était ailleurs, s'allongeait sur le sol, et singeait un cadavre, et soliloquait :

— Tissu vert pâle. Doux. Soyeux. Inquiétant. Quelque chose pue, ici. Ça s'enfonce sous la tête. Mike! Mike!

— Quoi? fit Michael interloqué.

Sortait-il enfin de ses décombres? Non. Junkie était mort, et lui narrait sa mort :

— Mike, quelque chose pue entre ces quatre murs de bois. Excusez-moi, c'est moi qui pue. Moi. Moi. Cette fois, tout est rouge. Rouge. Le velours est noir. Mauvais, dans la bouche, le velours. Mauvais à boire.

Michael s'agenouillait près de lui :

— Junkie! Je suis Cerise, je suis blonde, je suis très belle, j'ai les yeux bleus. Cerise! Cerise! La Française que vous avez baisée l'autre soir. Vous me reconnaissez? Je vous aime, Junkie, je vous aime, je veux faire l'amour avec vous.

Très digne, Junkie se remit sur ses pieds, s'en alla vers une fenêtre et l'ouvrit avec décision :

— Cerise? Connais pas. J'ai connu une fille...

Il revint au milieu de la pièce, bras écartés, imita longuement un moteur d'automobile :

— Une fille, oui. Elle est... dans une tombe... De l'eau, rien que de l'eau... Verte! Verte! De l'eau. Du sang. Et de la merde. C'était une fille.

Il s'assit, tranquille, dans un fauteuil, face à Michael assis dans l'autre fauteuil :

— Ah! Voilà Dieu! En retard, comme d'habitude!

C'était à Michael ennuyé que s'adressait cet exorde. Huggins regarda malgré tout derrière lui, où ne se trouvait personne.

— Dieu et moi, on est des bons copains. Il m'a fait. Du moins, il le croit. Mais sans moi il n'existe pas. L'existence de Dieu, c'est moi.

Il confia avec réticences son secret :

— Entre nous... Dieu, c'est moi. Mais... chut! Si ça se savait, réclamations. Vous voyez ça d'ici : réclamations, réclamations!

Michael n'en pouvait plus. Il sortit son revolver. Sa main tremblait, le revolver tomba lourdement sur le parquet.

Les bruits, pour Junkie, par la grâce du sucre, devenaient des traînées de couleurs, des giclées de peinture. Il bondit hors de son fauteuil, se rua vers la fenêtre :

— Des raisins! Vous avez écrasé des raisins! Tout est violet! Tout est lilas! N'approchez pas! Vous ne m'aimez pas. Vous me faites peur.

Michael ne bougeait pas, mais les ondes de son aversion enveloppaient Junkie, le tiraillaient de tous côtés, et Junkie se débattait, épouvanté :

— Je vous sens. Près de moi. Écartez-vous. Qui est là? Qui est ici, avec moi?

Michael se renfonça dans son fauteuil, ramassa le revolver chu à ses pieds, le remit dans sa poche, sortit avec placidité une Benson and Hedges de son paquet :

— Ce n'est rien, Junkie. Je suis la mort. Je viens vous prendre. La mort noire, verte, rouge, à votre choix. La mort.

Junkie, mon cher, nous le savons, le LSD ne laisse aucune trace dans l'organisme. Par chance, Kenneth et Lee vous ont vu, de leurs yeux vu, vous en ingurgiter deux cent cinquante microgrammes.

Junkie pouffe de rire. On lui veut du mal, c'est certain. Quelqu'un dans ce monde absurde le cherche qui lui veut du mal, qui veut peut-être le tuer. Ce quelqu'un est fou, oui, fou, de lui vouloir du mal. Ce quelqu'un ne peut pas attraper un aigle. Un aigle! Parfaitement, je suis un aigle, moi, Junkie! Et je le prouve!

Vous pouvez toujours me poursuivre!

Je vole!

Je vole!

Je vole!

Junkie s'envola par la fenêtre ouverte, et Michael resta dans son fauteuil.

Junkie ne vola pas, ne dit pas un mot, ne poussa pas le moindre cri.

Il se brisa tout net les reins sur sa moto, qui s'écroula sur le trottoir comme verse un cheval, ou une femme.

Le corps du jeune homme roula au milieu de la rue, s'immobilisa enfin, fracassé, dans une pose telle que les premiers témoins et les derniers passants purent voir les balafres qui lui zébraient le dos.

CHAPITRE XI

Au pied de ce long mur de briques sombres, Michael Huggins passa bien des soirées. Adossé là, il se laissait, à bout portant, tête vide, assommer par le bruit.

Au Marquee, près de Soho, la musique à l'état sauvage arrivait brute des banlieues, guitares et pinaos électriques, mal accordés, trop amplifiés, n'étaient pas destinés aux clients raffinés du Revolution et des boîtes en vogue. Ici, le vacarme tenait largement lieu d'esthétique. Le Swinging London, en cet antre, se teintait, se barbouillait, plutôt, de mauvaise éducation.

Les filles, déjà flétries, nourries de chewing-gum, ne dansaient pas avec des grâces de faons, et les garçons atones suçaient sans joie la paille de leur Coca-Cola. Les chanteurs des groupes pop avaient parfois tendance, tout en braillant, à caresser la joue de leur batteur. Au Marquee, les musiciens ne portaient pas de coûteuses chemises à jabot de dentelle, mais des maillots de corps volontiers troués et coupés au-dessus du nombril.

Loin derrière les chaises disposées en demi-cercle face à l'estrade, s'étalait ce mur noir contre lequel s'embrassaient des couples sinistres ou s'appuyaient des solitaires pensifs. On eût juré que tous ceux-là, droits, disséminés au pied de la muraille, attendaient l'aube et le roulement de chaussures du peloton d'exécution.

Michael aima cet endroit où nul ne savait son nom, pas plus que son souci. Les filles ne redoutaient pas les contacts et, comme au temps de ses dix-huit ans, Huggins réapprit à se tailler très court l'ongle de l'index droit.

Il fit des conquêtes pour lesquelles il n'était certes pas besoin de jouer du Mozart aux chandelles. Il lui fallait surtout veiller à ce qu'on n'emportât pas, au matin, les flambeaux. Et, tout comme dans la vieille histoire où l'homme qui vient de manger son chien regrette qu'il ne soit plus là pour croquer les os, Michael songeait que Junkie aurait bien grignoté les restes de ces filles.

Mais jamais nulle ne fit l'amour comme Cerise devait le faire, jamais. Elle le dégoûtait, à présent, Cerise, lui répugnait. Il n'y eût pas touché avec ses gants d'automobiliste. Elle était, à ses yeux, rangée, blonde et nue, aux côtés de Sherwood. Ses ongles repoussaient sous terre, sous cette terre où se délayaient enfin dans la chair morte les cicatrices de Junkie.

Il revoyait chaque nuit le cadavre mimer les gestes horribles de l'amour, la voyait remuer, gigoter sous lui, des perles de bave au coin des lèvres, l'écoutait pousser ses petits cris, ses petits rires de plaisir. A cause d'eux, à cause d'elle — qui vivait encore et ce à quelques mètres seulement du 27 ½ — il connut des défaillances avec ses partenaires d'occasion, défaillances qui le rongeaient mieux que des rats. Il reportait sur la vivante la haine qui n'était plus de mise avec la carcasse. Ils lui avaient sali le jour, ils lui pourrissaient la moelle de ses nuits.

Au bureau, près de Jill, ou chez lui lors des visites de Marjorie, il lui arrivait de passer des heures sans prononcer un mot, recroquevillé sur ses secrets tel un agonisant sur sa couche souillée.

Un jour, pourtant, Jill reçut un coup de téléphone de Cerise :

— Je voudrais prendre des nouvelles de ce pauvre vieux milord. Je ne l'ai pas revu depuis quinze jours, depuis Luna Park. Il n'est pas malade, au moins ?

— Pas du tout.

— Eh bien ! tant mieux, tant mieux. C'est qu'il m'oublie.

— Il ne me parle pas de vous.

— C'est parfait comme ça. Soyez gentille, Jill, ne lui dites pas que je vous ai appelée. Vous comprenez, c'était uniquement pour savoir s'il n'était pas malade...

— Je vous comprends. Je ne lui dirai rien.

Jil tint parole. Son patron lui paraissait assez lugubre pour qu'elle évitât de l'attrister davantage. Au fil des semaines, il se découvrait d'ailleurs un terrain d'entente avec Marjorie. Ils buvaient ensemble et souvent accomplissaient bras dessus, bras dessous d'éprouvantes tournées dans les pubs de Chelsea, n'échangeant que quelques syllabes par-dessus leur verre de gin ou de whisky. Ils entendirent tinter la cloche annonçant la fermeture un peu partout. Au Phené Arms. Au Cooper Arms. Au Pig and Whistle. A l'Antelope. Au Colville. Au World's End, qu'affectionnait Michael, mais où Marjorie se plaisait moins. De ce pub, en effet, on pouvait voir l'immeuble de Junkie.

Michael, ivre, prétendait percevoir le bruit du moteur de la Triumph.

— Écoutez, Marjorie ! Junkie revient !

— Vous vous faites du mal, Mike, bégayait Marjorie effrayée. Il ne peut pas revenir. Il est mort.

Michael ricanait :

— Mort, lui ? Vous avez l'humour macabre, ma

chère. Mort, Junkie, alors qu'il fait l'amour toutes les nuits ? Je l'entends, je vous dis, je l'entends toutes les nuits. Vous en connaissez beaucoup, vous, des morts qui baisent aussi bien ? Il fait crier les filles, oui. Vous auriez bien dû l'essayer, vous dis-je. Vous avez raté. C'était l'affaire de votre vie. Sauf votre respect, il avait une queue terrible, l'ami Junkie, avant de partir pour Saint-Tropez pour toujours. Terrible. Demandez à toutes celles qu'il a sautées. Elles déliraient. Elles griffaient. Elles lui arrachaient le dos.

— Taisez-vous, Mike, vous êtes soûl.

— Elles aussi, elles étaient soûles, mais de plaisir. Elles titubaient de bonheur. Il vous aimait beaucoup. Il vous aurait prise debout dans la rue, comme les autres. Et vous auriez crié comme elles ont crié.

— Ne criez pas si fort...

Elle mettait cette obsession sur le compte du chagrin. Son meilleur ami lui avait filé entre les doigts pour aller s'écraser à dix mètres de là. Michael ne le disait pas, ne le dirait jamais, mais devait se tenir responsable de la mort d'un garçon qu'il aimait.

Un soir qu'ils étaient à Earl's Court, au Lord Ranelagh, il retrouva Kathleen, la poivrote irlandaise, l'arracha à coups de poing à un Maltais qui la courtisait. On les jeta dehors, où Michael chassa Marjorie sans le moindre scrupule :

— Foutez-moi le camp. Je ramène Kate chez moi. N'est-ce pas, ma poupée, qu'on va passer ensemble une nuit étoilée ?

— Oh, Sir, minaudait la pocharde, vous me faites bien de l'honneur. En votre honneur, si vous avez une baignoire, je prendrai un bain.

Marjorie blêmissait :

— Vous ne pouvez pas me faire cela, Mike. Cette créature...

Il leva la main sur elle :

— Foutez-moi le camp, vous dis-je. Cette créature me plaît. Vous ne me plaisez pas, vous. Je vous ai usée jusqu'à la corde, jusqu'au porte-jarretelles. Allez coucher avec Junkie!

Kathleen était pliée en deux de rire et répétait :

— C'est ça, beauté, c'est ça, allez coucher avec Junkie! Moi, je me paie mon beau garçon. Même qu'il m'appelle Cerise!

Michael hurla :

— Vous ne vous appelez plus Cerise! Ammoniaque! Cerise! Charogne!

— O.K. Sir, maugréa l'Irlandaise, plus de Cerise, plus de Cerise! Moi, ce que j'en disais...

Marjorie les vit disparaître en s'embrassant dans la nuit. Elle se serait bien suicidée, ce soir-là, mais n'en avait plus la force. Il fallait déjà tant de courage, tant de volonté, pour porter un verre à ses lèvres...

Bizarrement, Michael fit très bien l'amour à la modeste Kathleen, et en conclut que les déchéances sécrétaient bien des charmes et bien des troubles. Mélanger Kathleen et Mozart, n'était-ce point là une recherche artistique, une somme érotique, un raffinement à la coriandre? Il évita pourtant, au matin, de sortir dans la rue avec cette femme de ménage d'un nouveau style. Mr Kendon et son cocker n'y auraient rien compris.

En novembre, alors que la pluie tombait King's Road, il rencontra Cerise. Il était en voiture et rentrait Smith Terrace.

La jeune femme, juchée sur un mini-vélo démontable, coiffée d'un suroît de marin, pédalait en riant, escortée par ses gosses courant à ses côtés. Elle épouvantait par ses zigzags les conducteurs de bus qui n'osaient la doubler. L'impudique, en sandales, jupe relevée, exhibait ses cuisses que cinglaient les gouttes. Michael jugea ces cuisses-là vraiment un peu fortes pour son goût. « Des cuisses d'étrangleuse », avait dit Junkie avant de s'en servir.

Cette pluie lui rappela la pluie de juin, les cerises, les noyaux, tout cet effrayant « temps des cerises » que chantaient les Français.

Ce jour-là, sur sa bicyclette, Cerise, qui s'amusait beaucoup, alla et vint d'un bout à l'autre de Smith Terrace, passa et repassa devant la maison de Michael.

Il la surveillait, invisible derrière ses rideaux. Pas une fois elle ne passa sans tourner sa tête rieuse vers ses fenêtres. La disparition de « milord » devait sans nul doute l'intriguer, à la longue.

Quand elle se fut assez trempée, déçue, elle rendit la bicyclette aux enfants, et Michael ne la revit plus.

Mais cette rencontre et l'insistance mise par Cerise à attirer son attention firent que Michael repêcha, comme autrefois, des cheveux blonds, de très longs cheveux blonds, dans son whisky. Il l'aimait encore, la désirait encore, y rêvait toujours, à cette garce, cette pute, cette roulure. Bah, bientôt, il en serait débarrassé. Elle n'allait plus tarder, maintenant, à rejoindre Junkie, sinon dans le temps, du moins dans l'espace. Le stage de l'ingénieur commercial Desremeaux devait toucher à sa fin.

Elle repartirait dans son sale pays, qu'elle n'aurait jamais dû quitter. Elle recouvrerait son jardin du Vésinet, ses magazines pour cuisinière, sa petite « télé » crétino-policière, ses pots de confiture, ses plats en sauce, ses fromages pourris, toutes les étendues désertiques de sa vie minuscule.

Elle vieillirait. Elle grossirait sans mesure. Ses belles cuisses — mais si, Michael, mais si, elles étaient belles ! — deviendraient jambons d'York. Son corps se liquéfierait dans les armatures, les gaines, les soutiens-gorge renforcés et les baleines. N'en demeurerait, de ces grâces, chez un vieil Anglais de Chelsea, qu'une photographie de plus en plus fanée où une jolie blonde posait dans un fauteuil, les mains croisées et les grands yeux bleus grands ouverts sur le gouffre d'une vague existence de femme.

L'ayant ainsi vouée à son destin de bigorneau, il n'y voulut plus penser, y pensa malgré l'alcool à flots, les filles du Marquee et d'ailleurs. Car les grincements du *shopping-basket*, qui s'étaient tus un long moment dans la rue — elle devait alors n'emprunter que Smith Street — ne l'épargnaient plus. Bouleversant ses stricts emplois du temps, la jeune Française partait faire ses commissions aux heures où elle présumait Michael chez lui. Il ne se montrait pas mais goûtait au plaisir stupide de la contempler, de voir les *big blue eyes* se lever en vain vers ses tentures.

Elle devait être de jour en jour davantage déroutée puisqu'un matin il trouva sur sa moquette une feuille de papier, ainsi qu'il en avait trouvé une à l'époque de l'abordage de Desremeaux. Sur celle-ci comme sur l'autre, un seul mot. Cette fois, le mot était : POURQUOI ?

Cette interrogation troubla Huggins.

Pourquoi, oui, lui manifestait-elle de l'intérêt, depuis ses exercices vélocipédiques ?

Pourquoi ce dépit d'avoir perdu « milord » en tant que jouet inoffensif ?

Ou alors, voyant se rapprocher le départ, s'était-elle enfin résolue sur le tard à récompenser un vaillant soupirant qui n'aurait plus le loisir de « briser son ménage » ?

Écartant ces suppositions, Michael se hérissait. Pourquoi ? Certes, elle devait ignorer qu'il savait tout d'elle et de Junkie. N'apercevant plus celui-là — était-elle seulement au courant de sa mort ? — songeait-elle à le remplacer par le voisin ?

Il demeura, face à ce « pourquoi? », sans réponse possible et, en conséquence, n'y répondit pas.

Le *shopping-basket* ne passa plus devant le 27 ½.

Un midi qu'il avait le *blues*, Michael décida de déjeuner d'une grillade au Chelsea Potter.

Il avait, ce matin, en sortant de chez lui, trouvé devant sa porte, roide, le cadavre du merle à bec jaune. La femelle s'ébattait, insouciante, dans le lierre, ainsi que de coutume, et Michael dut se contenir pour ne pas lapider cette salope. Il voyait en ce petit corps froid de mâle de funestes présages. Les mâles mouraient, les femelles chantaient.

Sans un sourire, il commanda sa grillade à Colette. Elle l'embêtait aussi, celle-là. Depuis qu'il apprenait le français — Cerise ou pas il n'en avait pas interrompu l'étude, qui lui occupait l'esprit — elle l'entretenait toujours de la jeune femme avec force clins d'œil. Aussi n'était-il pas venu dans le pub depuis une quinzaine.

— Ah, Mr Huggins, clama-t-elle, je suis bien contente de vous voir! Avez-vous des nouvelles?

— Des nouvelles de qui? grogna-t-il sur ses gardes.

— De Mme Desremeaux, bien sûr! Des nouvelles de qui! Le voilà qui débarque de la lune!

— Je ne suis pas au courant, murmura-t-il, incertain.

La Corse, théâtrale, brandit sa poêle à frire et Michael n'eut pas envie de crier : « *Play?* »

— C'est un monde, Mr Huggins! Vous êtes son voisin, et c'est à moi de vous apprendre qu'elle est à l'hôpital?

Il bredouilla, effaré :

— A l'hôpital?

— Parfaitement. Elle est tombée dans sa cuisine,

il y a deux jours. Une syncope. C'est la femme qui s'occupe des enfants qui me l'a dit.

— A quel hôpital est-elle ?

Il s'aperçut qu'il allait claquer des dents, et dut crisper les mâchoires afin d'éviter cette démonstration grotesque.

— Hé, c'est justement ce que je voulais savoir. Je n'ai pas revu la bonne femme. Tout ce que je sais, c'est que c'est un hôpital pour cardiaques, mais lequel ? Il n'y en a pas qu'un, dans Londres. Alors, vous n'êtes pas plus avancé que moi ?

— Non, souffla-t-il en baissant la tête.

— Tant pis. Je serais allée la voir. Entre Français on peut faire un geste. C'est peut-être grave, ce qu'elle a. Comment vous la voulez, votre grillade ?

— Je n'en veux plus, fit Michael qui s'éloigna, et se fit servir une pinte de bitter au comptoir.

Cerise malade.

Cerise tombée dans sa cuisine.

Il la vit, bras en croix, sur le carreau. Il revit le merle les ailes en croix sur le paillasson.

En prenant sa chope, il renversa la moitié de sa bière.

Cerise allait mourir.

« C'est peut-être grave, ce qu'elle a... »

Elle allait mourir sans qu'il l'eût seulement embrassée une seconde fois.

Il n'avait pu y songer, depuis deux mois, sans associer son image impure à celle, obscène, de Junkie.

Là, tout à coup, elle surgissait devant lui seule et fraîche, car elle allait mourir, et son amour pour elle remontait, intact, lumineux, d'un coin préservé de son esprit.

Il voulut la revoir. Tout de suite. Vite. Toutes les fumées sombres chassées de lui, il n'était plus qu'amour et pitié d'elle. Qui allait mourir.

Qui parlait de mourir ? Elle n'avait eu qu'un

malaise. Il sauta sur cet espoir et le fit sien.

Il abandonna sa bière sans l'avoir goûtée, se précipita à sa voiture. Il visiterait, s'il le fallait, tous les hôpitaux de Londres, mais il la trouverait. Fébrile, il consulta le guide de la ville, y cocha cinq noms d'établissements spécialisés dans le traitement des affections du cœur.

Le plus proche était le Brompton Hospital, Fulham Road.

En démarrant, il s'aperçut qu'il perdait tout égoïsme, aussi vite qu'une bouteille cassée perd le liquide qui l'emplissait. Car il ne se disait plus « Faites qu'elle m'aime! » mais « Faites qu'elle vive! » Vivre, oui, rien que cela, rien de plus! Même sans le regarder. Même avec son mari. Même avec d'autres, avec tous les autres, mais qu'elle vive, au moins, puisqu'il l'aimait! Puisqu'il l'aimait à en donner sa vie pour elle!

Il passa devant le Gaiety sans penser à Jenny.

Au Brompton Hospital, il s'élança dans le bureau des Renseignements. Il eût volontiers étranglé l'être sans consistance ni visage qui feuilletait sans hâte le registre des entrées. Il faillit le lui arracher des mains, ce registre précieux. Ce n'était qu'un registre imbécile. Le nom de Mme Desremeaux n'était pas dedans.

Sans remercier ni saluer, Michael se remit au volant, se rua Westmoreland Street.

Au National Heart Hospital, on avait bien une Française, mais ce n'était pas la bonne, la seule.

— C'est une Mme Le Rétif...

— Qu'elle crève! éclata Michael en s'enfuyant.

Il se récita, sur la route du Middlesex Hospital, ce passage où Gatsby la Magnifique se fait l'effet « d'une marionnette livresque perdant sa sciure par tous les pores en poursuivant un tigre dans le bois de Boulogne ». Il se faisait l'effet, lui, d'un donneur de sang courant, flacon inestimable, rendre la vie à un corps. S'il la voyait, elle ne mourrait pas.

Elle l'avait accablé de malheur. Elle ne lui ferait pas le dernier. Elle n'était pas non plus au Middlesex Hospital. Il cingla vers Whitechapel. Où, ce corps de beauté, où? Vivait-il encore, seulement?

« Mme Desremeaux a succombé aux suites de l'opération. Vous pouvez la voir, étendue sur une dalle glacée. Voulez-vous que nous soulevions sa couverture, pour que vous puissiez voir ses grands yeux bleus avant que les offense la décomposition? Ils sont fermés. La religieuse les a fermés. Oui, nous avons coupé ses merveilleux cheveux blonds. Elle en avait fait le don aux Œuvres charitables de la British Legion. »

Ses mains moites collaient au volant.

London Hospital.

— Desremeaux. Vous dites : Des-re-meaux. D comme David. Pas de Desremeaux.

Il ne se mit pas en colère, soupira, découragé :

— Où peut-elle être...

— Ne partez pas! Excusez-moi. J'ai regardé la liste des hommes...

Cette vieille ordure méritait un encrier dans la gueule! Non. Il lui enverrait des roses. Cette sainte femme, cette charmante quinquagénaire venait, d'un coup de baguette, de redonner la vie à la plus jolie des Mme Desremeaux :

— Escalier C. Chambre 14. Troisième étage.

— Elle n'est pas morte?

— Voyons! Monsieur!

Il passa en courant devant l'ascenseur, sans se rappeler à quoi cela pouvait servir, escalada au grand galop les trois superbes étages du magnifique escalier C.

Il ne pouvait décemment se jeter à la façon d'une bombe à ailettes dans la chambre 14 sans risquer de provoquer chez une cardiaque une issue fatale. Il avisa une infirmière :

— S'il vous plaît, Mme Desremeaux est-elle visible ?

La jeune fille lui lança avec sérénité un pavé en pleine figure :

— Certainement. Elle est avec son mari. Je vais vous annoncer.

Il n'avait pas un seul instant pensé à ce péril.

Déjà, l'infirmière s'acheminait vers la porte.

Michael n'eut que le temps de la rattraper :

— N'en faites rien, je vous prie. Je vais attendre. Je préfère la voir un peu plus tard.

Elle le considéra avec attention : l'amant, sans doute. Il lui fourra un billet d'une livre dans la main.

Elle fit, avant de tourner les talons :

— Comme vous voudrez.

Quatre à quatre, il redescendit l'escalier C et se posta face à l'hôpital, de l'autre côté de la Whitechapel Road, pour guetter la sortie du gêneur.

Michael piétina longtemps. Cet encombrant n'en finissait pas. A croire, puisque aussi bien elle n'était pas encore tout à fait morte, qu'il culbutait sa femme. Il en profiterait jusqu'à son dernier souffle, ce triste individu, au risque de provoquer chez sa légitime une endocardite aiguë maligne à évolution rapide.

Au bout d'une heure, enfin, Michael le vit sortir, apparemment paisible. Il suivit des yeux le Français jusqu'à sa DS garée à une centaine de mètres de là.

Bien sûr, Huggins eût dû inspecter les environs pour y repérer, si possible, la voiture de l'intrus. Cette inconscience avait failli provoquer une scène fâcheuse. Desremeaux n'aurait pas manqué de s'étonner de l'irruption de son voisin dans la chambre de son épouse.

Michael laissa à la DS le temps de traverser tout

Londres d'est en ouest avant de recommencer la montée des trois étages de l'escalier C. L'infirmière lui décocha un sourire engageant : le champ était libre.

Michael, flageolant, s'approcha de la porte. Son cœur s'emballait comme une courroie de dégauchisseuse.

« Bah, songea Huggins, s'il flanche, je ne serai pas trop loin de la table d'opération. »

Il eut l'impression de frapper à la porte du paradis, puisqu'on ne lui répondit pas, de l'autre côté.

Il hésita, embarrassé.

Elle avait dû s'évanouir. Elle avait besoin de lui. Il allait la sauver, la ramasser, inerte, dans ses bras, détaler avec son précieux fardeau dans les couloirs en ameutant tous les docteurs.

Il entra courageusement dans la chambre.

Elle était vide. Mais une porte-fenêtre entrebâillée donnait sur un balcon-promenade dont usaient les malades pour prendre l'air. Michael s'y aventura sur ce qui lui restait de jambes.

Avant même de l'apercevoir, il entendit Cerise.

Elle riait de son grand rire habituel, ce rire frais qui semblait toujours annoncer le printemps.

Michael, sidéré, fit deux pas, la découvrit enfin.

Elle portait une robe de chambre ouatinée d'un bleu semblable à celui de ses yeux. Elle parlait — que pouvaient-ils se dire ? — à un vieux monsieur emmitouflé affalé dans une chaise longue.

Comme son interlocuteur regardait avec surprise le nouveau venu, Cerise se retourna et demeura la bouche ouverte, stupéfiée.

Ils se contemplèrent en silence, lui bouleversé par ce que son apparition suscitait en elle d'émotion. Elle fit : « Michael ! » et, en un geste charmant, étendit vers lui ses deux mains pour qu'il les embrassât. Ses ongles avaient repoussé. Il posa en frémissant ses lèvres sur les veines bleues et vertes de ses poignets. Elle répéta : « Michael... » puis, de sa voix « pleine de monnaie », murmura lentement pour qu'il la comprît :

— Vous êtes gentil d'être venu. Très gentil. Je vous aime bien, Michael.

Elle ne l'appelait pas « milord », aujourd'hui. Il cessa de lui baiser les mains, les conserva néanmoins dans les siennes et questionna, soucieux :

— Comment allez-vous ? Malade ?

L'oiseau Cerise égrena à nouveau, sans transition, les trilles de son rire :

— Très bien ! Je vais très bien. *Very well !*

— Mais vous, tomber par terre, chez vous ?

Cet incident inquiétant n'éveillait que des gaietés en elle :

— Oui, tomber. Avec casserole. Badaboum ! Mais ce n'est rien. Rien du tout. Je suis contente de vous voir. Tellement contente...

Elle pouffa :

— Mari. Mari ici, tout à l'heure.

Elle eut malgré tout une grimace qui signifiait : « Vous auriez pu vous rencontrer. » Michael renonça à lui dire qu'il avait vu Desremeaux. Cela n'avait plus d'importance.

Patiemment, elle lui expliqua que son mari rentrait le lendemain en France avec les enfants. Il ne pouvait, à cause de son travail, retarder son départ. Elle ne les suivrait que dans une semaine. Elle devait rester en cet hôpital pour y attendre le résultat d'une série d'examens, d'un « tas de trucs » précisa-t-elle avec désinvolture.

Elle n'était pas fille à s'enfumer la cervelle d'idées de maladie, encore moins de mort, quelle horreur. Les soins dont elle comblait toujours, d'évidence, sa chevelure ensoleillée lui importaient sans nul doute davantage que ceux requis par l'état de son cœur. Au vrai, de l'extérieur, l'insolence de sa santé n'avait d'égale que celle de sa beauté épanouie dans le satin bleu.

Les yeux dans les yeux, ils s'accoudèrent à la balustrade.

Là, Cerise abandonna brusquement ses apparences d'étourneau pour dire tout bas, sans cesser de le fixer :

— Pourquoi, Michael ? Pourquoi ?

Il fit « non » de la tête. Il ne voulait pas répondre. Il l'aimait. Lui pardonnait. Mais ne voulait pas remuer une fange où il avait failli sombrer. Pourquoi ne se taisait-elle pas, pourquoi insistait-elle autant ?

— Pourquoi, Michael, s'il vous plaît ? Je ne vous ai pas vu pendant deux mois. Pourquoi ?

Comme il se butait, elle murmura, morose :

— Je sais pourquoi, moi. Vous ne m'aimez plus. Vous n'avez jamais aimé Cerise. Seulement vouloir coucher avec elle. Seulement ça.

Il secoua encore la tête :

— Je vous aime, Cerise. Vous le savez. Vous avez toujours su.

Cette gravité décontenança la jeune femme :

— Alors, je ne comprends pas. Dans les arbres... Vous vous souvenez, dans les arbres...

S'il s'en souvenait !

— ...dans les arbres, j'étais bien avec vous. Contente. Et vous partir... Vous n'avez jamais cherché à me revoir. Moi, si. Souvenez-vous, j'ai roulé à bicyclette devant votre maison. Pourquoi, Michael ? Je veux savoir.

Elle le mettait au supplice. Pourquoi, surtout, ne pas pleinement profiter de cet instant heureux, pourquoi l'obscurcir et bientôt le salir sans recours ?

Elle lui prenait le bras, approchait son visage du sien, suppliait, dangereusement câline :

— Je vous aime bien, Michael. Je veux savoir. Pourquoi ?

Éperdu, acculé, il lâcha :

— Junkie!

Elle tressaillit, rougit si violemment qu'il en rougit pour elle, regrettant déjà, amer, d'avoir parlé et tout cassé.

Elle était nue devant lui, coupable, ignoble, et il eut du remords de l'avoir ainsi déshabillée sans égards, sans un baiser. Mais déjà elle se ressaisissait, pauvre petite garce de Cerise toujours aussi rouge cerise. Elle serra très fort le bras qu'elle tenait :

— Oui, Junkie. Alors, c'était ça ? Vous savez, pour Junkie et moi. Vous savez!

— Je sais, souffla-t-il.

— Il vous a dit. Mais il vous a dit quoi ? C'est un salaud, votre Junkie. Vous comprendre, salaud ? Méchant. Pas bon. *No good.* Junkie salaud avec moi. Vous, emmener Junkie ici. Devant moi, Junkie vous dira la vérité.

Elle en parlait comme s'il avait été vivant. Le petit vieux s'était assoupi dans la chaise longue, et ronflait. Michael baissa le front :

— Junkie dira rien. Rien. Junkie est mort.

Toutes les réactions étaient possibles, de la part de Cerise, toutes, sauf une, et ce fut celle-là qui se produisit. Michael vit avec stupeur les traits de la jeune Française s'illuminer. Elle cria, joyeuse :

— Mort ? C'est vrai, Michael, c'est vrai ? Il est mort ?

— Oui..., balbutia-il, désemparé par cette allégresse qui montait, incroyable, incongrue, gagnait tous les traits de Cerise. Elle se mit à rire, à rire follement, et ce rire nerveux gêna Michael.

Il intervint, très sec :

— Non, Cerise. Vous, pas rire. Pas rire. Pas vous.

Le rire se brisa net. La jeune femme lança, tapant soudain le sol du pied avec rage :

— Ah, si! Je ris! C'est bien fait qu'il soit mort! Bien fait! *Very well*, Junkie mort. Écoutez-moi, Michael, écoutez-moi. Il faut que vous m'écoutiez.

Elle se passionnait d'une façon qui le surprenait. Comme elle vivait, à cette seconde-là, sa nonchalante au *shopping-basket!* Mieux que cela, elle explosait, ardente, s'embrasait. Elle tentait de tout son être de se faire bien comprendre, de lui révéler la vérité, s'y employait sans sourire de ses mimiques et de son langage :

— Vous tout connaître histoire Junkie. Il vous a dit, pour Raspoutine? Bien. Nous, danser, Bien. Après, voiture. Deux chevaux. Revenir Chelsea. Là, Junkie arrête voiture. Stop. Il fait un geste, ce salaud, un geste...

Elle répéta à demi ce geste sur sa robe de chambre, lut dans les yeux de Michael qu'il avait parfaitement saisi, et poursuivit, de plus en plus animée :

— Moi, gifle à Junkie. Pan! Je saute de la voiture. Moi, courir, courir. Attendez...

Elle s'absenta, revint avec le dictionnaire Français-Anglais, English-French qu'avait dû lui laisser son mari. Ils unirent leurs efforts pour y cerner le terme « terrain vague ». Michael fit signe qu'il entendait.

— Bon, alors, moi, terrain vague. Junkie me trouve. Trouver moi, vu? Sauter sur moi.

Elle rougit encore et ses cils brillèrent de larmes.

— Moi, griffer! Griffer!

Elle montrait ses ongles.

— Lui, avec le poing, pan! Moi, K.-O. Cerise K.-O. Et Junkie m'a violée. Viol, compris, viol?

Elle souligna du doigt sur le dictionnaire : *to violate*. Michael, abasourdi, hocha la tête :

— *Yes. To violate.*

Elle ne put s'empêcher de grommeler pour elle seule, devant cette drôle de façon de prononcer :

— Tu parles d'une violette! J'aurais bien voulu t'y voir!

Oui, il comprenait tout. Par la force, Junkie s'était vengé de Marjorie sur Cerise. Cette Cerise que Michael n'avait jamais eue, il l'aurait, lui, peu importait de quelle façon. Michael ne regrettait pas de l'avoir laissé s'envoler. Tout cela était loin des scènes de volupté qu'il avait fabriquées de toutes pièces anatomiques, des plaisirs partagés qui l'avaient en esprit, torturé. Il comprenait tout, et avant tout la joie et la haine que venait de manifester la jeune femme en apprenant que l'homme qui l'avait humiliée de la sorte, cet homme n'existait plus. Cette joie et cette haine régénéraient Michael. Cette disparition la purifiait, comme son récit la purifiait aux yeux éblouis de Michael.

Il s'expliqua à son tour :

— Moi... croire que Junkie et vous coucher ensemble pour... pour...

— Le plaisir? Merci bien!

— Oui, pour le plaisir. Je vous aime. Moi, alors, souffrir, souffrir beaucoup.

Elle lui caressa tendrement la joue :

— Pauvre milord. Il a été bien malheureux. On y voit plus clair, maintenant, et en particulier pourquoi il me fuyait comme la peste. Il devait me prendre pour quelqu'un de propre! Qu'est-ce qu'il n'a pas dû s'imaginer!

— Je demande votre pardon, Cerise. Mais terrible pour moi. Voir dos Junkie. *Scratch... scratch...*

— Oui. Griffes.

— Oui. Voir griffes sur Junkie. Après, moi voir vos ongles. Ongles *broken...*

— Cassés.

— Vos ongles cassés. Souvenez-vous, oui, dans les arbres. Terrible, pour moi.

— Ah, c'est pour ça qu'il s'est sauvé comme un

voleur, mon milord, s'exclama Cerise en se frappant le front, quand je vous dis que tout s'éclaire! On a été bien ennuyés pour pas grand-chose, finalement... Surtout lui, bien sûr, mais moi ça me faisait de la peine...

Elle l'entraîna vers deux autres chaises longues où ils s'étendirent côte à côte sous le tout dernier soleil de novembre.

Elle prit dans une de ses poches un porte-monnaie, en sortit son billet de train pour Paris, le considéra avec une pointe de mélancolie.

— Oui, tout s'éclaire, et on se quitte, murmura-t-elle rêveuse.

Elle regarda Michael :

— On ne se reverra plus, mon pauvre milord. C'est la vie. On ne peut pas dire qu'on aura fait beaucoup de mal, hein, tous les deux?...

Il percevait ces ombres dans sa voix. Il ne soufflait mot. Cerise lui était rendue. Il ne voulait savourer que ce bonheur-là, n'en désirait pas d'autre pour la journée, ne demandait pas davantage à la vie que cette main blottie dans la sienne, là, sous ce soleil à cheveux blancs. Il jeta un œil sur le billet, se promit une semaine de félicité. Il viendrait chaque jour, la verrait chaque jour, coulerait auprès d'elle, qu'il n'avait que si peu vue en six mois, douze, quinze ou vingt heures de fortune.

— Cerise, j'accompagnerai vous à Victoria Station.

— Merci, Michael.

— Je viens tous les jours ici, si vous voulez.

— Merci, Michael, vous êtes gentil.

Elle ne riait pas. Elle qui avait été cueillie toute niaise à seize ans, et aussitôt plongée dans le quotidien des maternités, elle goûtait là quelque chose d'ineffable et de doux qui ressemblait — elle était bête de penser à cela — à des... des fiançailles.

Avait-on besoin d'aimer les gens comme dans les chansons pour se sentir bien auprès d'eux ? Elle était bien, auprès de Michael. Même sans beaucoup parler. Même sans parler du tout.

Certes, elle était contente de bientôt retrouver la France, de rentrer dans sa maison — encore qu'elle tomberait là sur des tonnes de poussière —, mais cela l'embêterait, au moins les premiers temps, de ne plus le revoir, lui, de n'avoir plus son amour autour d'elle comme des fumées de tabac blond. Simple, elle se voyait faite de laine angora, il la voyait cachemire. Il lui manquerait. Il lui manquerait de ne plus recevoir. C'était, Cerise, une fille gentiment passive. Elle ne pensait pas à donner. Elle avait si peu à donner, dans la chimère et l'illusion. Ne plus tenir, ne plus prendre ce qui lui plaisait ou lui convenait d'un être, cela, oui, cela lui serait pénible. Elle n'attendait plus rien de Jean-Claude. Rien. Le peu qu'elle avait capté, grappillé de ce côté-là était dépensé depuis longtemps. C'était, ce mari, un meuble qu'il lui appartenait d'entretenir au même titre que ses autres meubles. Elle soupira. Puis frissonna.

Michael s'émut :

— Froid ?

— Un peu. Je rentre dans la chambre. Venez.

Elle referma la porte-fenêtre.

Dans la pièce flottaient des odeurs d'huile camphrée, d'eau de Cologne, de peau de femme fraîche et propre. Michael en fut délicatement troublé.

Cerise avait aux pieds des mules à pompon bleu, des mules touchantes dans leur modestie. Michael revécut en pensée l'étrange soirée chez lui, quand cette même fille, aussi candide que ses mules, avait retiré ses chaussures.

Il ne saurait jamais qui elle était, au juste. Ne saurait donc jamais rien de son esprit ni de son corps.

Il soupçonnait, résigné, que non seulement ils ne parlaient pas la même langue mais, en outre, ne devaient pas du tout *parler la même langue.*

Elle s'était à demi étendue sur le lit, avait sagement replacé sur ses jambes les plis de son vêtement. Michael jouait machinalement avec une brosse à cheveux, en retirait un ou deux fils de lumière qu'il agitait dans la lumière.

Le rire de l'oiseau Cerise, l'oiseau rubis, l'oiseau corail retentit encore entre les quatre murs anonymes. Elle venait d'avoir une idée.

— Oh, Michael, j'ai une idée! J'ai mal aux bras, quand je les tiens en l'air, à cause des piqûres qu'ils m'ont faites. Venez me brosser les cheveux. Venez... avec la brosse...

Elle voulait l'avoir tout près d'elle. Avoir ses mains au-dessus d'elle, à côté d'elle.

Il comprit ce qu'elle voulait de lui et, très impressionné, s'installa derrière la jeune femme et commença de lui brosser la chevelure. Il n'osait pas trop se pencher pour ne pas retomber dans ses pièges naïfs, naïfs ou subtilement pervers.

— Aïe, ronronnait-elle, aïe, vous me tirez les cheveux. Ah, mais c'est qu'il me secoue toute la tête, la brute! Ça y est, le voilà qui recommence à souffler comme un phoque...

Elle rit plus fort quand la porte s'ouvrit pour l'infirmière, qui demeura interdite devant ce spectacle.

Michael, cramoisi, vit qu'elle fixait avec inquiétude le lit.

— Que faites-vous là, fit-elle, les visites sont terminées depuis une demi-heure?

Michael bredouilla des excuses.

— Moi, partir, dit-il à Cerise, navré, je reviens demain.

— Je veux vous accompagner, en bas. Demandez-lui si je peux.

Michael transmit le vœu de la jeune femme. L'infirmière acquiesça, désarmée :

— On sait ce que c'est que des amoureux.

Heureusement que le mari ne reviendrait plus, sinon ces deux-là lui auraient créé des histoires.

Cerise connaissait l'existence de l'ascenseur que Michael avait, par deux fois, négligé.

Quand ils furent enfermés dans cette boîte qui se mit à descendre doucement, Michael, serré contre Cerise, ressentit les affres de la tentation. Il étendit prudemment une main, la posa, craintive, sur la hanche de la Française. Comme elle ne bougeait pas, il osa l'autre main. Puis il se risqua à regarder les grands yeux bleus. Ils étaient clos ainsi que des fleurs d'aube.

— Je vous aime, chuchota-t-il.

Elle ne se laissa pas prendre les lèvres. Elle esquiva sans brusquerie la bouche de Michael mais l'accepta plus bas, sur sa gorge, à la naissance des seins.

— Finalement, souffla-t-elle, je suis bien contente que tu m'aimes.

Elle aimait aussi cette bouche sur sa peau, cette bouche d'homme qui lui mouillait la peau, cette bouche qui était brûlante, tendre et soumise, aussi tendre et soumise qu'elle pouvait le désirer.

CHAPITRE XII

La cigarette aux lèvres, une perruque rousse oubliée sur la tête, assise sur son lit et seulement vêtue d'un chandail noir, Marjorie regardait avec intérêt entre ses cuisses.

Big Ben avait frappé minuit.

Marjorie avait beaucoup bu et regardait, entre ses cuisses, vivre ou ne pas vivre, le centre du monde.

— *To be or not to be*, dit-elle, emphatique, à haute voix, je vous salue, Marie, petite Marie aux poils doux de quelques centimètre carrés, ma fourrure, ma loutre, ma rose de l'été, mon D.S.O. [1] à moi, mon violon triste et blessure nocturne...

Elle se pencha davantage sur le grand mystère d'entre ses cuisses, au risque de culbuter sur le tapis. Cette chose l'étourdissait et l'angoissait, la ravissait, la médusait. Elle n'y comprenait rien, la voyait pour la première fois, se demandait même ce que cela faisait ici. Loin des hommes — isolé du contexte, en quelque sorte — ce que cela pouvait signifier n'était pas clair, et Marjorie se posait des questions. Cette fenêtre n'ouvrait sur rien, cette porte dérobée ne menait nulle part. Marjorie n'y apercevait, les yeux écarquillés, que le visage de la mort, surtout

1. Distinguished Service Order. Décoration anglaise.

pas celui de la vie, cette vie pour quoi cela était censé exister.

— Vous devenez folle, ma fille, fit-elle en vidant son verre pour se réconforter.

Quelques gouttes froides de whisky roulèrent sur son ventre nu. Oui, qu'est-ce que c'était que cela, *au juste?* Il faudrait quand même le savoir quelque jour. On avait beau sonder les replis de ce velours, de ce petit morceau de vison qui en valait plusieurs manteaux, quelle solution en ramenait-on?

— Nuit et brouillard, soupira Marjorie hypnotisée par sa propre chair.

Allait-elle y sombrer et devenir sa propre mère? Elle y porta les doigts pour mieux voir et n'y vit toujours rien, que de l'obscurité.

Elle faillit se lever pour l'éclairer avec une lampe électrique, mais y renonça. D'autres l'avaient tenté, qui n'avaient rien trouvé de plus.

Elle en avait souvent fait don, de ce secret. Toujours, on le lui avait rendu, après usage, sans y joindre de clé.

Hamlet insolite et tenant dans son poing un objet infiniment plus énigmatique qu'un ossement, Marjorie récita du Shakespeare :

— « Ce crâne possédait une langue, et qui pouvait chanter, naguère. »

Cela ne chantait plus, cela sonnait le creux. C'était là ainsi que la dépouille d'un rat. Et Marjorie songeait, désespérée, qu'une femme n'était femme que par et pour ce sombre organe. Les fards, l'esprit, les robes, le cœur, tout concourait à la gloire, tout n'était que l'esclave de cette modeste surface d'elle-même, qui n'avait pas seulement de nom convenable.

— Oui, pourquoi n'avez-vous pas un joli nom, mon petit? lui chuchota-t-elle. Pourquoi, petite beauté, ne vous désigne-t-on pas autrement que par des mots grossiers ou par des mots scientifiques encore plus horribles? Pour vous diminuer? Pour vous exorciser? Pour vous ôter toute essence divine? Vous ne répondez pas. Mais comment, mon enfant, mon seul enfant, voulez-vous que je m'en tire, moi, si vous ne répondez jamais?

De rage, elle faillit se meurtrir, elle faillit pleurer sur ce Sphinx à l'abri des Œdipe, un Sphinx qui ne délivrait, depuis sa naissance, que la même et trop simple charade. Ce n'était qu'un niais, et qui méritait bien son nom français. Marjorie l'insulta. Elle lui avait tout sacrifié, que lui avait-il donné en retour? Pas même l'amour, dont il était le réceptacle et le malheureux symbole. Alors que l'autre, la Française, en s'asseyant dessus, en le tenant caché, en le gardant par-devers elle, avait capturé cet idiot de Mike chu dans une masse dont il ne toucherait jamais les mailles.

Marjorie râla de douleur, fixa encore, hébétée, cette drôle d'étoile plus silencieuse que les autres étoiles d'autres cosmogonies.

— Je ne veux plus de votre plaisir, sale bête! Refermez-vous sur lui. Vous ne le verrez plus. Vous ne me verrez plus. Ils me fatiguent, vos plaisirs. Manque de troisième dimension et d'originalité. Équipement défectueux. Défaut d'ordinateur. Ordinaire, quoi! Peu d'élévation. Accessible à tous. Même aux rustres. Je vous préfère le whisky d'une bonne année. On sait d'où il vient, lui, d'une distillation de céréales, et où il va : au soleil! Allez coucher et couvrez-vous, Marie qui n'êtes plus pleine de grâce, aucun seigneur n'est avec vous!

La tache verte de la mort s'étendrait sur ce ventre, que Marjorie, pudique, cacha de ses deux paumes.

Le téléphone sonna.

Ainsi s'acheva l'étrange contemplation de Marjorie Sampson.

Avant de décrocher, la jeune femme passa une jupe, en titubant.

La voix de femme la surprit :

— Qui est à l'appareil ?

— Jill Craig.

— Qui ça ?

— La secrétaire de Mr Huggins.

— Ah, oui ! Parlez plus fort. J'ai les oreilles qui bourdonnent. Et puis, j'ai le bout des doigts glacé. Je vous prie de m'excuser, je dois être un peu soûle.

— Il est fâcheux que vous soyez... ce que vous dites. J'avais quelque chose d'assez important à vous communiquer.

— De la part de votre patron ?

— Non, Marjorie. De la mienne. Vous me plaisez beaucoup, Marjorie. J'ai toujours éprouvé pour vous une sorte de pitié...

— Je n'ai besoin d'aucune pitié. Et que je vous plaise ou non ne m'apparaît pas très capital. On ne réveille pas des gens qui ne peuvent pas dormir pour si peu.

— Ne vous énervez pas. Je vais vous intéresser davantage. Michael Huggins part aujourd'hui. Il prend le train ce matin à dix heures quatorze à Victoria Station.

— Où va-t-il ?

— En France. A Paris. Durée du séjour : indéterminée.

Marjorie ne parla pas pendant une minute. Jill s'en alarma :

— Marjorie ! Vous êtes là ?

— Oui.

— Il part avec elle. Je me doutais qu'il ne vous avait pas dit au revoir.

— Dites-moi ? Pourquoi avez-vous tenu à me raconter cela ?

— Je vous l'ai dit. Vous me faites pitié, ma pauvre petite...

Marjorie raccrocha. Plongea sa tête entre ses mains. La perruque rousse roula sur le tapis.

C'était en sortant du London Hospital, voilà une semaine, presque en sortant de l'ascenseur, que Michael avait pris sa décision : il accompagnerait Cerise à Paris, y vivrait, puisque aussi bien il ne pourrait pas vivre ici, loin d'elle.

Dès le lendemain, il en avait informé sa secrétaire :

— Craig, vous avez les signatures, vous pouvez vous occuper de nos affaires pendant quelques semaines, voire quelques mois. Je vais en France, avec Cerise.

— Se serait-il produit un événement heureux?

— Il ne s'est rien passé, mais mon devoir est justement d'aller où il peut arriver quelque chose.

— Vous avez tort, Mike. Cette fille vous faisait marcher, jusque-là. Maintenant, elle vous fait prendre le train.

— J'y gagne. C'est moins fatigant.

— Vous avez tort, Mike.

Il avait relevé la tête et fait avec rudesse :

— Écoutez, Jill, on ne peut être juge et partie. Sur cette question qui m'est personnelle, je ne vous demanderai pas, pour une fois, votre avis.

— Je vous le donne, Mr Huggins.

Il eut un sourire délicieux :

— Je vous le laisse. Entre nous, bien entre nous, vous auriez intérêt à vous en servir de soutien-gorge, car votre poitrine commence à tomber. Vous devriez voir cela de près. De plus près que moi, en tout cas.

Il ne confia pas son projet à Cerise, de crainte de ne plus savourer jusqu'au bout l'ambiguïté de leur situation, de détériorer le climat curieux qui régnait dans la chambre 14 lors de ses visites quotidiennes.

La jeune femme riait chaque jour de moins en moins fort, de moins en moins clair. L'oiseau Cerise se déplumait, et soupirait parfois :

— Milord, ça m'embête de rentrer. Ça m'embête de vous quitter alors que je commençais à vous connaître un peu.

— C'est la vie, répliquait-il, philosophe.

— Et vous ne me dites même pas, vous : « Ça m'embête que vous partiez. » On ne se reverra plus jamais, milord. Vous ne m'aimez plus.

— Vous m'aimez, vous, Cerise?

— Je vous aime bien. Je ne peux pas vous aimer plus que bien.

— Je ne sais pas le français, Cerise, mais il y a un mot de trop dans votre « je vous aime ».

— Je vous aime bien, bien, bien. M'avez-vous amené des pop-corn, aujourd'hui?

Elle aimait beaucoup ces petites saloperies de maïs soufflé qui, dans les globes de plastique des marchands ambulants, sautillent comme des puces dorées. Il lui remettait alors son pop-corn. Elle en grignotait la moitié, puis en versait quelques grains dans sa paume.

— Mangez, milord. Venez manger dans ma main pour me montrer que vous êtes maintenant tout à fait bien apprivoisé.

Il mangeait dans sa main, puis lui mangeait la main, la léchait, la trempait, la mordillait. Cerise criait :

— Arrête! Tu me chatouilles! C'est un vilain monstre, une grosse bête, ce n'est plus un milord comme il faut!

Mais, dix minutes plus tard, elle lui offrait encore du pop-corn de la même façon sérieuse.

Un fois, il dit :

— Mangez, vous, dans ma main.

Elle s'y refusa.

Ils s'accoutumaient à leur langage, saisissaient souvent le sens de phrases entières rien qu'au ton de leur voix.

Dans l'approche de Cerise, Michael avait compris qu'il lui fallait jouer le jeu, son jeu à elle, qui n'avait pour règles que ses élans, ses fantaisies ou ses initiatives propres. S'il avait risqué un geste sans y avoir été encouragé, elle se fût assombrie, eût manifesté de l'humeur. Il s'en gardait, et la laissait conduire leur bizarre équipage sur des chemins qui n'étaient jamais innocents mais jamais périlleux.

Dans le vase clos de cette chambre sans personnalité aucune, ils connurent des moments de douceur et de mélancolie, des navigations de plaisance, des éclairs de chaleur et de langueur.

— Venez, Michael! Vite! Vite! Plus vite que ça! Il faut que je vous embrasse! Venez! N'ayez pas peur!

Hâtive, elle l'embrassait alors sur le nez ou, très fort, sur une oreille, pour s'amuser. Et elle disait, très vite pour qu'il ne pût traduire :

— La bouche, on verra ça sur le quai de la gare. Peut-être. Sûrement. Si on le mérite. Pas avant.

Alors, elle pensait que le train partirait et qu'elle serait seule, que Jean-Claude l'attendrait à Saint-Lazare, et qu'elle serait seule, qu'au Vésinet elle serait seule, et elle allumait une Benson and Hedges, la glissait entre les lèvres de Michael, et murmurait :

— Tout ça, c'est idiot et compagnie...

Elle ne pouvait être ni heureuse ni malheureuse, elle n'en avait pas le talent.

Elle chantait aussi, parce qu'il aimait l'entendre chanter, la chanson d'Édith Piaf :

Allez, venez, milord,
Vous avez l'air d'un môme
Laissez-vous faire, milord,
Venez dans mon royaume...

Elle lui expliquait le sens de cette strophe, il la prenait par la main, lui faisait faire lentement le tour de la chambre, et disait :

— *Go down the main street holding hands...*

Il devait, lui aussi, expliquer ce que cela signifiait, que c'était là une locution anglaise que l'on n'appliquait qu'à la femme de sa vie : « Descendre la rue principale en se tenant par la main... »

— Michael! Ne mentez pas! Vous n'aimez pas cette robe de chambre!

Par coquetterie, pour qu'il ne la vît pas toujours en bleu, elle s'en était fait acheter une rose.

— Vous ne l'aimez pas! Je le vois dans vos sales petits yeux!

— Si, Cerise. J'aime.

— Hypocrite, va. Faux jeton. Je te déteste.

Elle le fit sortir, revêtit la bleue, n'en changea plus.

Parfois, elle se brossait les dents — elle les brossait dix fois par jour — et cela troublait Michael plus que tout, cette intimité qu'elle lui livrait, ces simplicités quotidiennes auxquelles il avait à présent le droit d'assister.

Elle retirait sa mule droite, et il lui caressait le pied.

— Si tu montes au genou, soufflait-elle, je te file une gifle!

S'il montait au genou, elle ne le giflait pas, mais le menaçait d'appeler l'infirmière. Enfin, elle se dégageait, embarrassée :

— Tu me ferais rougir, grand serin. Et battre le cœur. Tu oublies que je suis malade...

Un jour, il sortit de sa poche de veste le très vieux noyau de cerise qu'il y avait retrouvé.

— Le premier jour je vous ai vue, Cerise, j'ai ramassé cette chose par terre. J'ai toujours gardé.

Ce petit brin de sentiment attendrissait la jeune

femme. Elle reprenait ce noyau dans sa bouche, ordonnait :

— Ouvre la bouche et ferme les yeux!

et le lui rendait entre deux doigts, tout mouillé.

Quand il ne pleuvait pas, ils se promenaient quelques minutes sur le balcon, bras dessus, bras dessous.

— Cerise? Vous souvenir...

— On dit : « Vous vous souvenez. »

— Vous vous souvenez... Voiture... Maidenhead. Nous déjeuner devant la Tamise.

— Oui.

— Bon. On recommence, tout de suite.

Il se mettait à son volant, passait ses vitesses, et Cerise riait.

Il décrivait un paysage imaginaire, sortait de sa poche une pièce de un shilling, la jetait du haut des trois étages.

— Nous allons, vite, Cerise. Très vite. Regardez.

Il lui désignait le compteur, jetait encore un shilling, deux shillings.

— Très beau temps. Soleil. Je vous aime. Soixante miles! Soixante-dix miles! Quatre-vingts miles! Je vous aime. Toujours plus fort! Toujours plus vite!

Il balançait alors, à la volée, toute une poignée de shillings.

Cerise protestait :

— Michael! Pourquoi vous jetez l'argent?

Il souriait :

— Nous, rouler beaucoup. C'est l'argent de l'essence.

Elle lui parlait aussi de Paris, qu'elle connaissait peu. Trop de monde pour elle, dans les rues. Elle allait au Printemps, aux Galeries Lafayette. L'avenue de l'Opéra, oui, ce n'était pas mal.

— Milord, il faut voir la tour Eiffel. Un Anglais,

ça doit voir la tour Eiffel une fois dans sa vie, non ? Vous ne viendrez jamais à Paris ?

Elle n'osait pas ajouter : « Pour me voir. » Il mentait avec volupté. Il ne pouvait pas abandonner son travail.

— Je comprends bien, disait-elle, un peu désappointée. Il avait sa vie, comme elle avait la sienne. Une vie d'ailleurs trop riche en femmes. « Qu'est-ce qu'il m'aurait fait cocue, cet animal-là, si j'avais été mariée avec, ce n'est pas Jean-Claude », bougonnait-elle, sévère et attendrie comme une mère devant les frasques de son étudiant de fils.

— Vous avez toutes les femmes, milord, exposait-elle gravement. Vous aimez trop les femmes. Vous ne me ferez pas croire que vous pouvez en aimer une pour de vrai.

Il se défendait. Elles ne comptaient pas.

— Vous ne les comptez plus, voulez-vous dire. Alors, pourquoi moi ? Je n'ai rien de plus qu'elles. Plutôt moins, puisque je ne couche pas avec vous, comme Marjorie et les autres.

Il aurait pu répondre : « Justement. » Il préférait lui demander comment elle voyait une route.

— Une route ?

— Oui. Une route.

— N'importe laquelle ?

— Oui.

Où voulait-il en venir ?

— Bon. Bon. Une route. Elle est droite. Toute droite. Bordée de peupliers. Une route de campagne. Bombée par endroits.

— Bombée, qu'est-ce que c'est ?

— Bosselée. Des bosses.

— Je vois. Pas de... de...

— Non, pas de virages.

Michael poursuivait : la route menait à une forêt. Dans la forêt, une clairière. Dans la clairière, un vase.

— Comment est le vase ? Qu'est-ce que vous faites, avec le vase ?

— Ah ! C'est un jeu !

— Oui.

— C'est rigolo. Un vase ? Pour moi, ce n'est pas tellement un vase. C'est un pot. Il est plein. Il est très lourd.

— Que faites-vous avec ?

— Je me promène, hein ? Bon. Alors, je le prendrai au retour.

— A côté du vase, Cerise, il y a une clé. Comment est la clé ? Que faites-vous avec ?

— C'est une petite clé plate, comme celle de chez moi au Vésinet. Elle peut servir. Pour ne pas la perdre, je la mets dans mon sac.

— Vous encore marcher. Vous arrivez à un lac.

C'était, pour elle, un lac très clair. Elle en distinguait le fond de sable. Il n'y avait pas de poissons. Une barque était amarrée à la berge.

— Vous montez dans la barque ?

— Oui.

— Toute seule ?

— Oui, bien sûr, puisque je suis toute seule.

— Et après ?

— Il n'y a rien à faire, au bord de ce lac. Je m'ennuie, et je m'en vais. C'est tout ?

— Non. Vous arrivez à un mur.

— Un mur ? Je ne vais toujours pas essayer de sauter par-dessus, pour abîmer mes bas. Je reviens. C'est fini ?

— Oui.

— Et qu'est-ce que ça veut dire ?

Il lui expliqua que tout cela n'était qu'une affaire d'interprétation. La route symbolisait la vie. Le vase, la famille. La clé, l'intelligence. Le lac représentait la sensualité. Le mur était la mort. Elle fut déçue :

— Vrai, c'est bien difficile, votre truc. Trop fort pour moi.

Il se disait, lui, pour avoir soumis des dizaines de femmes à ce test innocent, qu'elle en sortait aussi ressemblante, sinon plus, que sur une photographie.

Elle était déjà ailleurs, éparpillait du pop-corn dans sa paume :

— Tu dis des bêtises, moineau. Viens plutôt picorer. Oh, comme il avait faim, ce moineau ! Tu mords, méchant ! Tu ne sais pas ce que tu fais. Si tu mords trop, je te remets dans ta cage !

Il n'y eut pas de complications. Le résultat des examens fut négatif, et Cerise, au jour dit, quitta le London Hospital. Elle et Michael se sourirent tristement en abandonnant cette chambre 14 où s'étaient passées à la fois tant de choses et si peu. Retrouveraient-ils un jour le goût étonnant qu'avait le pop-corn de cette semaine-là ?

Il la ramena au 42 Smith Terrace, eut un mouvement pour l'accompagner chez elle. Taciturne, elle secoua la tête :

— Il ne faut pas, Michael. Je ne veux pas. Soyez gentil...

Il se paya d'audace et murmura en boudant :

— Moi, toujours gentil. Toujours. Et vous jamais.

Il repensa au lac. Il avait, lui, répondu à cette question, qu'à la vue d'un lac il se mettait aussitôt à pêcher à la ligne.

— C'est comme ça, fit-elle en secouant encore la tête. Tu ne seras pas déçu et moi non plus.

Il n'avait pas compris. Elle ne voulut pas répéter sa phrase. Il dut la laisser devant sa porte ainsi qu'elle l'exigeait. Ils se retrouveraient pour dîner au Whistler. Elle avait sa valise à préparer pour le lendemain matin. En pliant du linge, elle ignorait qu'au 27 ½ également on bouclait dans la joie une autre valise.

Cerise tomberait, il en était sûr.

Elle tomberait dans une autre chambre 14, celle qu'il avait réussi à obtenir par téléphone au Prince de Galles, aux Champs-Élysées.

Elle viendrait, un après-midi, et tomberait, de cinq à sept, comme tombent les Parisiennes.

Elle palpiterait, nue contre lui, heureuse et désolée.

Et il saurait tout d'elle, enfin, et comment elle faisait l'amour, avec ou sans lumière, silencieuse ou gémissante.

Il se souciait fort peu de ce qu'il fourrait dans son bagage.

Il chantonnait « Allez, venez, Milord », dansait, jonglait avec les chemises et les cravates.

Il dut s'efforcer pour reprendre, en se rendant King's Road, un visage plus approprié à leur « séparation ».

Cerise, qui le guettait de l'intérieur du Chelsea Potter, frappa à la vitre. Étonné, il la rejoignit. La jeune Française avait tenu à saluer sa compatriote, avant de partir. Pour Colette, comme pour l'infirmière du London Hospital, ces deux-là n'avaient plus rien à se cacher. Cerise ne cessait de s'accrocher au bras de Michael que pour épousseter son col de veste. Colette apprécia. Mme Desremeaux avait su être discrète pendant la présence de son mari, ainsi qu'il sied à une femme sérieuse.

— Ça doit vous ennuyer de le laisser là ? chuchota la serveuse.

— Oui, ça m'embête...

— Ça, il est bel homme. Mais, jolie comme vous êtes, il vous sortira vite de la tête.

— Il faudra bien, soupira *The Blonde*, *The Blonde* que l'on ne verrait plus jamais dans Chelsea aller aux commissions.

Au Whistler, elle fut douce, prit une main de Michael, la pressa sur sa cuisse, comme elle aimait.

— Je suis bien embêtée, reprit-elle, je suis bien embêtée de vous quitter... comme ça...

« *I must have you*, songeait-il, je *dois* vous avoir. »

Elle rêvait, amère :

« Si j'étais une de ces filles à qui cela ne coûte rien, je devrais passer la nuit chez lui, ça se fait. Mais non. Il ira dans son 27 ½, et moi au 42. Ce sera mieux pour tout le monde. »

Il lui souriait bêtement. Était-il bête, aussi, pendant qu'elle était de plus en plus embêtée, elle. Il n'était plus au Whistler. Il était déjà au Prince de Galles, la main sur une cuisse, qui serait nue, comme le reste.

Le lendemain, assis sur sa valise, il attendait, fébrile, le taxi qu'il avait commandé par téléphone. Il faillit arracher un bouton de son manteau de daim. Il vit enfin le cab s'arrêter devant chez lui. Il se précipita, jeta son bagage à l'arrière, sur le plancher.

— Nous prenons quelqu'un un peu plus loin, expliqua-t-il.

Cerise sortit du 42.

Elle portait une valise et poussait en riant son *shopping-basket* qui grinçait avec enthousiasme.

— Jean-Claude l'a laissé, fit-elle, mais moi je veux le ramener en France. Je l'aime, moi, ce machin.

Michael partageait son attendrissement à l'égard de ce maudit panier qui lui avait été pourtant instrument de torture. Il rangea tout ce fourniment dans le taxi, aida la jeune femme à s'installer sur la banquette. Il s'assit auprès d'elle.

— Tiens, s'exclama Cerise pendant que la voiture

démarrait, il y a déjà une valise! Quelqu'un a dû l'oublier.

Michael rit. Elle le regarda.

— Pourquoi riez-vous? Ce n'est pas...

— Si, Cerise. Elle est à moi.

Il eut un coup délicieux au cœur en voyant à ce point s'illuminer le visage qu'il aimait :

— Vrai, Michael? Vous allez en France?

— Oui. Un mois, deux mois, trois mois.

— Michael...

Elle se blottit contre lui, effrayée malgré tout d'une joie aussi grande.

— Et vous ne m'avez rien dit? Quand vous êtes-vous décidé, cette nuit?

— Non. A l'hôpital. Le premier jour.

Elle fit, tout bas, encore plus alarmée par cette émotion qui lui serrait trop, beaucoup trop, la poitrine :

— Petite vache...

Le daim était à la fois lisse et rêche sous sa joue. Elle tourna ses grands yeux bleus vers Michael et dit, nettement, honnêtement :

— Michael... A Paris, vous savez... Peut-être...

Elle recula encore, rectifia, déjà moins nette et déjà moins honnête :

— Enfin, je ne sais pas... On verra...

— C'est cela, consentit Michael, on verra.

C'était tout vu. Dès qu'elles avaient dit « peut-être », il n'était pas besoin de les entendre davantage. Elles avaient tout dit. Il avait vu en clair passer dans les yeux clairs ce qu'il espérait y voir passer depuis des mois. La tête de Cerise, comme emmitouflée ou noyée dans les cheveux blonds, devint de plus en plus lourde sur le manteau de daim. La jeune Française s'empara brusquement d'une main de Michael, la conserva contre sa cuisse jusqu'à Victoria Station.

Ils remontèrent le train à destination du continent jusqu'à la voiture où étaient leurs places louées, lui chargé des deux valises, elle poussant comme toujours le *shopping-basket* couinant de toutes ses roues et dont la vue amusait les voyageurs.

Cerise grimpa la première. Michael lui passa sa valise. Il soulevait déjà la sienne, et le panier, quand une voix le fit sursauter.

— Mike!

Il se retourna, et aperçut Marjorie.

Elle portait son long manteau de chèvre, une perruque violette, s'était maquillée de frais pour son rendez-vous avec la police. Par malheur, elle était fort ivre, ce qui lui enlevait de son charme.

Elle tenait serré entre ses mains tremblantes un revolver trop gros pour elle.

Elle tira huit fois, secouée comme un marteau-piqueur par les détonations.

Une balle fracassa le genou gauche de Michael.

Une autre transperça le *shopping-basket* qui roula sur le bitume.

La troisième atteignit Michael au bras.

La quatrième lui fit éclater le crâne.

La cinquième alla, dans la valise, briser un flacon d'eau de vétiver.

Deux autres balles se fichèrent dans la porte et dans une vitre du wagon.

La dernière, Michael s'étant effondré sur le quai, troua, au milieu du dos, le manteau de daim.

Cerise fut bien embêtée.

Chelsea-Les Halles.
Novembre 1968-janvier 1969.

DU MÊME AUTEUR

Romans

BANLIEUE SUD-EST, Domat puis Denoël.
LA FLEUR ET LA SOURIS, Domat.
LE TRIPORTEUR, Denoël.
LES PAS PERDUS, Denoël.
ROUGE À LÈVRES, Éditions de Paris.
LA GRANDE CEINTURE, Denoël.
LES VIEUX DE LA VIEILLE, Denoël.
UNE POIGNÉE DE MAIN, Denoël.
IL ÉTAIT UN PETIT NAVIRE, Denoël.
MOZART ASSASSINÉ, Denoël.
PARIS AU MOIS D'AOÛT, Denoël *(Prix Interallié 1964).*
UN IDIOT À PARIS, Denoël.
CHARLESTON, Denoël.
AU BEAU RIVAGE, Denoël.
L'AMOUR BAROQUE, Julliard.
LE BRACONNIER DE DIEU, Denoël.
ERSATZ, Denoël.
LE BEAUJOLAIS NOUVEAU EST ARRIVÉ, Denoël.
LA TRILOGIE SENTIMENTALE :
L'AMOUR BAROQUE, Julliard.
Y A-T-IL UN DOCTEUR DANS LA SALLE? Denoël.
L'ANGEVINE, Denoël.

Essais

BRASSENS, Denoël.
LE VÉLO, Julliard.
LES PIEDS DANS L'EAU, Mercure de France.

Albums de photos

LES HALLES, LA FIN DE LA FÊTE, Duculot, photos de Martin Monestier.

Livre pour enfants

BULLE *(illustrations de Mette Ivers),* Denoël.

Poésie

CHROMATIQUES. Poésies 1952-1972. Mercure de France.

Nouvelle

LES YEUX DANS LES YEUX, Atelier Marcel Jullian.

Ouvrage sur l'auteur

SPLENDEUR ET MISÈRES DE RENÉ FALLET entretiens et témoignages de Jean-Paul Liégeois, Denoël.

COLLECTION FOLIO

Dernières parutions :

1407.	Peter Handke	*L'angoisse du gardien de but au moment du penalty.*
1408.	Émile Zola	*Pot-Bouille.*
1409.	Michel de Saint Pierre	*Monsieur de Charette, chevalier du Roi.*
1410.	Luigi Pirandello	*Vêtir ceux qui sont nus.*
1411.	Karen Blixen	*Contes d'hiver.*
1412.	Jean Racine	*Théâtre complet,* tome I.
1413.	Georges Pérec	*Quel petit vélo à guidon chromé au fond de la cour?*
1414.	Guy de Maupassant	*Pierre et Jean.*
1415.	Michel Tournier	*Gaspard Melchior & Balthazar.*
1416.	Ismaïl Kadaré	*Chronique de la ville de pierre.*
1417.	Catherine Paysan	*L'empire du taureau.*
1418.	Max Frisch	*Homo faber.*
1419.	Alphonse Boudard	*Le banquet des Léopards.*
1420.	Charles Nodier	*La Fée aux Miettes,* précédé de *Smarra* et de *Trilby.*
1421.	Claire et Roger Quilliot	*L'homme sur le pavois.*
1422.	Philip Roth	*Professeur de désir.*
1423.	Michel Huriet	*La fiancée du roi.*
1424.	Lanza del Vasto	*Vinòbà ou Le nouveau pèlerinage.*
1425.	William Styron	*Les confessions de Nat Turner.*
1426.	Jean Anouilh	*Monsieur Barnett* suivi de *L'orchestre.*
1427.	Paul Gadenne	*L'invitation chez les Stirl.*
1428.	Georges Simenon	*Les sept minutes.*
1429.	D. H. Lawrence	*Les filles du pasteur.*

1430. Stendhal — *Souvenirs d'égotisme.*
1431. Yachar Kemal — *Terre de fer, ciel de cuivre.*
1432. James Cain — *Assurance sur la mort.*
1433. Anton Tchékhov — *Le Duel.*
1434. Henri Bosco — *Le jardin d'Hyacinthe.*
1435. Nathalie Sarraute — *L'usage de la parole.*
1436. Joseph Conrad — *Un paria des îles.*
1437. Émile Zola — *L'Œuvre.*
1438. Georges Duhamel — *Le voyage de Patrice Périot.*
1439. Jean Giraudoux — *Les contes d'un matin.*
1440. Isaac Babel — *Cavalerie rouge.*
1441. Honoré de Balzac — *La Maison du Chat-qui-pelote, Le Bal de Sceaux, La Vendetta, La Bourse.*
1442. Guy de Pourtalès — *La vie de Franz Liszt.*
1443. XXX — *Moi, Christiane F., 13 ans, droguée, prostituée...*
1444. Robert Merle — *Malevil.*
1445. Marcel Aymé — *Aller retour.*
1446. Henry de Montherlant — *Celles qu'on prend dans ses bras.*
1447. Panaït Istrati — *Présentation des haïdoucs.*
1448. Catherine Hermary-Vieille — *Le grand vizir de la nuit.*
1449. William Saroyan — *Papa, tu es fou!*
1450. Guy de Maupassant — *Fort comme la mort.*
1451. Jean Sulivan — *Devance tout adieu.*
1452. Mary McCarthy — *Le Groupe.*
1453. Ernest Renan — *Souvenirs d'enfance et de jeunesse.*
1454. Jacques Perret — *Le vent dans les voiles.*
1455. Yukio Mishima — *Confession d'un masque.*
1456. Villiers de l'Isle-Adam — *Contes cruels.*
1457. Jean Giono — *Angelo.*
1458. Henry de Montherlant — *Un songe.*
1459. Heinrich Böll — *Le train était à l'heure* suivi de *quatorze nouvelles.*
1460. Claude Michel Cluny — *Un jeune homme de Venise.*

1461.	Jorge Luis Borges	*Le livre de sable.*
1462.	Stendhal	*Lamiel.*
1463.	Fred Uhlmann	*L'ami retrouvé.*
1464.	Henri Calet	*Le bouquet.*
1465.	Anatole France	*La Vie en fleur.*
1466.	Claire Etcherelli	*Un arbre voyageur.*
1467.	Romain Gary	*Les cerfs-volants.*
1468.	Rabindranath Tagore	*Le vagabond et autres histoires.*
1469.	Roger Nimier	*Les enfants tristes.*
1470.	Jules Michelet	*La mer.*
1471.	Michel Déon	*La carotte et le bâton.*
1472.	Pascal Lainé	*Tendres cousines.*
1473.	Michel de Montaigne	*Journal de voyage.*
1474.	Henri Vincenot	*Le pape des escargots.*
1475.	James M. Cain	*Sérénade.*
1476.	Raymond Radiguet	*Le bal du comte d'Orgel.*
1477.	Philip Roth	*Laisser courir,* tome I.
1478.	Philip Roth	*Laisser courir,* tome II.
1479.	Georges Brassens	*La mauvaise réputation.*
1480.	William Golding	*Sa Majesté-des-Mouches.*
1481.	Nella Bielski	*Deux oranges pour le fils d'Alexandre Lévy.*
1482.	Pierre Gripari	*Pierrot la Lune.*
1483.	Pierre Mac Orlan	*A bord de « L'Étoile Matutine ».*
1484.	Angus Wilson	*Les quarante ans de Mrs Eliot.*
1485.	Iouri Tynianov	*Le Disgracié.*

Impression Brodard et Taupin à La Flèche (Sarthe),
le 3 août 1983.
Dépôt légal : août 1983.
1er dépôt légal dans la collection : juillet 1973.
Numéro d'imprimeur : 1298-5
ISBN : 2 - 07 - 036381 - 3 /Imprimé en France.

Précédemment publié aux Éditions Denoël
ISBN : 2 - 207 - 20369 - 7